# Klabund

# Romane der Sehnsucht

### Franziskus
### Die Krankheit
### Roman eines jungen Mannes

Klabund: Romane der Sehnsucht. Franziskus / Die Krankheit / Roman eines jungen Mannes

Franziskus:
   Widmung: »Geschrieben 1916 in Ragaz, Davos, Locarno für Johanna und Fredy Kaufmann«. Erstdruck: Berlin, Erich Reiß Verlag, 1921.
Die Krankheit:
   Geschrieben im Februar und März 1916. Erstdruck: Berlin, Erich Reiß Verlag, 1917. Die Widmung lautet: »Sybil Smolowa zu eigen«.
Der Rubin. Roman eines jungen Mannes:
   Fertiggestellt im Mai 1914. Erstdruck posthum: Wien, Phaidon, 1929.

Neuausgabe mit einer Biographie des Autors
Herausgegeben von Theodor Borken
Berlin 2020

Der Text dieser Ausgabe wurde behutsam an die neue deutsche Rechtschreibung angepasst.

Umschlaggestaltung von Thomas Schultz-Overhage

Gesetzt aus der Minion Pro, 11 pt

ISBN 978-3-8478-4385-6

Die Deutsche Nationalbibliothek verzeichnet diese Publikation in der Deutschen Nationalbibliografie; detaillierte bibliografische Daten sind im Internet über www.dnb.de abrufbar.

Henricus Edition Deutsche Klassik UG (haftungsbeschränkt), Berlin
Herstellung: BoD – Books on Demand, Norderstedt

# Franziskus

Es ist so süß, krank zu sein, wenn draußen der sanfte Schnee fällt und der Winterwind wie ein verfrorener Bäckerjunge durch die Straßen trabt.

Eine holde Müdigkeit in den Kniegelenken sitzt man, fröhlich hüstelnd und heiter fröstelnd, im Lehnstuhl.

Während das Wasser in der Teemaschine summt, und das Mädchen mit einer Schale leichtem Backwerk vorsichtig das Zimmer betritt, fällt jede Vorstellung und Verstellung von Pflicht oder Zweck des Lebens bedingungslos von einem ab.

Man hat nichts anderes zu tun, als krank zu sein. Alle Gefühle lösen sich in leichte Schmerzen auf, die grade so weh tun, dass man noch weiß, es sind Schmerzen.

Um fünf Uhr nachmittags, wenn es dämmert, beginnt das Fieber. In rosa Wolken verflattert die Dämmerung und die Nacht geht auf wie die Sonne: purpurrot. Der Arzt, der ein guter Freund von mir ist, kommt um halb sieben.

Ja, etwas Festes würde ich noch nicht essen. Vor allem keine Fleischkost. Aber wie wäre es mit Rosenkohl und Kastanienmus? Wir haben ja sowieso einen fleischlosen Tag.

Der Arzt weiß, was mir schmeckt, denn er ist mein Freund. Übrigens ist er selber krank, trotzdem er Arzt heißt. Er hat dieselbe Krankheit wie ich. Und da wir unsere Krankheit – o wie gut! – kennen, spielen wir manchmal mit ihr. So lange sie sich's gefallen lässt. Denn sie ist nur im Sommer und Winter gutartig. Im Frühling aber und Herbst, im Frühling, wenn die andern Leute das Leben am meisten freut, bläst sie einen mit giftigen Dämpfen an und zittert in Krämpfen.

Ich werde nach Partenkirchen gehen. Oder nach Davos, wenn ich einen Pass bekomme. Ich härme mich nach der harten Bergluft und nach der kalten Wintersonne wie nach meiner Heimat.

Dort, zwischen den bereiften Tannen und den vereisten Bergen, über den Graubündner Tälern, will ich wieder schweben lernen.

Ich werde aus meinem Lehnstuhl aufsteigen wie ein Adler, mit rasenden Fittichen und brennenden Augen. Dort, wo der Krieg nur fern wie eine wilde Flöte Pans aus den Wäldern tönt, rausche ich nieder aus den Lüften zu beseligter Ruh.

Da liegen auf den Liegehallen der Hotels und Pensionen friedliche Kameraden, die Angehörigen aller Staaten, bunt durcheinander: Deutsche, Griechen, Russen, Österreicher, Franzosen, Engländer, Türken und Amerikaner. Sie alle, Freund und Feind, versöhnt und verbrüdert, emporgehoben aus ihrer engeren Staatsangehörigkeit zu einem großen und schmerzlich geeinten Volk, dem ewigen großen Volk der Kranken.

Wir wollen nicht mehr von den Menschen reden. Schweigen wollen wir von ihnen und ihrer Herzen Bosheit, von ihrer Lippen Aberwitz und ihrer Hände Mordtat: Wie sie glauben, besser zu sein einer denn der andere, und sind ärger und ärger einer denn der andere. Wie sie betrügen den ehrlich Träumenden mit glatten Gesichtern und wedelnden Reden. Wie sie erniedrigen den Hohen, belasten den Schwebenden, zertreten den kriechenden Wurm. Es schwirrt ein Ekel hinter unserer Stirn: Wie eine Fledermaus stößt er sich an den gläsernen Wänden unserer Wünsche und treibt uns der Tränen Wut und Wahnsinn in die Augen. O dies Gezücht, zu schade, dass eine Mutter es geboren, dass Geliebte über ihnen wandeln und Götter, aus den Wäldern tretend, ihnen ein Beispiel spielen. Warum ist Liebe unter Zweien von ihnen, da Hass ist unter Tausenden? Warum sinken zwei Liebende sich in die Arme, und tausend Hassende vom Hass gepeitscht in Messer, Speer und Bajonett? Wenn ich gehe allein, heiße ich ihnen: Dünkel und Dunkel. Sie rufen nach Polizisten, dass sie leuchten mit den Lampen der Unmenschlichkeit in meine künstlich vor ihnen geschaffene Nacht. Nicht erforschte, nicht erkannte Nacht ist unsittlich. Ohne Maß und räuberisch gefährlich. Niemand habe etwas (etwa: sich) zu verbergen. Erhebt sich Vorschrift oder Gesetz, armgleich wie das Einfahrtsignal an den Eisenbahnen: so hat augenblicklich anzuhalten Herz und Atem, Tag und Sonne des Tales Gideon.

O wie gemein ist ihre All-Gemeinheit. Ich fliehe auf das Dach meines Hauses vor ihrer brüderlichen Gendarmerie. Zu Hilfe, Gott, wenn ist mein Gott! Neige dich, Christus, im Aeroplan zu mir und nimm mich auf deine Schwingen! Schenke Wahrheit dem Kirchenlied und entführe mich dem höllischen Pulver- und Schwefelpfuhl: Warst du ein Mensch? Warst du nicht, Lamm, ein Tier?

Ich wohne immer auf tägliche Kündigung, da es mich nicht lange hält in den Höhlen der Menschen. Heute noch darf ich unter ihnen sein, aber morgen schon trifft mich Befehl der ewigen Armee: Geh in den Wald, Franziskus. Leg dich ins Moos: Sei Sinnbild ihrem Un-sinn und Un-sein. Anschauung des Farrenkrautes, blaue Heidelbeere versteckt im Regenmorgen. Sei Aufschwung eines Hähers quer durch Stammgeäst. Sei nicht mehr Mensch: Sei noch nicht Mensch. Sei: mehr als Mensch. Sei: dauernde Verschlingung wilder Wurzeln, ehernes Erdenbraun. Sei: Wald.

Zwei Mark bezahle ich für den Tag Miete, elektrisches Licht und Heizung inbegriffen, so hatte es meine Freundin ausgemacht, da ich mich schlecht verstehe auf die Unsitten der Menschen.

Gestern kam die Briefbotin, milde gleich einer Taube mir einen Brief im Schnabel ihrer Hand kredenzend. Ich riss den Umschlag auf: aber da war nichts darin geschrieben, keine Zeile, nur ein weißes Blatt fiel heraus.

Da wusste ich, dass es die Einsamkeit war, die wieder rief und mir aus allen weit geöffneten Fenstern der großen Stadt die dunkle Mahnung sandte: Sei wieder du! Du allein! Was nützt es, im Trab der Tausend über den Asphalt zu laufen, vor ihrer Sonne nicht geschützt. Schlitzäugig nachts im Vogelbauer des Cafés sich krümmen, in dem der Decke niedriger Himmel fast in die Tasse fällt und Mörtel regnet und in die Getränke klatscht. Fühlt und erfüllt man sich, wenn man im Hofgarten unter den Kastanien schattige Gedanken sucht, einer spanischen Jüdin den Hofhund macht, Kunst und Käsekuchen lobt? Die zerfetzte Fahne der Individualität »hoch hält«? Ihr Brüder: wenn mich einer hört: es braucht nicht ein Mensch zu sein; sei es ein Wasserfall, ein Baum, ein Vogel, ein Stern, ein Schleier am Hut einer Frau: die Individualität ist das Nebensächlich-Unsächliche. Mag das Ich vergehen, da es sich wandelt vom Ich zum andern Ich: das Element, ihr Brüder, bete ich an als meine Ewigkeit. Die aber die Elemente bindet, dass sie nicht zerfallen in Staub des Raumes und Irrtum der Zeit: nenne ich Tugend. Wille zum Wesentlichen ist die Bändigerin der Elemente. Sie sandte Gott. Er gab mir Kraft. Ich danke ihm.

Als ich um die Rechnung bat, da ich zu verreisen gedachte, brachte das Dienstmädchen der Pension Finkenzeller mir einen von der gnädigen Frau beschriebenen Notazettel. Der du dieses liest: gläubig dem

Schein, vertrauend dem Wort: wisse, dass niemals eine solche Frau es vermocht hat, gnädig zu sein, sondern, welche vom Würfelspiel der Ananke erlost sind, möblierte Zimmer zu vermieten oder Fremdenpensionen zu halten: Sie sind tückischer wie die Füchse, wilder wie die reißenden Tiere der Wüste und schleimiger als die Weinbergschnecken. Nur die Wäscherinnen tun es ihnen an böser Gesinnung gleich: welche dir niemals die gleiche Anzahl Kragen zurücksenden, die du ihnen überliefert. Ist es aber einmal zufällig die gleiche Stückzahl, so erhältst du sicher eine falsche Gattung: Umlegekragen anstelle von Stehkragen, weiche anstelle von steifen oder umgekehrt. Das Monogramm deiner Taschentücher, ursprünglich auf die Anfangsbuchstaben deines Namens lautend, ändert sich von Wäsche zu Wäsche, von Wäscherin zu Wäscherin. Bald hast du so viel Monogramme als Taschentücher: A. H., B. Z., F. J., T. P., A. D. Harmlose Passanten des Lebens, mit den Manieren der Wäscherinnen nicht vertraut, beschuldigen dich des Taschentuchdiebstahls und meinen am Ende gar, es nähre wohl seinen Mann. Wo ist das violette Oberhemd, das ich mir bei einem ersten Schneider für Herrenwäsche in der Perusastraße anmessen ließ, als ich das Honorar für meinen Gedichtband empfangen hatte? – Schon nach der ersten Wäsche wechselte es Gestalt und Farbe vollständig: und war zu einer gelbseidenen Unterhose geworden, die ich gar nicht gebrauchen konnte, weil ich keine Unterhosen trage. Ich schenkte die gelbe Unterhose der Malerin Gonhild für ihren tuberkulösen Affen.

Auf der Rechnung, die mir das spitzbrüstige Dienstmädchen überreichte, las ich:

| | |
|---|---:|
| 11 mal à 2 Mark übernachtet | 22 Mk. |
| Für Verunreinigung der Ottomandecke | 3 Mk. |
| | ------ |
| | 25 Mk. |

Unerwartet wie ein schlecht parierter Degenstoß fuhr mir dieser Satz: für Verunreinigung ... an die Brust. 40 Minuten vor Abgang des Zuges finden die höllischen Hexen auf letzter Rechnung entlegenster Quälerei märchenhaftesten Ausdruck. Die Wände zitterten und ich schrie. Hinter verschlossener Tür hantierte die gnädige Frau leise und atemlos in der kahlen Küche. Ich betrachtete mir die Ottomandecke. Die braunen Gespensterhände vom Lampenschirm im Zimmer meiner kleinen Freundin krallten sich wieder um meinen Hals. Aber sie wurden zu metallenen Ketten, die ich nicht lösen konnte. Das Dienstmädchen mit den spitzen hölzernen Brüsten klebte noch immer seitwärts an einer Wand.

»Aber das ist ja unmöglich!« – Meine Stimme überschlug sich wie im Stimmwechsel. – »Ich habe noch niemals eine Ottomandecke verunreinigt. Bin ich vielleicht ein Säufer! Ein Bettp...!« Aus der Wand schallte schüchternes Echo des dienenden Geistes: »Die gnädige Frau meint, sie hätte Ihnen gesagt, dass sie diese Schamlosigkeiten nicht dulde –«

Schamlosigkeiten – ach – jetzt begreife ich – weil meine kleine Freundin gestern Nachmittag bei mir war und mir beim Packen der Koffer half – darum habe ich die Ottomandecke … Mir wird übel und ich bespeie die Wand mit dem Rest meines Mageninhaltes.

Draußen tutet das telefonisch bestellte Auto.

Ich rufe zum Fenster herunter: »Bitte, tragen Sie das Gepäck herunter. Es ist Parterre.«

Eine braune Bierstimme brummt:

»Bin ich ein Packträger?«

Jedem Stand sein Recht. Nur dem Verstand nicht. Er hat recht: der Chauffeur, der nicht unter seinem Stand hantieren darf: denn er ist kein Packträger. Es ist eine Gnade, dass er mich – gegen entsprechendes Trinkgeld – fährt. Er ist, wie die gnädige Frau, ein gnädiger Chauffeur. Aber ach, schon wird er ungnädig, denn es scheinen ihm zu viel Koffer für einen obskuren Reisenden. Sollte ich in geheimer Mission reisen, da ich die Landesgrenze zu überschreiten gedenke? (Denn dies verriet ihm der fahle Fleck, der sich längs der Wand gelöst hatte.)

Zur Freude eines angesammelten Publikums schleppe ich schwer atmend und hustend (denn ich bin krank) meine drei Koffer aus meinem Zimmer in das Auto, während der Chauffeur, der fahle Fleck und das Publikum zusehen.

Dann sagt der Chauffeur:

»Ich brauche Sie nicht zu fahren. Sie haben zu viel schweres Gepäck. Sie nutzen meine Reifen zu sehr ab.«

Der fahle Fleck schillert grün. Das Publikum grinst über ein einziges Gesicht.

Ich ziehe mutlos und keines Wortes mächtig die Uhr. Es sind noch zwölf Minuten bis zum Abgang meines Zuges. Dem Chauffeur entgeht meine maßlose Furcht und Niedergebrochenheit nicht.

Er drückt mich mit haariger, schwieliger Hand tief in das Polster, als wäre ich ihm noch nicht erniedrigt genug.

»Haben Sie auch Ihr polizeiliches Abmeldungsformular ausgefüllt? Vielleicht sind Sie ein Spion?« Ich sehe, wie hinter dem Glasfenster der Haustür die gnädige Frau, das Retiro ihrer Küche verlassend, schäumend wie zu Eierschaum geschlagen, erschienen ist. Ihre Augen dreht sie wie Pfropfenzieher in meine Stirn, um mir den Gehirndeckel abzuschrauben. Ihre Schraubenaugen drehen sich spiralförmig durch das grüne Glas der Haustür, durch die goldene Luft bis in meine Stirn.

Ich falle im Auto in die Knie.

Ich bete.

Endlich ruckt das Auto an.

Man wirft mir Gelächter wie Steine nach.

Ich sehe den breiten Rücken des Chauffeurs.

Der Himmel hängt wie ein schmutziges Handtuch über die Häuser.

Es regnet.

Herbstlicher Wind geht.

Bald wird Schnee wieder den Blutsumpf überdecken.

Keine Hoffnung. Nur Gram und Gaukelei ...

Ein Leichenwagen rädert uns, rollt über unsere Köpfe hinweg (wir sind das Kopfsteinpflaster): bunt geziert mit den rosigsten Blumen, den blauesten Girlanden.

Am Bahnhof wankt ein Zug aus der Halle, ächzend wie ein asthmatischer Greis.

Der Kondukteur, der abruft, scheint mit Kehlkopftuberkulose behaftet.

Auf dem Bahnsteig stirbt wieder eine Hoffnung: blasses, mondgelbes Gesicht. Sternblonde Frau.

Uns hatte Raserei gepackt: Um zwölf Uhr nachts nahmen wir eine Taxe und tollten um den Starnberger See herum. Wir fuhren einem kleinen weißen Hunde nach, der lautlos vor unserem Wagen tanzte.

Einem kleinen Stern, der über den Wassern stand. Einer Möwe, die zerfloss.

Keine Erfüllung des hingehaltenen Herzens: mit Blut, mit Morgen.

Ein blasser Polizist steht in der Dämmerung der Bahnhofshalle.

Seine Pelerine trieft.

Lebe wohl! Lebe wohl!

Ich fröstele.

Es war später Mittag, als ich das Schiff betrat, das mich nach Irgendland führen sollte. Ratlos rannte ich auf dem Deck der zweiten Klasse zwischen Koffern und Tauen, Matrosen und billigen Passagieren hin und her. Meine Augen waren entzündet von der Wache der letzten Nacht: über dem Abschied des Freundes, der feldgrau in das Coupé sank, über dem abgenutzten Gesang verstaubter Marionetten, bei rot verhangenem Lampenschein: akkompagniert von unerträglichem Burgunderwein und aufdringlich knallendem Parvenüsekt. O letztes Versunkensein im Schoß der kleinen Geliebten: in ihrem heiligen Hain! Die braunen Gespensterfinger, welche aus dem Lampenschirm an der Decke herniedergriffen, sich um meinen Hals krallten, bis ich schrie und schlanker Arme schlichte Macht sie einfach auseinander riss. Gestreiftes Kleid am Boden wolkenhaft. Die schwarzen Bänder: Schlangen unseres Schreis. Und dann im Schrei: ein leiser Ton aus naher Wiege: das Kind!

Um drei Uhr fährt der Dampfer von Lindau nach Rorschach. Höchstens ein Dutzend Passagiere befördert er heute. Ein Dienstmädchen verabschiedet sich lautlos weinend von einem deutschen Ulanen. Der Ulan steht unbeholfen vor Schmerz wie eine braune Holzstatue in der prallen Julisonne. Jetzt tönt die Schiffsglocke. Das Mädchen reißt sich los. Blick hängt an Blick. Sterne leuchten am hellen Tage. Das Schaufelrad rollt durchs gischtende Wasser. Der Dampfer entgleitet. Ist denen am Ufer nur mehr ein weißer Schwan. Nun eine Wolke, die in Luft und Wasser vergeht.

Drüben liegt Deutschland. Ein violettes Farbband, wie von einer Schreibmaschine gerutscht, die monoton und marternd im Ohr klappert: Deutschland … Deutsch … land …

Wie wir dich lieben, wir Fernen, wir Auslanddeutschen. Wie wir alle deine Schmerzen doppelt und dreifach empfinden. Uns peitscht eine widerhakige Geißel den Rücken, da wir dich unfrei und ungelenk sehen, deiner ewigen Größe noch nicht gewiss.

Löwe von Lindau, den ich im Abendgold ahne: spring auf von deinem steinernen Sockel, wachse riesig in die Nacht und wecke die Schläfer mit donnerndem Gebrüll. Und zerschlage, die dich nicht hören, mit eherner Tatze.

Sirenen heulten. Pfeifen schrillten. Rauch, Hand in Hand gefügten Engeln ähnlich, entstieg den Schornsteinen. Am Bug ragte das Sinnbild des Schiffes: ein silberner Adler, der die Fänge spreitete. Denn des Schiffes Namen war: Adler. Ich war betroffen, ob ich es mir gleich nicht erklären konnte, dass das Schiff keinen menschlichen Namen, nicht den Namen eines Menschen, eines Fürsten oder Feldherrn beispielsweise, führe.

»Ja«, sagte ein Matrose neben mir, dem ein Anker in den nackten Oberarm gebrannt war, »der Adler ist eigentlich kein Schiff, sondern ein Vogel, denn er fliegt.«

Die Maschinen im Maschinenraum tackten hinter den Wänden und sie schlugen wie das Herz eines Vogels.

»Seefahren macht besser«, sagte wieder der Matrose und spuckte aus. Und diesmal schien es mir, als wäre er krank wie ich, denn sein Gesicht hatte einen blassen leidenden Ausdruck und seine Augenlider waren violett entzündet. »Seefahren macht besser. Man steht nicht immerzu auf der Erde und spürt nicht immer die Gewalt ihrer geistigmagnetischen Anziehung, die zum Laster und zur Unselbstständigkeit führt. Man wird einsam. Verschwiegenheit wird Notwendigkeit. Die Elemente handeln. Das Individuum nur prahlt. Lügt ein ›Ich‹, das ›Es‹ nicht ist.«

»Aber zuweilen müssen Sie an Land«, bedachte ich vorsichtig.

»Gewiss. Erde wird dann Fleisch und formt sich zur Frau. Die Erdkugel verdoppelt sich in ihren Brüsten. Der Äquator umbraust ihre Hüften. Im Geäst ihrer Augen schaukeln sich die Papageien. Und ihre Arme bewegen sich monoton, groß und weiß wie die Flügel der Pinguine.

Wir leiden am Weibe, darum wird sie uns zur Leidenschaft. Wir liegen in Aden, Genua, Hongkong, Wladiwostok leuchtend über den hübschen Hafenhuren. Aber sehen Sie die ›Reisenden‹. Den besonnenen Bürger, betulich Wankenden. Was bedeutet ihm ein Mädchen mehr als ein Reflex seines Leibes oder eine Stimulierung erprobter Staatser-haltung! In Tokio war eine Geisha, die wurde deshalb so von den deutschen Reisenden überlaufen, weil sie der deutschen Kronprinzessin glich ...«

Am Bug der silberne Adler rauschte empor: Ich sah eine Möwe unserem Schiff vorangleiten. Wie mit zarten seidenen Fäden schien sie an den Dampfer gekettet. Ich warf ihr ein paar Brocken Brot zu, aber sie drehte nicht einmal den schönen Kopf. Ihr Kreischen schallte in regelmäßigen Abständen. Unendlich dehnte sich der See. Wo waren seine Ufer? Die Berge, die ihn blau begrenzten? Die Sonne brannte im Zenith über den Schornsteinen. Die Wellen zischten wie flüssiges Feuer an Backbord. Hin und wieder sprang ein Spritzer bis auf Deck. Da bildeten sich die Tropfen zu wunderlich goldenen Ornamenten und Kreuzen, verzierten Ellipsen, übereinandergebogenen Kreisen.

Die Sonne sank plötzlich, vielleicht von den dicht aus den Schorn-steinen quellenden Rauchwolken verdunkelt. Aber in dem Maße, wie sie sank und zwei Grundfarben: grau und gold nur am Leben ließ, tauchten die Ufer des Sees und die zackigen Gebirge auf, ihr Dasein neu gewinnend und erweisend. Da ließ sich im Graugoldnen die Möwe groß und weiß auf dem Vorderschiff nieder, wie Gottes Aeroplan breitete sie die erstaunlichen und riesigen Fittiche, und ohne Scheu bestieg ich den friedlichen Vogel, der sich sichtlich zur Fahrt in die Lüfte erbot.

Unter mir zog der Dampfer seine schattenhaften Furchen. Ich hörte den Matrosen fernher lachen. Eine Stadt warf tausend Lichter wie Sterne hinauf in den Abend. War es nicht Rorschach? Nun flog der Vogel den Schienenstrang der Bahn Rorschach–Chur entlang. Der Eisenbahndamm wölbte sich wie ein krankhaft herausgetretener Darm aus der Erde. Auf einem Kanal trieb ein mit Kies beladenes Floß. In Buchs drehte sich ein Karussell schillernd auf einer Wiese. Zwischen Buchs und Sargans fand eine militärische Schießübung statt. Die Salven knatterten. Mädchen liefen zwischen den einzelnen Schüssen wie Hasen bei einer Treibjagd ängstlich übers Feld. Die Ernte stand gut. Die Ähren sangen im Abend. In Ragaz aus dem Kurhaus tönte ein Walzer: Auf der Terrasse saßen in der lauen Sommernacht Herren im Smoking und Damen in großer Toilette. Die Serviertöchter balancierten mit Eiscremesoda, Kaffee Melange, Eisschokolade, schwedischem Punsch und Fruchteis zwischen den Tischen. Die Doppeltür zum Saal stand weit auf. Drei diskrete Paare schritten jetzt den Onestep. Ich kam aus einem Lande, das seit zwei Jahren Krieg führt. Dort gab es keine Walzer. Keine kalten Fleischplatten für die lächerliche Summe von 1 Frank 60. Kein Weißbrot und keine frische Butter zum Morgenkaffee mehr. Ich musste weinen, und meine Tränen fielen in Sternschnuppen nieder durch die Nacht. Da wünschten sich die schönen Mädchen von Ragaz: die einen einen noch fescheren Tänzer und die andern Umarmung eines heidnischen Gottes angesichts der Taminaschlucht. Aber, ach, beide, der Tänzer und der Gott, sie trugen Militäruniform ...

Der Morgen rötete sich, da landeten wir auf einer Hochgebirgsalm in den Graubündner Alpen zwischen Davos und Arosa. Ein sonderbar bewegliches Leben herrschte auf der frührot blinkenden Wiese, das ich erst allmählich bei den Strahlen der aufsteigenden Sonne zu durchschauen begann.

Im Schutze eines Felsblockes, aus dem ein Quell sprudelte, saß ein schöner junger Mann in Hirtengestalt. Tiere von tausendster Art und Gestalt drängten sich um ihn, und es dünkte mich, als spräche er zu ihnen. Ja, seine Miene war feierlich und er mochte ihnen wohl predigen. Esel und Katzen, Hunde und Grillen, Ringelnattern und Maulwürfe, Fledermäuse und Pferde, Ratten und Kühe lauschten seiner andächtig-bedächtigen Rede. Ich sah auf seine Lippen, die sich anmutig bewegten, ob ich einen Sinn erhasche.

Ich sah in seine Augen, und: wunderbar, wie ich das ganze Gesicht nun erfasste, war es das Haupt eines Lammes, das auf einem Menschenrumpf saß. Da fiel ich in die Knie und rief den Namen meines Gottes.

»Steh auf«, sprach freundlich das Lamm zu Franziskus, »du sollst, da du der menschlichen Leiden genug erduldet, einer der Unsern werden. Sieh: Auch ich bin aus der Gemeinschaft der Menschen geflohen; und wie ich einst der Gott der stolzen Menschen, so will ich nunmehr der Gott der demütigen Tiere werden. Werde ein Tier, Franziskus«, lächelte das Lamm, »und entäußere dich deiner Menschlichkeit: Werdet gut wie das Tier, unwissend wie das Tier, rein wie das Tier, arm wie das Tier und ihr werdet das Himmelreich erwerben.«

Da strich das Lamm, der göttliche Hirt, mit seinem Hirtenstab über meine Schulter und meine Gelenke. Und siehe, ich wurde kleiner und kleiner: Meinem Kopf entsprossen lange Ohren, mein Schädel ward schmal und lang, mein Leib schlank gebogen und sehnig gestreckt.

Fröhlich sprang ich zwischen den andern Tieren auf der Wiese und es war ein Jubeln und Singen und Zwitschern und Bellen und Brüllen unter ihnen über einen reuigen Sünder, der den rechten Pfad gefunden.

Die Nachtigallen sangen und stießen wie Raketen in die Lüfte. Die Schlangen erhoben sich und züngelten. Die Spinnen schwangen wie Glocken am Strang ihres Gewebes, das zwischen den Felsen eingesponnen war. Die Forellen flammten im grünen Gießbach. Die Eidechsen krochen langsam die Stationen eines Kalvarienberges am Felsen empor.

Nun fanden sie sich zum Reigen. Paarweis schritten sie an dem schönen Jüngling mit dem Lammgesicht vorbei: der Löwe mit dem Esel, der Fuchs mit der Ente, die Spinne mit der Fliege, der Wolf mit der Ziege; an ihrem Ende aber schritt Franziskus fromm mit der Katze.


Die Hündin Maria, dem Grafen von Wind gehörig, warf im Hochsommer 19.. zwei Junge, unter einem Haselnussgesträuch unfern des Eisenbahndammes, der zwei Kilometer vom Gut entfernt einen eleganten s-förmigen Bogen schlug. Das Geschrei des Tieres wurde übertönt vom heranbrausenden Mittagszug.

Die Sonne stand fast im Zenith.

Auf den Feldern die Dirnen und Knechte machten sich zum Heimweg fertig.

Die Mägde banden sich ihre roten, blauen, grünen Kopftücher um und ließen die hochgeschürzten Röcke herunter, was zu allerlei drallen Scherzen Anlass gab. Unter dem gestreiften Kattun der Oberröcke standen die Brüste in das Korsett gezwängt, metallen. Die Knechte atmeten schwer. Dicker Schweiß perlte auf den rostigen Stirnen. Sie zündeten sich Zigarren und Zigaretten an: eine Sport oder Virginia.

Der Aufseher stieg, würdig wie ein Storch, über das Feld. Die Magd Katja, eine Polin, lachte. Sie lachte immer, wenn sie den Inspektor sah, denn er schien ihr von jener bleibenden Komik der Unwirklichkeit.

War es möglich, dass dieser spaßige Inspektor existierte? Dass er mit ovalen Beinen umherspazierte und dass er ihr wirklich in die Wangen kniff?

O – er kniff ihr niemals wirklich in die Wangen. Er kniff immer in die Luft.

Hinter Katja streunte der Hütejunge, welcher Katja liebte. Aber sie bemerkte ihn nicht, wenngleich sie sah, dass er sich um sie quäle. Seine Augen waren leicht entzündet von heimlichen Lastern, das Weiße der Augen glänzte gelb wie billiges Goldpapier. Seine Blicke gingen unruhig über die Spitzen der Gräser und über die Köpfe der Menschen hinweg. Wenn sie Katjas Gegenblicken begegneten, brachen sie plötzlich ab wie mitten durch geknicktes Rohr. Als er an dem Haselstrauch vorbeikam, in dem die Hündin Maria soeben geworfen hatte, hörte er ein leises Winseln: Er bog die Zweige zurück und erkannte Maria, über der zwei winzige Hunde lagen.

Mit einem großen wissenden Blick sah ihn das Tier an. Er erschrak. Von Katja verstoßen, hatte er sich der Hündin Maria genaht.

Er sah sich ängstlich um und betrachtete die beiden jungen Hunde aufmerksam, ob sie Menschenähnlichkeit hätten. Er zog ein zerbrochenes Stück Spiegel aus der schmutzigen Tasche und verglich sein und der jungen Hunde Gesichter.

Die Augen der jungen Hunde waren noch verklebt. Aber er fand, beinah zärtlich, zwischen der Kopfform des einen Hundes und der seinen eine gewisse eckige Ähnlichkeit. Leise streichelte er den kleinen Hund, während die Hündin seine Hand leckte.

Der alte Graf von Wind saß auf der Terrasse des Schlosses beim Nachmittagstee, behaglich sich in einen bequemen Korbstuhl verbreiternd, mit der Lektüre der »Staatszeitung« beschäftigt, aus der ihn dann und wann ein beschaulicher Blick in die Voralpenlandschaft entführte – als Gonhild mit den beiden jungen Hunden auf den Armen im weißen Musselinkleid durch die Akazienallee, dann über den freien Platz mit dem Springbrunnen, zwitschernd auf ihn zusprang: »Papa«, rief sie, noch in den Bäumen, »Maria hat gestern Junge bekommen. Sieh nur!«

»Das ist ja eine phänomenale Neuigkeit«, lachte der Graf behaglich über sein rotes Gesicht. »Bekommt die Maria Junge. Sieh mal an.«

»Papa«, das Mädchen wiegte halb schüchtern den Kopf, »schenk mir die kleinen Hunde.«

»Aber Gonhild! Ich denke, du hast deine Puppen!«

»Ich mag nicht mehr mit Puppen spielen. Ich bin jetzt vierzehn Jahre alt.«

»Kind, zum Puppenspielen ist eine Frau nie zu alt. Du wirst die Tiere unwissend quälen und kränken. Sie haben ein Herz, Gonhild, wie du und ich.«

»Papa, ich fühle die kleinen Herzen an meiner Brust schlagen.«

»Höre, Gonhild, das eine der beiden Tiere ist ein Hundefräulein. Der Inspektor hat mir schon von dem Familienereignis erzählt. Das Hundefräulein, das lässt du mir oder dem Inspektor. Ein Hundefräulein wird sehr früh kokett gegen die Hundejungen und ist schwer zu erziehen. Du würdest deine Not damit haben. Aber den Hundebuben darfst du behalten – wenn du einmal verheiratet sein wirst und ein Kind haben willst, was soll es da sein: ein Bube oder ein Mädchen?«

»Ein Bube natürlich, Papa!«

Gonhild warf sternhaft milde Strahlen über die Wangen. »Siehst du! Also behalt den kleinen Hundesohn!«

Gonhild griff nach der zarten, ein wenig behaarten Hand des Grafen und küsste sie zurückhaltend, ihre Freude kaum bändigend.

»Vielen, vielen Dank, Papa.«

Gonhild nannte ihren kleinen Hund Franziskus. Sie taufte ihn, indem sie ihn unter den Brunnen auf dem Wirtschaftshof hielt, bis er ganz durchnässt war und vor Unbehagen um sich biss. Aber seine Zähne waren noch so unentwickelt, dass sie ihr nicht weh tat. Der Graf war entsetzt, als er hörte, dass Gonhild ihn Franziskus getauft habe.

»Aber, Kind, wie kommst du auf den Namen! Das ist doch kein Hundename! Hunde nennt man: Cäsar, Joli, Chiffon, allenfalls Peter. Warte, wenn das der Herr Kooperator hört, dass du deinen Hund nach einem Heiligen nennst!«

»Tiere haben viel von den Menschen zu erdulden. Sie tragen in Demut ihre Schmerzen, ganz wie die Heiligen.«

»Du führst eine scharfe Dialektik. Ich wusste nicht, dass ich ein so kluges Kind habe.«

Gonhild lachte.

»Ich glaube, dem Herrn Kooperator wäre es lieber, ich wäre dümmer. Er sagt mir immer, er könne die klugen Leute nicht leiden, weil die klugen Leute an kein Wunder mehr glauben.«

»Kind«, – der alte Graf wurde ernst – »darin hat der Herr Koope-rator nicht recht, gerade die klügsten Leute glauben an die größten Wunder. Sie haben den starken Glauben, den Glauben der Klugen und Mächtigen.«

»Der Herr Kooperator glaubt also nur an die Dummheit. Deshalb spricht er auch immer so eingehend mit Fräulein Mimi.«

»Gonhild, du wirst ungezogen. In solchem Tone spricht man nicht von seiner Gouvernante.«

Gonhild schmiegte die Wange an das zarte braune Fell des Hundes.

Der Graf erhob sich sporenklirrend, denn der Reitknecht führte eben den Wallach Wuz vor.

Gonhild sah ihm nach, wie er um die Ecke am Schweinekoben verschwand.

Der Hund schnüffelte in die Luft und suchte nach Gerüchen.

Franziskus sprang zu den Sternen empor. Er haschte nach ihnen wie nach Libellen. Der Mond zog im Bogen über seine Stirn. Sonne brach sich vielfältig in den Facetten seiner Augen, die zuweilen tot glänzend wie brauner Achat aus dem weichen Gesträuch seines Felles sahen. Wie wurde, was er nicht zu benennen wusste, und was sich ihm als Welt bot, durch das große Licht erhellt! Nie aber glaubte er dem Wirklichen, fest Bestehenden. Er sah hinter das Antlitz der Dinge und erkannte früh, dass in der unschuldig grünen Wiese, die so heiter blühte, Wolfsgruben und Fußangeln versteckt waren, aus denen man die Pfoten nur mit schweren Wunden riss. Oder er sah das Lächeln eines Menschen, welches ihn trog und, als er spielend herzusprang, Steine nach ihm warf. Leben und Tod war nicht das Gleiche, welch ersteres schwebend sich bewegte, welch letzteres unbezwinglich drohte. Zwischen Bäumen und Menschen, Schmetterlingen und Blumen begriff er keinen wesentlichen Unterschied. Und erbittert spreizte sich sein Gehirn, als ihn ein Knecht mit dem Sensenstiel schlug, weil er, wie an einer Tanne, das Bein an ihm erhob. Die Bäume standen still, waren der Wanderung beraubt, während die Menschen gingen von hier nach dort. O er wünschte wohl manchmal, sie verständen sich besser auf das Stehenbleiben, die Welt gleich einem Kreis um sich beschreibend, ruhend und beruhend nur auf sich. Er, Franziskus, freilich liebte den wilden Tanz, den Lauf der fliegenden Zeit, wenn die Kilometersteine an ihm vorüberrannten. Er lief über schmale Brücken, nur durch einen umgelegten Baum dargestellt, und das Wasser rauschte unter ihm. Er hüpfte auf schmale Mauern, wenn große Hunde rechts und raue Kinder links ihn bedrohten. Und über aller Lüsternheit und Quälerei brannte leuchtend die erhabene Laterne, von Wolken oft und oft von Widersinn umflackert. Ihr warmer Schein tastete wie eine milde Hand nach einem, wenn man mittags auf der Schwelle vor dem Hause lag, die Mücken summten und aus der Küche gedämpftes Klappern der Teller und Schüsseln, welche von den Mädchen gespült wurden, in den Traum der Ruhe klang. Da fühlte man so recht, dass man gesegnet war. Ein schräger Blick schielte zum Fenster Gonhilds empor, die auf einer Chaiselongue sich rekelte und einen harmlosen französischen Roman las, bei dem sie ein angenehmes Schauern im Rücken empfand, denn man hatte ihr französische Romane verboten, Orgien sprichwörtlicher gallischer Unsittlichkeit in ihnen stets argwöhnend.

Das Angesicht der Welt, das sich Franziskus in den ersten Monaten seines Daseins in freundlicher glatter Rundung gezeigt hatte, runzelte sich nunmehr und bekam Schroffen, Ecken und Kanten.

Er lief zwischen den Gassen des Dorfes Spießruten. Die Häuser schienen über ihn herzufallen. Türmten sich übereinander und polterten hernieder. Die Tore der Gartenzäune kniffen seinen Schwanz ein, wenn ihn die Sehnsucht in fremdes Land trieb. Der Turm des Schlosses neigte sich schwer über ihn, um ihn mit steinerner Tatze zu erdrücken.

Vom Kirchturm scholl die Feuerglocke und ängstigte ihn. Da stiegen Feuergarben aus Scheunen und fraßen das Dunkel.

Verkohlte Schweine rasten quietschend über die Chaussee. Pferde wieherten und die kahlen Kaninchen wimmerten. Mit schlenkernden Eimern liefen die Menschen schreiend durch das Elend.

Ein Tier, das Franziskus noch am Tage zuvor am Leben bewundert hatte, ein stolzer funkelnder Pfau lag angebrannt und vom Feuer gerupft tot und nackt neben einem umgestürzten Jaucheeimer.

Maßloser Schmerz der Kreatur, die sich vernichtet sieht! Franziskus erschrak. Und taumelnd bedachte er, dass er anstelle des schwarzen ehedem so bunten Pfauen hier neben der umgestürzten Bosheit läge, wenn er, wie ursprünglich geplant, die Nacht auf einem der Heuböden verbracht hätte. Er lief, um Gonhild zu suchen. Er suchte sie, die Nase am Boden, im Trubel der Brandstätte. Aber der Brandgeruch, der alle anderen Gerüche übertäubte, machte ein Finden unmöglich. Da lief er die Pappelallee zurück nach dem Schloss.

Er sah sie im fließenden Nachtgewand wie einen Mond auf dem Balkon stehen und den rötlichen Himmel betrachten. Er hörte, wie sie den fernen Geräuschen lauschte. Leise bellte er, um sich bemerkbar zu machen, denn ein unendliches Gefühl zu Gonhild schwellte seine Brust. Sie beugte sich über das Balkongeländer und rief: »Franziskus!«

Da schnob er durch die offen gelassene Tür des Gartensalons in das Haus, klinkte mit den Vorderpfoten die Tür nach der Halle auf und hüpfte die Stiege herauf. Auf halber Treppe kam ihm Gonhild entgegen.

Er sprang sie an und sie drückte ihn an ihre Brust, die unter dem dünnen seidenen Nachtgewand bei seinem Ansprung zart bebte.

Sie streichelte seinen Kopf.

Seine Augen zitterten und er fühlte nur dies: Ich lebe! Ich lebe!


Der Hütejunge lag inmitten seiner Ziegenherde auf einem Hügel oberhalb des Dorfes und blickte auf das Dorf und das Herrenhaus hinab.

Er schleuderte die Faust gegen das Schloss: Reiche Leute! Vornehme Leute! Sie haben alles, was der Mensch zum Leben braucht: Geld, Glück, Adel und Liebe.

Ihn knechteten sie. Seine Verkommenheit nützten sie. Er war ein Sklave irgendeiner lässigen Gebärde des Grafen. Irgendeines abweisenden Winkes der Gonhild. Katja verlachte ihn. Der Inspektor gab ihm einen Fußtritt. Sie machten ihn zu einem Tier unter seinen Tieren. Aber immer noch besser ein Tier als ein solcher Mensch.

Ihn schüttelte das Grauen und er griff in die Tasche nach einem zerlesenen Exemplar des Neuen Testamentes, in dem er las, ohne Verständnis, aber mit Glauben und mit einer gewissen heiligen Ahnungslosigkeit.

Selig sind die Friedfertigen, denn das Himmelreich ist ihrer. O – er war gar nicht friedfertig. Er konnte hassen. Und bitter begehren. Wenn aus dem Brunnen der Sinne die grünen Dämpfe stiegen.

Er pfiff seiner Lieblingsziege und lockte sie mit einem frischen Bündel Klee.

Als sie nahe kam, zog er sie an sich heran und begann an ihrem Euter zu spielen.

An die Hündin Maria wagte er sich nicht mehr, seit sie geworfen und er der Geburt des Franziskus zufällig beigewohnt hatte.

O – einer von den Herren sein! Im Herrenhaus wohnen! Eine Gonhild als Tochter oder als Gattin haben!

Seufzer durchschnitten seine braune Brust.

Die Ziege meckerte milde.

Oder in den großen Städten wohnen, unter Millionen von Menschen!

Das Amerika der Schundliteratur, billiger und böser Hefte zu zehn Pfennig, entband sich seinem gläubigen Geiste. In hundert Stockwerken erglänzte mächtig am Hafen mystisch das Haus. Die Säule der Freiheit stieg aus den brandenden Wogen, gekrönt mit dem geflügelten Genius der Barmherzigkeit. Natt Pinkerton, der Meisterdetektiv, räucherte die Verbrecher (deren manche wohl auch elegante graue Gehrockanzüge und Blumen im Knopfloch tragen wie der Graf!) wie Ratten aus den stinkenden Kloaken der Großstadt.

Immer Frauen haben können, so viel man will! In Chicago durch die dumpfen Gassen schleichen, wie eine Schlange sich um Negerinnen, Chinesinnen, Japanerinnen winden! O das fremde heiße Blut! Und doch bleibt Inbegriff Verlangens, Inkarnation himmlischer Genüsse: das Blonde, Goldne: Gonhild.

Er legte plötzlich das Ohr an den Erdboden und lauschte. Es nahten Schritte.

Mit einem Schrei verscheuchte er die Ziege.

Sein Herz schlug bis an die Haarwurzeln am Kopf. Er fühlte sein Herz an die Stirn wie mit einem kleinen Eisenhammer schlagen.

Er kannte die Schritte.

Wenige Sekunden und Gonhild ging, von Franziskus begleitet, ohne Gruß an ihm vorüber.

Feindschaft hob die Fahne gegen Franziskus. List umlauerte ihn. Tücke tobte um seinen Turm.

Katja, die Lust an Quälereien hatte, stach ihn heimlich mit Stecknadeln, dass er wehrlos schrie. Denn da ihm Katja von wenn auch niederer aber dennoch gleicher Art wie Gonhild gefügt zu sein schien, wagte er sie nicht zu beißen und wusste nicht, ob er sie Feindin oder Freundin nennen sollte; denn sie lächelte, wenn sie ihn stach.

Der Hütejunge, der in Franziskus den steten und starken Begleiter der Gonhild hasste, warf mit Steinen nach ihm. Aber Franziskus bog den geschmeidigen Leib und wurde nie getroffen. Dennoch war der Hütejunge der erste, welcher in ihm Gefühle der Feindschaft erzeugte: Zwang zum Sprunge, Röte vor den Augen, heiseres Bellen, Sehnsucht der Zähne nach der Kehle des Angreifers – Gefühle, die er früher nicht gekannt.

Aber noch wusste er sich zu zähmen: Andacht und Anblick der Gonhild stets im Herzen. Demut beschlich ihn, wenn er sie sah, und er glaubte, vom großen Geist zu ihrem Diener erkoren zu sein. Er, der keinen Herrn zu dulden willens war und der die befehlshaberischen Späße selbst des Grafen freundlich, aber frei und bestimmt ablehnte, er rief: Gonhild! Herrin! Eines Tages nun kam er in zärtlicher Ahnungslosigkeit einigen ganz jungen Katzen, welche die Katze Mignon vor einer Woche geworfen hatte, spielerisch zu nahe. Die jungen Katzen, die er mit sanfter Tatze streichelte, pfiffen ängstlich. Fauchend fuhr aus dem Gebüsch die erregte Mutter auf ihn los. Ihre grünen Augen zischten, ihr Rücken war gekrümmt und der Schwanz stand wie eine Lanze hinter ihr. Franziskus suchte sie, milde knurrend, zu besänftigen, da er die Reizbarkeit der Mutter zu achten willens war. Umsonst: Sie warf sich gegen ihn und ihre Vorderpfoten gruben blutige Furchen in sein Antlitz. Da brüllte er auf. Seine Güte wurde verkannt; seine Liebe missachtet. Er duckte sich, schnellte empor und fuhr ihr an die Kehle. Seine Augen röteten sich rasend. Er sah nur Blut. Die Welt war in Blut getaucht. Das Licht träufle Blut. Tief gruben sich seine Zähne in das winselnde Tier.

Als er von ihr ließ, fiel sie wie ein Stein zu Boden.

Ängstlich pfeifend liefen die jungen Katzen herbei und versuchten, an ihren toten Brüsten zu saugen.

Gonhild wurde gefirmt. In einem mondweißen Kleid, einen grünen Kranz im blonden Haar, eine kostbare goldbeschlagene Wachskerze in Händen schritt sie zur Kirche.

Franziskus folgte andächtig.

Am Eingang der Kirche blieb er stehen; Gonhild wandte sich um, nickte ihm zu, und Franziskus legte sich an der Pforte nieder, betreut von zwei steinernen Heiligen, die das Tor bewachten.

Eine Ahnung ergriff Franziskus: dass ihn mit diesen Heiligen in Stein ein nicht zu erfassendes Etwas verband.

Er hob den Kopf aufwärts und seine klugen braunen Augen suchten die Stirnen der Steinernen.

Da war es ihm, als neigten sie sich brüderlich zu ihm herab. Der heilige Martin trat aus der Säule, und Franziskus fühlte schaudernd die beharnischte Hand des Heiligen sein Rückenfell streicheln.

Wohlig sank er unter der steinernen Faust zusammen, den Kopf auf die Vorderfüße gelehnt.

Stein hielt ihn von oben und unten in strengem Maß. Wie ein Bernsteingeschöpf strahlte er in der Sonne.

Aus der Kirche klang die Orgel. Die Töne schienen ihm fremden Wundertieren entsprungen und doch irgendwie hündisch. Die Orgel brauste.

Der Hund sprang empor und bellte heilig zu Gott.


Franziskus feierte seinen ersten Geburtstag. Er erfuhr von der Festlichkeit dieses Tages dadurch, dass Gonhild ihm am Morgen eine blaue Schleife um den Hals band, auf die sie mit Gold die Worte gestickt hatte: Mein Liebling. Sie führte ihn vor einen kleinen gedeckten Tisch, ihren ehemaligen Kinderspieltisch. Auf dem Tisch brannte eine rote Kerze inmitten eines Napfkuchens. Ein Kotelett duftete auf einem Teller. Ein Kranz Würste schlang sich anmutig um die Kuchen.

Franziskus legte die Vorderpfoten auf Gonhilds zarte Schultern und bellte dankbar. Gonhild umarmte ihn. Ihre Augen blickten feucht.

Der Graf machte eine groteske Reverenz vor Franziskus und hielt eine kleine Rede auf ihn, sein Glas Portwein, das er zum Frühstück zu trinken pflegte, in der Hand.

»Franziskus, ich habe dich zum Freund und Wächter meiner Tochter bestellt. Sei auch fürder ihr ritterlicher Anwalt und treuer Kavalier.«

»Papa«, Gonhild sah Franziskus aufmerksam in die Augen, »ich glaube, Franziskus versteht dich.« –

Franziskus war den ganzen Tag sehr heiter gestimmt.

Nachmittags begab er sich in den Wintergarten, um seinen Freund, dem Papagei Konsuelo, einen längst versprochenen Besuch abzustatten.

Konsuelo, ein feiner und sehr gebildeter Vogel, der aber trotz seines hohen Alters von neunzig Jahren eine große Geckenhaftigkeit und Eitelkeit zur Schau trug, hatte sich seine hellgrünen Feiertagshosen und eine rote Jacke angezogen. Er vermochte nämlich durch eine sonderbare innere Kraft die Farben seines Federkleides regenbogenförmig nach Wunsch und Sehnsucht leuchtend zu bestimmen.

Konsuelo empfing ihn hüstelnd.

Er saß auf einer Stange unter einer argentinischen Palme. »Die Gesundheit, mein Lieber, ist das höchste Gut des Greisenalters. Sie kommt mir mehr und mehr abhanden.« Franziskus ließ einige Worte des Bedauerns hören und sagte:

»Wissen Sie, dass ich heute ein Jahr alt bin?«

Der Papagei wiegte bedächtig und bedenklich seinen Kopf und betrachtete ihn fröhlich mit herzlicher Herablassung.

»Der Tausend! Ein Jahr! Und natürlich kommt sich der junge Springinsfeld schon weiß Gott wie alt und erfahren vor.«

»Ich habe mancherlei erfahren in dem Jahr, Konsuelo, das dürfen Sie mir glauben«, eine Falte legte sich zwischen seine Augen. »Ich bin geliebt und gehasst, verehrt und verachtet worden. Habe Schmerz und Lust empfunden, das Gute gewollt und das Schlechte getan – und was kann es mehr geben in einem Leben und dauere es auch tausend Jahre? Ich will Ihre hundert Jahre, denen ich Ehrfurcht entgegenbringe, nicht herabsetzen, Konsuelo. Sie haben hundertmal das erduldet, was ich einmal erduldet habe. Man schuldet Ihnen viel. Ihr Dasein ist ein Denkmal Gottes.«

»Sie glauben an Gott?«

Der Papagei krächzte belustigt.

Franziskus stand wie eine Statue aus Eisen.

»Ich glaube an Gott und mein Verlangen brennt, ihn einmal zu betrachten. Gott wird Augen haben wie ein Hund, den Gang und die Gestalt einer Gonhild und einen Mantel wird er tragen, Konsuelo, wie Sie.«


Um die Zeit der reifenden Trauben hielt ein brombeerhaariger Italiener namens Farina mit einer Kolonne grell bemalter Wagen seinen Einzug auf der sogenannten Kirmeswiese, die, nahe der Pappelallee, zwischen Dorf und Schloss gelegen ist. Zelte wurden entfaltet, Bankreihen errichtet und einige gebrechliche, mit schmutzigem blauen Samt versehene Stühle als Logenplätze aufgestellt. Lange Stangen stachen in die Luft. Ein wackliges Holzpodium gab sich ein gewichtiges Ansehen. Seile liefen zwischen einzelnen Stangen und über dem Podium war ein Netz gespannt, das berufen war, etwaige Fehltritte des Seiltänzers aufzufangen. Dieser, ein siebzehnjähriger blonder Triestiner, fiel nun aber bald in die Netze der schlimmen Katja. Das Erscheinen der Artisten rief im Dorf und in der Gesindestube des Schlosses großes Aufsehen hervor. Jeden Abend wohnte viel Volk der Vorstellung bei, die unter freiem Himmel vor sich ging. Der Hütejunge stand auf dem Stehplatz, blickte mit brennenden Augen nach dem Schlangenmädchen Rosina, die ihre schlanken Beine graziös über die Schultern warf, und schob sich scheu hinter einen Baum, wenn der Zwerg Pepito mit dem Blechteller sammeln kam.

Auch Gonhild bat eines Abends den Grafen, die Arena Il Gondoliere (diesen den Dorfbewohnern unverständlichen Namen führte das Kunstinstitut) besuchen zu dürfen. Sie zog sich ihr kleines braunes Pelzjackett an, da es schon herbstlich fröstelte, wand ein seidnes weißes Tuch um ihre sterngelben Haare und lud mit klingender Stimme Franziskus und ihre Gouvernante Mimi, welche in ihrem Leben eine unscheinbare Rolle spielte und selten einmal hervortrat, ein, sie zu begleiten.

Herr Farina in eigener Person wies den Damen zwei der gebrechlichen, mit blauem schmutzigem Samt überzogenen Stühle an und machte eine ehrerbietige Verbeugung, bei der er den linken Fuß ein wenig zurückgleiten ließ. Franziskus sprang auf den freien Stuhl rechts von Gonhild. Das Spiel nahm mit einigen Clownerien des Zwerges Pepito seinen Anfang. Als die Bosheiten des Zwerges Herrn Farina, der den dummen August agierte, zu bunt wurden, nahm er den Zwerg in seine Hände und steckte ihn in eine Regentonne, hoch auf platschte das Wasser, und Gonhild schrie leise, denn sie glaubte, der Zwerg würde nunmehr ertrinken. Aber die Tonne schwankte, fiel seitwärts, und munter meckernd entstieg ihr unten der triefende Zwerg. Es zeigte sich, dass die Tonne keinen Boden hatte. Beifall klapperte von den Bänken und Gonhild klatschte erlöst in die Handschuhe.

Nun begab sich der junge Seiltänzer, von Katja mit ängstlichen Augen verfolgt, an die Arbeit. Er schritt leicht und von den Sternschnuppen der Nacht wie mit einem Heiligenschein umwoben rosa glänzend über das Seil, als ginge er auf festem Erdboden.

Auf dem Programm war als dritte Nummer Giulietta vermerkt. Der Name Giulietta hatte keinerlei charakterisierende Äußerung bei sich und wurde nur von einigen Fragezeichen umkränzt.

Mit Spannung sah man dieser rätselhaften Nummer entgegen.

Die Glocke schellte und auf das Podium trat Giulietta. Franziskus schlug an; seine braunen Blicke glühten heiß. War hier Erfüllung seiner Sehnsucht? Liebe über Gonhild hinaus? Anbetung der Vollkommenheit? War jenes zierliche weiße Geschöpf, welches auf den Hinterbeinen über das Podium wandelte, noch ein Hund? War es nicht durch Mühe des Müssens, durch Ausbildung einer seltenen Innerlichkeit über sich hinaus gelangt? Nunmehr überschlug es sich dreimal und flog wie ein Vogel durch die Luft. Franziskus lauschte dem Gesang dieses Vogels. Dann schnellte es durch drei feurige Reifen, ohne auch nur ein Haar seines reinlichen Felles anzusengen. Darauf setzte es sich, wie eine menschliche Dame, auf einen winzigen Stuhl und, nachdem es ausgeruht, verabschiedete es sich mit Winken der Vorderpfoten vom Publikum, indem es die Treppe vom Podium herabstieg.

Franziskus war außer sich. Es litt ihn nicht mehr auf seinem Stuhl an Gonhilds Seite. Er wagte auch nicht, ihr in die Augen zu sehn. Mit einem Sprung war er in der Nacht verschwunden.


Gonhild war von der Gelehrsamkeit und den Kunststücken der zierlichen Bologneser Hündin bezaubert.

»Franziskus, du solltest auch tanzen können wie die feine Welsche!«, lächelte Gonhild und warf ihm ein Stückchen Zucker zu. Sie saß am Frühstückstisch auf der Terrasse, der reichlich mit Eiern, Schinken, Schokolade, Konfitüren und weißem Brot bestellt war und las einen Brief, den ihr der Graf soeben gegeben.

Ein junger Maler von der Münchener Akademie empfiehl sich in höflichen und gewandten Worten dem Grafen zur Restaurierung der alten holländischen Gemälde des Schlosses. Der Preis, den er für seine Mühe forderte, war ein äußerst bescheidener, und der Graf schien dem Anerbieten nicht abgeneigt. Er fragte Gonhild um ihre Meinung.

Gonhild betrachtete mit gekräuselter Stirn die regelmäßigen männlichen Schriftzüge, die ihr den jungen Maler irgendwie auf eine gefährliche Art vertraut machten. Verführung lockte aus den einfachen Sätzen. Ein unbestimmbarer Geruch stieg aus ihnen.

Franziskus hob die Nase in die Luft.

Er witterte einen Feind.

Gonhild zitterte.

Sie lehnte sich an die Balustrade und warf einem Huhn, das sich in den Ziergarten verirrt hatte, Brotkrümel zu.

Mimi klapperte, mit dem Abräumen des Geschirrs beschäftigt.

Fern im Morgendunst zeigte sich die Linie des Gebirges. Wie die Fieberkurve, wenn man Influenza hat, dachte Gonhild.

Der Graf klopfte ihr auf die Schulter. Sie schrak zusammen.

»Habe ich etwas Böses getan?«, dachte sie.

»Nun«, sagte der Graf, »was meinst du, sollen wir den jungen Mann kommen lassen? Einmal muss die Arbeit doch getan werden.«

Gonhild wurde blass.

»Wie du willst, Papa.«

Franziskus knurrte leise.

»Also gut«, sagte der Graf, »hoffentlich hat der junge Mann erträgliche Manieren und reine Fingernägel. Mit den obligaten langen Haaren und dem Samtjackett werden wir uns schon abfinden müssen ...«

Gonhild beschäftigte sich jetzt sehr viel mit Franziskus. Sie wollte, dass er solche Kunststücke vollführen lerne, wie die kleine Bologneser Hündin der Arena Il Gondoliere.

Er musste auf seinen Hinterbeinen gehen, während sie ihm eine Leckerei vor die Nase hielt.

Er sprang in elegantem Bogen durch einen meterhoch gehaltenen Reifen. Nach den Klängen eines Grammofons drehte er sich sinnlos im Kreis.

Er apportierte Steine und holte Holzstücke aus dem Fluss. Er gehorchte mit einer freundlichen Nachsicht gegen Gonhild, weil er sich ihr überlegen glaubte, und sich, je mehr sie sich mit ihm beschäftigte, umso mehr von ihr entfernte. War nicht Giulietta ein größerer Geist? Es war nichts Übermenschliches an Gonhild; waren aber nicht überhündische Kräfte in Giulietta rege und war sie nicht also über sich hinaus gelangt?

Der junge Maler, der eines Morgens von der Münchener Akademie kommend im Schlosse eintraf, enttäuschte den Grafen auf das Wunderlichste und Angenehmste. Er trug weder einen Florentiner Hut noch ein schwarzes Samtjackett. Auch schienen seine Fingernägel eitel gepflegt und maniküft. Beim Essen bewegte er das Besteck mit einer vollendeten Sicherheit und Anmut.

Er hatte helle blaue norddeutsche Augen, isländisch Haar und den wiegenden heiteren Gang eines Matrosen. Sein Anzug bestand aus weiten grauen Hosen, die durch einen amerikanischen Gürtel über dem rohseidenen Hemd zusammengehalten wurden, einem grauen Jackett, Stehumlegekragen mit silbergrauer Schleife, braunseidenen Strümpfen und gelben Halbschuhen mit breiter Kappe.

»Sonderbar, unsere neue deutsche Jugend!«, sagte der Graf. »Sollte man in ihm noch einen Künstler vermuten? Sieht er nicht aus wie ein Amerikaner? Ist er nicht ein eleganter junger Herr? Man könnte ihn bei Hofe vorstellen, und er würde sich nicht im Ton vergreifen. Weiß Gott, Gonhild, ich habe ein wenig Angst vor dieser Jugend. Sie ist mir zu sicher. Sie kann zu viel. Ich will mich hängen lassen, wenn unser Maler nicht schießt, jagt, fischt und reitet wie ein Edelmann. Und dabei malt er noch!«

Gonhild sah in ihren Schoß.

Sie hatte sich an die Erscheinung des Malers noch nicht gewöhnt. Fraglos hatte auch sie einen ungekämmten unordentlich gekleideten genialischen Burschen erwartet, der sich mit ihrer Vorstellung von der Fragwürdigkeit jeglicher Kunst und der Unsauberkeit ihrer ausübenden Jünger vertrug.

Stattdessen sah sie sich einem jungen Herrn gegenüber, der sich in seiner unauffällig gewählten exakten Kleidung in nichts von den jungen Herrn ihrer Gesellschaft unterschied, der sich vor ihnen höchstens durch eine wohltuende Frische und durch ein, wie es schien, begründetes forsches Selbstvertrauen auszeichnete.

Misstrauisch machte sie gegen ihn nur jenes Gefühl, das sie beim Lesen seines Briefes empfunden hatte, und die Haltung des Hundes Franziskus.

Franziskus zeigte sich dem Maler gegenüber äußerst unfreundlich und zurückweisend.

Vielleicht hatte seine Antipathie auch seinen Grund in den wenig schmeichelhaften Beinamen, die der fröhlich aufgelegte Maler ihm verlieh: »Bettvorleger! Fußsack!« – ironische Degradierung, die Franziskus wohl begriff.

Franziskus sollte, vermöge eines von Gonhild ausgedachten Klopfalphabetes, sprechen lernen. Bei a musste er einmal, bei b zweimal und bei c dreimal und so fort klopfen. Franziskus tat ihr gutmütig den Gefallen, vor ihr als gelehrig und gelehrt zu erscheinen. Auch lernte er auf Fragen nicken oder den zottigen Kopf schütteln. Er war mit seinem Herzen gar nicht bei den Lektionen. Er dachte an Giulietta und an den Maler. Was stand ihm, Franziskus, bevor? Morgen Abend war Abschiedsvorstellung der Künstlertruppe; er musste unbedingt einen Versuch machen, mit Giulietta zusammenzutreffen. Ahnte sie, dass in ihrer Nähe, in der Umgebung des kärglichen Dorfes einer weilte, der gesonnen war, sich ihr darzubringen? Vorübergehend beunruhigte ihn der Gedanke eines Verrates an Gonhild und er klopfte mit schlechtem Gewissen ihren Namen.

»Was rufst du meinen Namen, Franziskus?«, fragte Gonhild zärtlich.

Aber der Hund sah stumm zu ihr empor und schüttelte seinen braunen Kopf.

Gonhild und der junge Maler ritten am Nachmittag nach dem Kaffee durch den Wald zum Vorwerk. Franziskus hätte alle Ursache gehabt, sie zu begleiten und ein Auge auf den Maler zu haben. Aber der augenblickliche Rausch seiner Leidenschaft für Giulietta verblendete ihn und trieb ihn auf die Kirmeswiese.

Die Arena war mit einer kleinen Menagerie verbunden.

Ein schmutziger Affe hockte verdrießlich in einer Kiste, die zum Käfig umgewandelt war, und fraß Apfelschalen. Wellensittiche kreischten. Ein blinder Fuchs, der mit einer Kette an einen Pflock gefesselt war, scharrte in Abfällen. Herr Farina stand in der Tür des Reisewagens und rauchte eine Virginia. Das Schlangenmädchen Rosina kämmte sich vor einem zerbrochenen Spiegel die kümmerlichen

Haare. Sie hatte ein fantastisches Gewand, halb Kleid, halb Decke um den Leib geschlungen.

»Bettvorleger!«, dachte Franziskus und sah erzürnt den Maler.

Der Zwerg Pepito neckte den blinden Fuchs, indem er ihm einen Knochen vor die Nase hielt und immer wieder zurückzuckte.

Dem Fuchs floss Speichel aus den Lefzen. Herr Farina lachte dröhnend.

Pepito quietschte. Franziskus fuhr ihn bellend an, dass er erschreckt den Knochen fallen ließ und die Treppe zum Wagen hinauf stolperte.

»Gesindel!«, dachte Franziskus.

Der Zwerg streckte ihm von der obersten Treppenstufe, schon im Schutze des Herrn Farina, die Zunge heraus.

Herr Farina lachte gutmütig. Er rief Franziskus einige italienische Worte zu, die sehr wohlwollend klangen.

Der Zwerg verschwand wie eine Maus im Wagen.

Franziskus lief hinter den Wagen. Wo war Giulietta?

Hinter dem Wagen stand ein kleiner Käfig mit zwei halbverhungerten Wölfen.

Sie kamen, als sie Franziskus sahen, an das Gitter und betrachteten ihn mit großen grünen Augen.

Franziskus traten Tränen in die Augen.

»Meine Brüder, meine wilden Brüder, und gefangen hinter Stäben!«

Und der eine Wolf erhob seine Stimme:

»Bruder, der du wider Willen oder Wissen freundlich uns besuchst, denke oft an uns Gefangene! Auch wir wandelten durch Wald und Weite, Feld und Freiheit, einst wie du!

Hatten Liebe, hatten Leben. Unsere stählern festen Sehnen trugen flink uns über Moos und Stein. Keinem Feind gelang mit uns der Kampf. Unsere Kinder jubelten, wenn wir das Futter brachten. Sonne war in unsern Augen. Unsere Augen waren Sonnen in der Nacht. Aber uns bezwang das Schicksal, mächtig aus der Menschen Hand gesandt. Viel Erbärmliches ist, doch nichts Erbärmlicheres als der Mensch. Unser Hunger ist ihre Sättigung. Unsere Qual ihre Lust. Unser Tod ist ihr Leben. Unsere Liebe ihr Hohn. Wage nicht zu helfen, Bruder, Sterbender. Deine Hilfe ist nur schwach. Leide mit uns, Bruder! Jeder Atemzug der verbrauchten und zerfressenen Lunge sei ein Fluch dem menschlichen Gezücht!«

Franziskus wandte seine Augen nach innen. Sein Herz brannte. Er sprang, holte den Knochen, den der Zwerg hatte fallen lassen und schob ihn mit den Zähnen zwischen die Stäbe. Die mageren Wölfe heulten dankbar.

Franziskus sah Katja und den Seiltänzer Arm in Arm aus dem Wald treten. Der Seiltänzer streichelte ihre Hand und gab ihr unverständliche Kosenamen. Sie lachte und zeigte ihre schneeweißen Zähne. Der Seiltänzer griff ihr verlangend um die jungen Brüste. Hinter ihnen lief – Franziskus erstarrte bronzen – Giulietta. Sie setzte zierlich ihre kleinen charmanten Füße und schien zu lachen wie Katja. Ein hässlicher struppiger Köter unbestimmbarer Rasse lief selbstbewusst neben ihr und huldigte ihr in nicht misszuverstehender Weise.

Sie schien seine Komplimente nicht unhold aufzunehmen. Das Bewusstsein eines geheimen Einverständnisses verband die beiden. Franziskus erkannte in dem Köter einen dorfbekannten Schmutzian und Hündinnenjäger niederster Neigung. Weder sein Vater, noch seine Mutter war bekannt: Er entstammte der Kreuzung zweier minderwertiger Rassen.

Ihm also, dem Symbol der Verworfenheit, ergab sich Giulietta, die Erhabene. Der Niedrigkeit unterwarf sich die Hoheit. Im Schmutz wälzte sich die Reinheit. Anmut entglitt in Frechheit. Wurde Welt zur Wüste? Himmel zur Hölle?

Ohne Franziskus zu sehen, tänzelte Giulietta an ihm vorüber.

Der Maler stand auf einer Leiter, allerlei Pinsel, Messer und Messerchen in der Linken, und wies mit der Rechten auf die Einzelheiten eines stark nachgedunkelten Gemäldes, das dem Höllenbreughel zugeschrieben wurde. Gonhild blickte, einen Schal um die fröstelnden Schultern, zu ihm empor. Durch ein Fenster fiel ein kühler Sonnenstrahl auf das Haar des Malers und ließ es mattgold glänzen.

»Es wird bald Winter«, sagte Gonhild.

»Sehen Sie die Wildheit in dem Bild, den Hass jenes verzerrten Kopfes, die Wut jenes enthüllten Frauenleibes – und doch, welche Kraft! Welche Kraft des Willens und der Sittlichkeit!«

Gonhild erschrak leise. Sie fühlte aus der Deutung des ihr fremden Bildes nur die Kraft des Malers.

»Halten Sie Kraft für die Hauptsache im Leben? Ich bin so gar nicht kräftig, auch Papa ist so zart. Sind wir darum schlechte Menschen?«

Der Maler schoss einen flammenden Blick hernieder.

»Fräulein Gonhild!«, sagte er.

Gonhild senkte den Kopf. Sie hüllte sich fester in ihren dünnen Schal. Wo nur Mimi blieb. Sie wollte sie doch zu einem Spaziergang abholen. Sie hob den Kopf.

»Sehen Sie die Tiere! Sehen Sie Konsuelo, den Papagei! Franziskus, den Hund! Es sind schwache Geschöpfe. Und dennoch und grade darum lieben wir sie. Wir müssen, sie beherrschend, ihnen dienen.«

»Das ist der Ausgleich Gottes. Wie liebt Kraft die Schwäche! Und wie wird sie von ihr gehasst! Ich will Ihnen ja dienen, Fräulein Gonhild. Sie sollen meine Herrin sein ...«

Er stieg langsam hernieder von der Leiter. Die Pinsel und Messer entfielen seiner zitternden Hand.

Gonhild stand leblos. Zu Hilfe, dachte sie, zu Hilfe.

Sie hatte keinen Willen zur Auflehnung.

Da klang ein Bellen durch den hohen Saal. Franziskus sprang vom Fensterbrett des offengelassenen Fensters herab, Gonhild zu Füßen. Drohend stand er zwischen ihr und dem Maler, der erblasst war.

»Ich glaube, wir müssen essen gehen«, sagte Gonhild leise, »es schlägt eben ein Uhr.«


Franziskus fühlte sich zur Pflicht zurückgerufen. Gonhild hieß ihm wieder Geist und Güte. Giulietta bestechender Schimmer graziöser Scharlatanerie. Funkelnde Oberfläche. Aber Gonhild: unergründliche dunkle Tiefe.

Dass er nicht vermocht hatte, rückhaltlos an ihr festzuhalten, dünkte ihn Zeichen eigenen Unwertes, den er bestrebt war, deutlich vor ihr zum Ausdruck zu bringen.

Er ließ sich ihren kleinen, mit einem grünen amerikanischen Schuh bekleideten Fuß auf den Nacken setzen und erblickte darin ein Symbol der völligen und endlichen Unterwerfung. Nachts schlich er sich von seinem weichen teppichbelegten Lager und schlief auf der harten Linoleumdecke vor ihrer Tür. Er geißelte sich, indem er über spitze Drahtzäune kroch und schmerzliche Wunden erlitt.

»Aber Franziskus!«, sagte Gonhild. »Du blutest ja! Komm, ich will dir die Wunden auswaschen!«

Er aber entzog sich den Händen ihrer Barmherzigkeit und glaubte, duldend und büßend ihr zu dienen, wenn nächtlich die Wunden brannten.

Als sie ihn aber zu einer guten Stunde streichelte, vermochte er das Herz nicht mehr zu halten. Er sprang sie an, und sie drückte ihn an ihre Brust, die unter der dünnen seidenen Bluse bei seinem Ansprung zart bebte.

Sie streichelte seinen Kopf.

Seine Augen zitterten, die Zunge züngelte, und er fühlte nur dies: »Ich liebe! Ich liebe!«

Franziskus wurde durch das Benehmen des Hütejungen beunruhigt. Katja kam weinend zum Inspektor gelaufen und erzählte, dass der Hütejunge eines Abends in der herbstlichen Dämmerung wie ein Tier über sie hergefallen sei und dass sie sich nur mit Not und ganzer Kraft seinem geifernden Munde und seinen hässlichen Fingern habe entziehen können. Der Inspektor ließ den Hütejungen rufen und schlug ihn mit seiner kurzen Reitpeitsche mitten ins Gesicht, dass ein roter Striemen ihm quer über die Stirn lief. Mit einem blöden und bösen Gelächter sprang der Hütejunge durch das Fenster in den Hof unter die schreienden Hühner und entfloh.

Erst inmitten seiner Ziegenherde oben auf dem Hügel oberhalb des Dorfes machte er halt. Er blickte auf das Dorf und das Herrenhaus herab und schüttelte die Faust. Die das Geld haben, die haben die Macht. Die die Macht haben, die haben die Liebe. Uns Schwachen und Schwächlingen bleibt nur der Hass. Hass gegen eine Herrschaft, die Brot nur gegen Geißelhiebe gibt. Und Liebe … nie. Er war ein Sklave irgendeiner lässigen Gebärde des Grafen. Irgendeines – o wie knirschte er! – abweisenden Winkes der Gonhild. Katja verriet ihn. Der Inspektor schlug ihn mit der Peitsche ins Gesicht. Franziskus befehdete ihn. Franziskus, der ihm gewiss sein fettes Dasein erst verdankte.

O im Herrenhaus wohnen! Einer von den Herren sein! Dem Inspektor einen Fußtritt in den A... geben. Franziskus zu Tode prügeln. Katja von einem brünstigen Hirsch zu Tode stampfen lassen. Eine Gonhild im Spitzenhemd haben!

Rache durchraste seine schwindsüchtige Brust.

Die Ziegen meckerten. Der Leitbock wurde unruhig.

Der Hütejunge legte das Ohr an den Erdboden und lauschte.

Es nahten Schritte.

Er kannte die Schritte.

Sein Herz schlug rot bis in die Augen, die sich blutend füllten.

Es nahte Erfüllung seiner rasenden Rache, seines inbrünstigen Verlangens.

Er breitete die Arme aus und meckerte.

Auf ihn zu schritt die Blonde, die Goldne, Versprechen himmlischen Genusses. Gestirn der Nacht und Sonnenschein des Tages: Gonhild!

Gonhild schrie leise, da sprang Franziskus flammend ihm an die Kehle.

Wiehernd ließ der Hütejunge Gonhild fahren und wandte sich seinem Feinde zu.

Er nahm den Kopf des Hundes, der nach seiner Kehle schnappte, in seine beiden Hände. Und da er die Hände um seinen wolligen Hals spannte, ihn zu erwürgen, durchzuckte ihn entsetzliche Erkenntnis.

Ihm war, als hätte er seine eigene Kehle gepackt, als hielte er in des Hundes Kopf seinen eigenen Kopf in Händen. Als sähe aus des Hundes hellen Augen veredelt, ungetrübt sein eigener Blick.

Er gedachte bebend der Hündin Maria; von sich warf er den Hund, der zu Gonhilds Füßen fiel, die in Ohnmacht dahingesunken war.

Tobend trollte er durch den Wald.

Als Gonhild erwachte, drohte die Dämmerung zwischen den Bäumen.

Franziskus lag neben ihr und leckte ihr die Hand.

Sie strich sich über ihre sternklare Stirn.

»Du hast mich gerettet, Franziskus«, sagte sie, »wie soll ich dir danken?«

Franziskus dachte:

»Es gibt nicht Dankbarkeit. Selbst Gonhild ist nur dankbar, weil sie zärtlich ist. Und habe ich sie wirklich gerettet? Ich habe das Menschliche in mir bekämpft, und darum rettete ich sie … vor mir.«

Der Graf und der Maler zeigten sich sehr besorgt, dass Gonhild so spät aus dem Walde heimkam.

»Es hätte Ihnen ein Unglück zustoßen können, Fräulein Gonhild«, sagte der Maler und er sagte ganz unbefangen: Fräulein Gonhild und nicht: Gnädigste Komtesse, was den Grafen ein wenig verstimmte, »denken Sie an die Zigeuner! Wenn man Sie uns nun geraubt und ein schönes Zigeunermädchen aus Ihnen gemacht hätte! Es wäre mein Schicksal gewesen, die Welt nach Ihnen zu durchstreifen und vielleicht hätte ich Sie nie gefunden; oder wenn ich Sie nach Jahren dann doch entdeckt hätte, da hätten Sie mich nicht mehr erkannt und eine fremde Sprache gesprochen, die ich nicht verstehen würde. Sie hätten auf dem Seile getanzt und das Tamburin geschlagen. Und schließlich hätten Sie in einem gebrochenen Deutsch mir aus der Hand meine Zukunft gesagt, und sie wäre gewesen: eitel Schmerz und Unrast und Tränen. Denn Sie selbst wären mir ja verloren gewesen ...«

Gonhild öffnete die Lippen ein wenig und bot sie mit anmutiger Verwunderung dem Maler.

Der Graf missbilligte die verworrenen und ihm völlig unverständlichen Redensarten des jungen Mannes und wies mit spitzer Schulter auf die gedeckte Abendtafel.

»Du wirst noch etwas essen wollen, Gonhild? Übrigens warst du bei deinem Spaziergang ja in guter Hut. Franziskus war bei dir.«

Gonhild nickte. Spielerisch tasteten ihre Finger über Franziskus' Fell, der mit kühlen braunen Augen nach dem Maler sah.

Der Graf und der Kooperator saßen beim Nachmittagskaffee im Rauchzimmer, als Gonhild auf sie zugesprungen kam.

»Papa –«

Der Graf tauchte aus den Dampfwolken seiner Zigarre wie Zeus aus dem olympischen Gewölk:

»Nun –?«

»Sieh, was ich gefangen habe: einen jungen Schmetterling. Jetzt im Herbst! Er ist noch ganz betäubt von Licht und Luft und arglos rastet er auf meiner Hand – jetzt, jetzt regt er die weißen Schwingen und schwebt und schwebt – in den Himmel.«

Gonhild sah dem Schmetterling nach.

»Wer da fliegen könnte – wie er.«

Der Kooperator räusperte sich:

»Sieh mir in die Augen, Gonhild!«

Gonhild schlug die Augen nieder.

Der Kooperator fuhr fort:

»Wie lange ist es her, dass wir nicht mehr zusammen in den Wald gingen, den Dom Gottes. Ich lehrte dich, die guten von den giftigen Pilzen scheiden, den Umlauf der Sonne, des Mondes und der Gestirne beobachten und in den heiligen Büchern lesen. Sommer und Winter, Frühling und Herbst wechselten. Sie wandelten nicht uns, die wir beständig in Demut und Bescheidenheit jedem neuen Tag des Herrn dienten. Das Eichhörnchen war deine Schwester und der Hase dein Bruder. Und selbst der böse Vetter Fuchs ließ sich von dir, wenn du ihm begegnetest, streicheln.«

Gonhild sagte leise:

»Ich liebe den Wald und seine Tiere und Farren und Moose. Ich liebe Franziskus und die Katzen und Konsuelo ...« Der Kooperator betrachtete sie betrübt:

»Seit diesem Sommer ist eine Unruhe in dich gefahren, die ist nicht von Gott. Denn Gott heißt jedermann mit seinem Schicksal zufrieden sein. Denn alles, was geschieht, es sei Leid oder Lust, geschieht von Gott. Du bist voller Unruhe, Gonhild. Du kannst den Abend nicht erwarten und nicht die Nacht und nicht den Tag. Wie Dämmerung bist du nicht dies, nicht das. Du sprichst mir die Gebete nach, leer und unaufmerksam ...«

Gonhild erhob die Blicke vom Boden:

»Heiliger Vater – ich bin fünfzehn Jahre alt geworden. Seitdem in diesem Frühling die Knospen an den Bäumen zu sprießen begannen, seit der erste Amselruf am Bach erklang und im Teich der Schrei des Frosches, spür ich, dass auch mein Blut zu singen beginnt: einen anderen Choral als den, den Ihr mich lehrtet. Die Blume lockt den Schmetterling und der Vogel ruft seinem Weibchen.«

Der Kooperator schüttelte das Haupt:

»Gonhild – Gonhild – die Sünde hat Macht über dich gewonnen und zerfrisst dein Herz von innen wie der schwarze Wurm die Frucht. Bin ich doch ohne Schuld daran, denn ich habe dich stets erzogen im Geist der Apostel.«

Gonhild lächelte:

»Heiliger Vater, Euer Geist ist ganz aufs Ewige und Unvergängliche gerichtet. Ihr habt den Leib abgetötet und seid nur Seele noch und

Sinn und Gebet. Aber ich bin ein irdisches Geschöpf. Bin so jung. Meine Lippen brennen rot wie Mohn. Und meine Augen leuchten wie Enzian. Um eine Heilige zu werden, muss man ein Mensch gewesen sein. Wie kann der von Güte wissen, der niemals schlecht war?« Der Kooperator bekreuzte sich.

»Der Teufel verwirrt dir den Sinn, dass du redest: gottlos wie ein Sophist.«

Der Graf, der bis jetzt geschwiegen hatte, strich Gonhild zärtlich über die Stirn:

»Kind, Kind, du bist zu jung, um zu wissen, was dir frommt. Seit deine Mutter in deinem ersten Lebensjahre starb, ist sie in meiner Vorstellung mit der Gottesmutter zu einer heiligen Person verschmolzen. Sie rufe an, wenn deine Seele keinen Frieden findet.«


Gonhild und der Maler schritten Hand in Hand durch den nächtlichen Park.

»Wie sonderbar«, sagte Gonhild, »ich habe dich nun lieb. Und weiß nicht einmal, wer du bist. Und weiß nicht einmal recht, was dies bedeutet: lieb haben. Ich bin erst fünfzehn Jahre alt.«

»Gonhild!«, rief der Maler, und hob die zierliche Gestalt den Sternen zu. »Mein Mädchen!«

»Papa wird einen großen Schreck bekommen, wenn er hört, dass ich ihn heimlich verlassen habe, und er wird mich vielleicht verachten. Aber ich kann nicht anders. Er würde niemals in eine Ehe mit einem Bürgerlichen einwilligen. Und du bist doch nun einmal ein Bürgerlicher. Nein, eigentlich bist du ein Raubritter!«

Sie lachte und streifte mit flüchtigem Kusse seine Wange. »Ich kann nicht anders. Ich muss dir folgen. Ich habe keinen Willen mehr. Du hast den meinen. Aber darf ich nicht wenigstens Franziskus mitnehmen? Du weißt, ich habe ihn lieb. Er scheint mir zuweilen ein Teil meines Ich. Ja: fast mein besser Teil. Denn ich bin nur ein Mensch. Und er –«

»– ist nur ein Hund, Gonhild.«

»Für einen Hund bedeutet's viel, ein Hund zu sein.«

»Gonhild, wir können Franziskus nicht mitnehmen. Er würde uns überall sofort verraten. Er wäre unfehlbares und untrügerisches

Kennzeichen unseres Steckbriefes. Der Graf und die Polizei wäre uns sofort auf den Fersen.«

»Aber später – können wir ihn nicht später nachkommen lassen?«

»Gewiss, Gonhild, wenn alles recht geregelt ist und wir weder die Polizei noch deinen Papa mehr zu fürchten haben.«

Gonhild seufzte.

»Dann will ich mich in die Trennung von Franziskus schicken. Dir zuliebe. Und aus Klugheit. So schwer mir diese Klugheit fällt. Aber wie wird es Franziskus ergehen? Er hängt so sehr an mir ...«

Als der Graf in munterer Laune am Frühstückstisch erschien, fand er wider Erwarten Gonhild nicht vor. Ihr Gedeck war noch unberührt. Schlief sie noch? Er zog die Uhr. Sie zeigte bereits neun. Gonhild pflegte gegen acht Uhr aufzustehen und meistens war *sie* es, die *ihn* mit einem klingelnden Gelächter weckte.

Er schlich sich auf Zehenspitzen vor ihr Zimmer und lauschte.

Er klinkte vorsichtig die Türe und betrat es.

Das Zimmer war leer. Das Bett schien unbenützt. Er sah sich suchend um. Die Toilettensachen vom Waschtisch fehlten. Desgleichen eine kleine Handtasche aus Juchten, ein Geburtstagsgeschenk des Grafen an Gonhild. Der Graf stützte sich einen Moment schwer atmend auf eine Stuhllehne. Dann trat er an den winzigen, weiß und goldnen Schreibtisch. Dort lag ein Zettel und darauf standen diese Worte: »Sei mir nicht böse, Papa. Versuche nicht, mir weh zu tun. Ich vergesse dich nie und hoffe bald zurückzukehren, um Verzeihung von deiner Güte zu erbitten. Grüße Franziskus.«

Übrigens fand man an eben diesem Morgen im Wintergarten des Herrenhauses den Hütejungen erhängt vor. Neben ihm lag tot der Papagei Konsuelo, dem er zuvor den Hals umgedreht hatte. Dies war die Rache des Hütejungen an der Herrschaft des Reichen und Bunten, des Schönen und Guten, des Blonden und Goldenen.

Franziskus gebärdete sich, als er sich von Gonhild verlassen sah, wie rasend. Bellend drehte er sich hundert Male um sich selbst.

Der Graf fand, trotzdem er sofort die Polizei der nahen Großstadt benachrichtigte, keine Spur von Gonhild und ihrem Verführer. Er meinte sie dort versteckt, glaubte an Erpressungsversuche des Malers und fuhr persönlich nach München.

Franziskus lief durch das ganze Haus treppauf, treppab und suchte Gonhild. Er lief ins Dorf, er lief in die Ställe, auf die Felder, in den Wald. Er lief in den Wintergarten und sah Freund und Feind getötet.

Endlich fand er Gonhilds Spur auf dem Bahnsteig des Kleinbahnhofes.

Er jauchzte, als er sie entdeckte, und eilte emsig den Schienen nach, ewige Sehnsucht nach Gonhild und dem Guten und heiligen Hass gegen das Böse und ihren Entführer in der Brust.

Hungernd und dürstend lief er tagelang dem Ziele nach, das ihm wie ein Falter voranschwebte.

Förster, die ihm begegneten und ihn für tollwütig hielten, schossen nach ihm. Die Kugeln pfiffen um seine Ohren, er aber achtete ihrer nicht.

Unterwegs geriet er in ein Gefecht mehrerer Hunde mit einer Katze. Da vollzog sich eine entscheidende Wendung zum Guten in ihm. Er schützte den schwachen Feind, ging gegen die feigen Hunde und verjagte sie. Die Katze miaute kläglich. Sie blutete. Da riss er mit dem Maule Gräser und Farren ab und stopfte sie in die Wunde. So sühnte er den Mord an der Katze Mignon und die unbedachte Feindschaft seines Geschlechtes.

Weiter und weiter lief er zwischen den Schienen. Städte empfingen und entließen ihn. Sonne stieg auf und sank. Ein Kranz von Nächten umschlang seine schlaflose Stirn. Da kam er in eine Stadt, die war anders wie andere Städte; Kanäle durchzogen blinkend sie tausendfältig. Brücken schlugen ihre Bogen von Ufern zu Ufern. Ein Heer von Masten stieß wie Lanzen in den Himmel. Sirenen heulten. Pfeifen schrillten. Rauch, Hand in Hand gefügten Engeln ähnlich, entstieg den Schornsteinen.

Der große Hafen war erreicht. Auf dem Kai lief zwischen Geschrei und Menschen, zwischen Packträgern und Matrosen, selig des nahen Zieles gewiss, Franziskus.

Schiffe schaukelten sich vor seinen Blicken. Eben entglitt ein riesiger Ozeandampfer, das Sinnbild des silbernen Adlers am Buge, dem grauen Hafen.

»Ja«, sagte neben Franziskus ein Matrose, dem ein Anker in den nackten Oberarm gebrannt war, »der Adler ist eigentlich kein Schiff, sondern ein Vogel, denn er fliegt.« Auf dem Hinterdeck des Dampfers stand in grauem Regenmantel und schwarzem Lackhut ein junges Mädchen und winkte mit einem seidenen Taschentuch, auf dem eine Grafenkrone gestickt war, dem Festland den Abschiedsgruß zu. Hinter ihr bewegte sich lächelnd ein junger blonder Herr.

Franziskus hatte Gonhild kaum erspäht, als er überirdisch bellte.

Gonhild musste seinen Ruf vernommen haben, denn sie schrak zusammen, während der blonde Herr beruhigend auf sie einredete.

Franziskus sprang in den himmlischen Abgrund – ihr nach! – Ihr nach! –

Die Wellen verschlangen ihn und trugen ihn noch einmal. Sein abgezehrter Körper vermochte ihnen keinen Widerstand entgegenzusetzen. Sein brechendes Auge sah noch ein letztes Mal Gonhild.

Franziskus meinte im Walde zu liegen. Pilze schossen um seine Verwesung. Tannennadeln fielen in sein Fell und silberner Regen wusch seine gläsernen Augen. Eichhörnchen schwebten von den Bäumen hernieder und betrachteten neugierig sein immer noch dasein. Kreuzottern schlichen bei Verfolgung von kreischenden Mäusen über seine entfleischten Beine. Und eines Tages brach sein Bauch und ein Heerwurm von gelben Maden zog seine Straße. Franziskus aber bot sich ihnen liebend dar und sprach: »Dies ist mein Leib, euch gegeben zur Seligkeit. Nehmt und esset alle davon.« Donner erklang gewaltig. Blitze zischten zwischen den Stämmen. Der Himmel platzte, und das Meer brach daraus hervor.

Und siehe: Als Franziskus erwachte und die Augen emporwarf, da war Glanz um ihn wie Sonne, und war doch mehr als Sonne. In diesem Lichte gaukelten die Sterne wie große Libellen. An die Glocke des Mondes schlug goldener Klöppel. Wesen umschwebten ihn, deren Begriff er nur geahnt. Da gab es nicht Mensch, nicht Hund, nicht Katze, nicht Papagei, nicht Bäume, nicht Blumen, nicht Wasser, nicht Feuer, nicht Luft, nicht Erde: Alles war einer Art und Gestaltung voll unbeschreiblicher Anmut. Im Schutze eines Schattens saß jener schöne Jüngling, von dem er vermeinte, ihn einmal in seinem Leben als Hirt und Lamm getroffen zu haben. Wieder umdrängten ihn Tausende von

Geschöpfen. Friedliche Mienen strahlten, die Schwester vom Roten Kreuz, die viele Menschen, Kämpfer und Nichtkämpfer, hat sterben sehen, sagt: »Es muss hübsch sein, bei den Klängen eines Grammofons zu sterben. Meine Patienten starben meistens beim Gesang der Granaten. Nur einer, ich weiß es noch, als wäre es gestern geschehen, sagte: ›Hören Sie, Schwester, den Leierkasten? Ich habe ihn seit meiner Kindheit nicht mehr gehört. Es ist die seligste Musik der Welt …‹«

Nun ist Winter. Die Lampions sind erloschen. Sanfte Schlitten gleiten im Mond den weißen Hang hinab.

Der Himmel ist wie ein blauer Glassturz in den altmodischen Schränken unserer Großväter über uns gestülpt. Wir leben darunter: bunte und groteske Porzellanfiguren, von einem früheren Meister entworfen, geformt und bemalt: schlanke Jäger, verschlungene Liebespaare, vorsichtige Reiter, strahlende Mädchen, elegante Kinder – alle mit einem gemalten Lächeln um den Mund und künstlichem Glanze in den Augen, alle ein wenig blass. Mancher Gliedmaßen zappeln neurasthenisch, und manche hüllen sich fröstelnd in die dunklen Pelze ihrer Einsamkeit, aus der ein Schmerz sie zuweilen nackt wie Nymphen oder Faune treten lässt.

Stumm wie Polarfüchse ziehen sie ihren Schlitten den Berg hinauf. Der Schnee knirscht. Die Sterne kreisen. Manche Tannen sind wie Weihnachtsbäume mit ihnen behängt. Unter ihnen gleitet und schreitet, fast körperlos: das gespenstische Porzellan.

Die Kranken tanzen.

Sie spielen Fasching. Sie haben sich, funkelnd kostümiert, in Gestalten ihrer Sehnsucht verwandelt, die sie vielleicht einmal waren und die sie nie mehr werden können. Da dreht sich ein mexikanischer Gaucho mit einem holländischen Fischermädchen. Pierrots und Pierretten wirbeln rot und gelb und violett. Eine Rabenfamilie flattert, unhold krächzend, durch den Saal. Es sind Leute vom oberen Sanatorium. Sie dürfen nicht erkannt werden, denn es ist ihnen vom Chefarzt strengstens verboten, zur Redoute zu gehen. In einer dunklen Loge sitzt ein einsamer Frack und trinkt hüstelnd eine Flasche Asti. Ich denke darüber nach, dass ich ihn kenne, dass ich ihm schon irgendwo begegnet bin: in Ragaz oder in Arosa oder in Locarno. Er trägt eine weiße Maske vor dem blassen Gesicht, das so blass ist, als wäre es geschminkt. Ein unerklärliches Gefühl der Zärtlichkeit zwingt mich an seinen Tisch und lässt mich ihm die Hand drücken. Der Frack erhebt sich: leise verwundert. Er deutet mit milder Hand auf die Flasche Asti und auf ein zweites leeres Glas. Er kann nicht sprechen. Entweder ist er taubstumm oder er hat Kehlkopftuberkulose. Ich stürze das Glas Asti in einem Zug herunter und tanze mit einer feuerroten Pierrette. Sie scheint flammend der Hölle entstiegen, aber ihre blauen Augen verraten den Himmel.

»Wie heißt du?«

»Gonhild – aber du hast ja gar keinen Kopf!«, lächelt sie plötzlich erschreckt.

Das macht nichts: Wenn ich auch keinen Kopf habe – ich tanze doch. Man pflegt ja nicht mit dem Kopf, sondern mit den Füßen zu tanzen. Obgleich es umgekehrt manchmal amüsanter wäre.

Oben an der Decke hängt mein Kopf, ein gelber Lampion, und sieht interessiert auf mich herab, wie ich tanze. Der einsame Frack tanzt jetzt ebenfalls. Er tanzt mit einer Riesendame in Balltoilette, die aus dem Sanatorium Guardaval entsprungen ist. Und jetzt erkenne ich ihn: Es ist der russische Dragonerleutnant, mein linker Tischnachbar in der Pension Stolzenfels.

Selige Nacht! Ich darf den wilden Jungen spielen, der ich einmal war, als es noch keine Krankheit und noch keinen Krieg gab.

Wir nehmen einen Schlitten und fahren in die Mondnacht hinaus.

Das Tinzenhorn ragt zackig in die blaue Nacht. Der Gletscher glitzert wie eine Kristallplatte. Aus den beschneiten Wäldern tönen die Seufzer der Dryaden.

Der rote Pierrot friert.

Denn er kommt aus der Hölle und ist den Winter nicht gewohnt.

Man gibt der ungarischen Kapelle bei Kolbinger zehn Francs und sie spielt, was man will. Die Ungarn spielen alles aus dem Kopf. Sie kennen gar keine Noten.

Ein Engländer befiehlt den Tipperary-Marsch. Eine Damenschneiderin aus Genf, ein ungewöhnlich hübsches Mädchen, tanzt mit ihrem Freund, einem jungen Argentinier, währenddessen eine Art Step. Der

Engländer, der einen Whisky vor sich stehen hat, sieht jedem Schritt der Damenschneiderin scheinbar gelangweilt, aber innerlich berührt, nach.

Die Kapelle spielt: »It is a long way to Tipperary ...«

Die Ungarn spielen ungarische Volkslieder:

»Auf der Welt gibt es nur ein einziges Mädchen, und dieses Mädchen gehört mir. Wie lieb muss mich der gute Gott haben, dass er es gerade *mir* gegeben hat ...«

Ich suche die Augen der roten Pierrette.

»Draußen wohne ich auf der Heide in Niederungarn. Bei Tag und bei Nacht denke ich an mein zierliches Mädchen. Wenn alle meine Seufzer auf Taubenflügeln schweben würden, so gingest du sonntags zwischen Tauben zur Kirche.«

Ich küsse die kleine geschminkte Hand der roten Pierrette.

Auf einmal fiedeln die Ungarn ein ungarisches Soldatenlied:

»Die Straße wird gekehrt, weil die Soldaten durchziehen. Brünette Mädchen laufen den Soldaten nach. Der Herr Hauptmann fragt ein Mädchen: ›Wohin gehst du, braunes Mädchen?‹ – Warum fragt der Herr Hauptmann das braune Mädchen? Das braune Mädchen geht ihrem Liebsten nach.«

Wir treten auf die Straße.

Es ist gegen sechs Uhr abends. Der Schnee knirscht. Die Bogenlampen leuchten.


Man pokert, man lacht, man hustet, man tanzt, und hin und wieder stirbt man. Dann wird die Glocke geläutet, und im Krematorium fährt man feurig zum Himmel. War es so leicht, ein Mensch zu sein? Wir waren in Schmerzen Leibes und der Seele wie in eiserne Panzer gezwängt. Wir wollten das Gute und taten das Schlechte. Und unser Lächeln schien nicht immer echt. Aber wir hatten den Glauben an das Gute und freuten uns des Lächelns, wenn es sich von den Lippen einer jungen Frau erhob. Möge uns der Tod ein milder und gerechter Herr sein.

Und dass er von uns hebe den blauen Glassturz des Himmels, darunter wir seufzen. Eine ewige Sonne erlöse uns; und es soll sein: eine ewige Wärme, eine ewige Güte und ein ewiges Ohne-Schmerzen-sein.

Giulietta!

Ich schreibe diese Zeilen in einer kleinen italienischen Dorfkirche des Tessin. Ich bin irgendwo aus dem Zug gestiegen. Ein Tal behütete mich. Ich überschritt auf schwebender Brücke einen rastlosen Fluss. Sonne sank hinter Felsen. Tief im Schatten betrat ich durch ein kriegerisch geartetes Tor ein ärmliches Dorf. Ich sah nie ein Dorf von solcher Armut. Die Häuser schienen nicht einmal gebaut, nur geschichtet. Aber dennoch umspannte sie eine Mauer, gewillt, auch das Ärmlichste, wenn es nur ein Eigenes bedeutet, massig zu schützen. Wie arm ist diese Kirche! Nicht einmal die Sonne, die doch Geringes gern beglänzt, wagte aus Wehmut, länger in ihren zersprungenen Fenstern zu weilen. Heilige heben auf unbeholfenen Fresken die Hände um Erlösung aus dieser Niederkeit flehend zum Himmel. Es duftet nach Weihrauch. Aber es ist der Hauch Ihres Haares, den ich ahne.

Wie flossen hell, heiter und hurtig diese Tage, da wir, zwei zur Verfeindung bestimmte, unter der Bläue erzglockigen Himmels die musische Sprache der Liebe fanden und übten. Sie sprachen ein schlechtes Deutsch und ich ein schlechteres Italienisch. Erinnern Sie sich, wie wir am Karfreitag in der Nachtprozession nach Sankt Antonio schritten? Die Brüderschaften in ihren violetten, roten und grünen Hemden schlossen uns in ihren Bund. Die Nonnen murmelten fromme Laute. Und Christus ward auf schwarzgoldener Bahre unter dem Schein der Fackeln und der unzähligen vielfarbigen Lampions, die aus den Häusern hingen oder von den heiligen Brüdern getragen wurden, zu Grabe geleitet.

Wird er auferstehen? Als ich die Bahre in dem schwarzen Tore der Kirche Sankt Antonio versinken sah, meinte ich wohl: nie. Ich spürte einen leisen Druck Ihrer Hand und hörte Ihr geseufztes: Ja.

Wir standen auf dem Deck des kleinen Dampfers und näherten uns der italienischen Küste. Villen brachen wie weiße Hunde aus Palmengrün. »Dogana italiana = italienisches Zollbüro« las ich in schwarzen Buchstaben auf einem hellroten Hause. Am Ufer standen zwei italienische Gendarmen in graugrünen Regenmänteln und musterten mit halben Augenlidern gelangweilt die Passagiere. Was hindert mich, mit Ihnen auszusteigen und plötzlich in Italien zu sein? Diese italienischen Gendarmen sind mir nicht fremder als die Tessiner Gendarmen. Sie reden dieselbe Sprache. Sie lächeln dasselbe martialische und doch sanfte Öldrucklächeln. Sie trinken wie jene Vermouth und machen sich den Salat zum Fisch oder zur Salami selbst an. Sie würden mich vielleicht nicht einmal verhaften, wenn ich den Dampfer verließe. Sie würden das Versehen, dass ich mit Ihnen ausstieg, begreiflich finden; denn sie sind galante Leute: mit ihren schwarzen aufgewirbelten Schnurrbartspitzen. Sie würden mich in einem Boote dem Dampfer nachsenden, die Hand grüßend an die Mütze gelegt. Und wenn ich Ihnen die Hand zum Abschied reichte: Sie sähen zur Seite oder schneuzten sich in ihre rotkarierten Tücher. –

Es ist nicht so gekommen. Ich blieb auf dem Dampfer zurück und sah Sie schwankend den Landungssteg betreten. Sie neigten den Kopf und hielten sich ein wenig am Geländer fest. Noch einmal wandten Sie sich um. Ihr Taschentuch wehte im Winde. Dahinter, am Zollbüro, ratterte die italienische Fahne.

Werden Sie diesen Brief erhalten? Werden Sie antworten? Werden wir, aus vergänglicher Feindschaft zu ewiger Liebe erwacht, uns wiedersehen?

Wird Christus, den wir in Sankt Antonio zu Grabe trugen, auferstehen?


Seit zehn Wochen hat es keinen Tropfen geregnet. Die sonst im Frühjahr fällige Regenperiode ist dieses Jahr ausgeblieben. Es herrscht eine Dürre, wie seit vierzig Jahren nicht. Die Wiesen bleichen in der dörrenden Sonne wie gelbe Strohmatten. Die Stauden auf den Gemüsebeeten rascheln wie künstliche Papierblumen. Hin und wieder taumelt ein müder Falter an der heißen Mauer des Hauses entlang und lässt sich mit der Hand fangen. Wo sind die vielen Tausende von Heuschrecken? Die Sonne hat sie versengt. Skelette von Molchen liegen am Weg. Rings auf den Bergen brennen die Wälder in die blaue Nacht. In den Flammen knistern die Vogelnester, der Nachwuchs eines Jahres ist dahin.

Der Bischof hat eine Regenprozession anbefohlen. Heute kamen die Gläubigen aus allen Seitentälern bis acht Stunden weit zu Fuß, um mit dem ehrwürdigen Vater den Prozessionsweg zur Madonna del Sasso emporzuklimmen. Ihre eintönigen Gebete erschütterten die Luft wie die melancholischen Rufe vorweltlicher Tiere. Ein leiser Donner antwortete ihnen. Wolken zogen herauf. Aber sie verdunsteten wieder. Und mittags glühte die Sonne unerbittlich wie zuvor.

Es ist Abend. Eine kleine Brise weht vom See. Auf der Seepromenade schreitet eine Prozession wie am Vormittag. Aber kein Priester in rotem Ornat schreitet ihr voran, Gebete brummend. Wie am Tage die Sonne, so brennt in der Nacht am Himmel der Stern der Venus. Nachtigallen trillern von den Bäumen. In den Teichen des Deltas schreien die Frösche vor Brunst. Auf der Seepromenade schreitet die Prozession der Verliebten. Mandolinenklingen und Gelächter. Hand in Hand schreiten sie, um im Wald zwischen den Stämmen zu verschwinden. Ein einziger Seufzer der Lust zittert durch die laue Luft. Kriegs- und Revolutionsgeschrei verstummt vor einem halb hingehauchten, halb hingesungenen: *Amore*.

Nun regnet es einen Monat schon ununterbrochen. Unter grauen Fäden wie unter einem Spinnennetz liegt die Erde: eine große schwarze Fliege. Die Maggia rauscht, gelb geschwollen. Ein tropischer Salamander durchstürzt sie das Tal. Noch glänzt auf ihren Schaumkämmen das grüne Eis des Basodinogletschers.

Der Ghéridone speit vulkanisch Wolken aus seinem Schneemaul.

Schon blättert die rote Blüte der Mandel. Die violetten Glyzinen zerfallen. Die Kirsch- und Birnbäume verblühen.

Die Inseln von Brissago schwimmen wie tote Wasserkäfer – mit dem Bauch nach oben.

In einer Konifere zwitschert ein Amselnest. Die Smaragdeidechsen, kleine Drachen der Vorzeit, rascheln mit blauer Kehle und grünem Schlangenkörper durch das Delta oder die vom Herbstlaub des vergangenen Jahres noch verschütteten Hänge Montis.

Ein Kuckuck singt im Nebel.

Wie lange noch? Wie lange noch? Weissage, Kuckuck! Unaufhörlich, unzählbar stößt er seine Schreie in den Regen.

Vielleicht ist's nur ein künstlicher, ein Kuckuck aus Ton, mit dem ein Kind aus dem Haus da drüben sich vergnügt, unwissend, dass es Schicksal spielt.

Schwerfällig schleicht ein schwarzer Molch mit gelben Tupfen, einen Regenwurm im Maul, über den feuchten Weg.

Zwei Grillen gehen zirpend, im Kampfe um das Weibchen, aufeinander los.

An der Mauer der Skorpion hebt den Stachel gegen einen roten Franzosenkäfer.

Und riesig entfaltet in der Dämmerung in einem Augenblick, da der Regen nachlässt, das Wiener Nachtpfauenauge die braunen Fittiche.

Warum steigst du wieder auf: wie der Nebel von den abendlichen Gärten: südliche Schwermut?

Die Sonne brennt mir wieder bis ins Herz: aber mein Herz wird nicht warm.

Gehen Menschen hierhin und dorthin: warum?

Werfen Schatten, werfen Blicke, unterwerfen sich: wozu? Wie man um ein kleines Kind, das auf dem Teppich spielt, ein Holzgitter stellt: so sind Berge um mich gestellt.

Wenn ich einen Glauben hätte, so würde dieser Glaube die Berge versetzen können.

Ich besteige eine Schwebebahn, die wie ein Zeppelin in der Luft hängt, und schwebe empor.

Die Bahn schwankt. Eine Frau lacht. Ein Rosengarten taucht aus dem Unsichtbaren.

Der blaue Himmel ist auf einmal gesäumt wie eine Steppdecke; mit rosa Strichen. Ich möchte mich mit ihm zudecken.

Die Sonne geht unter.

Die Schwebebahn geht unter.

Das Tal umdunkelt sich.

Aber jeder Mensch trägt noch eine eigene dunklere Nacht in sich. In die leuchtet kein Mond, kein Stern. Nur der Hass und die Liebe.

Wen soll ich hassen? Jenen dicken Herrn aus Königswusterhausen oder Bologna? Ich kann nicht.

Wen soll ich lieben? Jene Dame? Vielleicht ist's die Madonna del Sasso. Ich sehne mich danach, sie zu lieben. Aber ich vermag es nicht.

Ich sehe sie über eine Brücke entschwinden. Querfeldein schreitet sie. Die Bäume neigen sich vor ihr, und die Karabinieri treten erstaunt zur Seite.

Ein Windstoß bläst mir Staub ins Gesicht.

Staub waren wir, zu Staub werden wir wieder.

Ein Staubkorn ist mir ins Auge gekommen. Vielleicht ein toter Bischof.

Ich möchte, dass man meine Asche über das Meer hinstreut. Dann werde ich wie Jonas in einem Walfischbauch landen oder eine Flunder wird mich verschlucken und ein dicker Herr aus Königswusterhausen wird mich eines Abends zum Nachtmahl zu sich nehmen.

Wunderbar sind die Wege des Schicksals.

Aber vielleicht gelange ich auch ungefährdet bis auf den Grund des Meeres, ja: vielleicht bis auf den Grund alles Seins.

Und wenn ich erwache, wird Glanz um mich sein wie Sonne und doch mehr als Sonne. In diesem Lichte werden die Sterne wie große Libellen gaukeln. Wesen werden mich umschweben, deren Begriff ich nur geahnt. Da wird es nicht Mensch, nicht Hund, nicht Katze, nicht Papagei, nicht Bäume, nicht Blumen, nicht Wasser, nicht Feuer, nicht Luft, nicht Erde geben. Alles wird einer Art und Gestaltung sein voll unbeschreiblicher Anmut.

Selig werde ich im Reigen der Elemente schreiten. Ich werde den Geistern von Giulietta und Gonhild begegnen. Stürmisch werden wir ineinander versinken und wird nicht Gonhild sein und nicht Giulietta und nicht Franziskus.

Da wird nur sein
ein All,
all-eins.

# Krankheit

## 1.

»Sie sind also nur deshalb hierhergekommen, um zu sterben?«, sagte der junge Deutsche und lief, die Hände in den unteren Taschen seiner kamelhaarbraunen Sportweste, aufgeregt und hustend durch den Zigarettenqualm.

»Weshalb sonst?«, sagte Sybil, die rauchend auf dem Bett lag, schlank und blond.

»Charmant, charmant«, wisperte der kleine Japaner, der oben im Sanatorium Beaurivage Assistentendienste versah, und hielt ein blaues Speiglas, auf dem eine sonderbare Tabelle angebracht war, gegen das Licht.

»Zehn Kubikzentimeter Auswurf«, lächelte er, von irgendeiner inneren Fröhlichkeit betroffen.

Er sprach fließend Deutsch und fließend Portugiesisch und gab sich zuweilen, wenn es nötig schien, als Portugiese aus. Er unterhielt geheime Beziehungen zu dem Dienstmädchen des portugiesischen Konsuls. Das war eine dicke Schwyzerin aus Bern, die wie geknetet aussah. Anstelle einer Kuhglocke trug sie eine Doublémedaille um den fetten Hals, die das Bild des kleinen Japaners – in seiner seidenen und faltenreichen Nationaltracht – in sich verbarg.

»Ich habe früher nur dunkle Frauen geliebt«, sagte der junge Deutsche und sah durch die Balkontür in den stürmenden Schnee, »Frauen mit schwarzen Haaren und schwarzen Augen. Als ich selber noch im Dunkeln tappte mit meinen neunzehn, zwanzig Jahren. Dann wurde es licht in mir. Ich liebte eine Frau mit braunen Haaren und Hirschaugen. Dann eine mit roten Haaren und beinah blauen Augen, die violett glänzten. Meine Freunde verspotteten mich mit ihr und meinten, sie hätte neben ihren roten Haaren auch rote Augen, und ich liebte ein Kaninchen. – Endlich wurde es ganz hell um mich. Die Sonne ging auf. Rasend blond aus einem Himmel blauer Blicke. Ich sah in den Mittag meines Lebens. Blauer Himmel, holde Sonne, warum wollen Sie mir nicht glauben, Sybil, dass Sie mein Tag sind?«

»Oh!« Sybil wehrte leise ab. Sie schlug die Asche ihrer Zigarette auf den Bettvorleger.

Der kleine Japaner stellte die blaue Flasche auf den Nachttisch und tanzte in eine dunkle Ecke des Zimmers. Man hörte ihn lachen: wie einen fremdartigen Wasservogel. Er unterhielt sich in seiner zischenden Sprache mit dem ausgestopften Papagei.

Der bleiche bulgarische Offizier, der gekrümmt auf einem Hocker saß und in den Boden starrte, räusperte sich. Er hatte beide Balkankriege mitgemacht; die Schlacht bei Lüleburgas; die Belagerung von Adrianopel; den Stellungskampf an der Tschataldschalinie. Niemand durfte in seiner Anwesenheit vom Krieg sprechen. Ihm trat sofort der Schaum auf die Lippen.

Als Professor Ronken, der Weißbart mit dem Rotkehlchenkopf, ihn das erste Mal untersuchte und mit seinem eleganten weichen Hammer beklopfte, fiel er in Ohnmacht in dem Augenblick, als Dr. Froidevaux von einer chirurgischen Operation kommend, den weißen Mantel ein wenig mit Blut bespritzt, das Zimmer betrat.

»Sybil«, sagte der Bulgare, »es wäre schlimm, wenn Sie stürben. Sylvester Glonner hat recht. Sie sind unsere blonde Sonne. Bei Ihnen im verqualmten Zimmer zu sitzen wärmt mehr, als auf der Liegehalle in der Mittagssonne schläfrig zu liegen. Die Davoser Sonne macht schläfrig. Sie machen wach.«

Er fiel auf seinen Hocker zurück.

Der junge Deutsche lehnte sich schwerfällig an den weiß polierten Schrank. Er erinnerte sich eines Verses von Hölderlin: »Wo bist du? Trunken dämmert die Seele mir von aller deiner Wonne.«

»Wo bist du?«, sagte er laut.

Der Japaner lachte.

Sylvester war, als hätte ein Blick von Sybil ihn flüchtig gestreift. Wie ein warmer Wind. Der Bulgare sah auf die Uhr:

»Ich muss zur Liegekur. Es geht auf sechs.« Er klapperte an seinem Krückstock ohne Gruß zur Tür hinaus.

Der kleine Japaner schwebte freundlich hinter ihm her.

»Sie bleiben allein«, sagte Sylvester.

»Wie immer ...«

Sie blies den Zigarettenrauch in wahllosen Ornamenten zur Decke.

Er gab ihr die Hand und ging.

# 2.

Davos lag in der Abenddämmerung wie eine amerikanische Stadt am Rande der Rocky Mountains … am Rande der Welt … Wie improvisiert, zum Abbruch jederzeit bereit, waren die großen Sanatorien und Hotels mit ihren funkelnden Liegehallen da und dort und kreuz und quer im Tal und an den Berglehnen errichtet. Obgleich sie selten über vier Stockwerke zählten, schienen sie mit den himmelauf kletternden Lichtern der Liegehallen Wolkenkratzer.

Ernste Deutsche, flüchtige Italiener, behäbige Holländer, zwitschernde Brasilianer, duftende Französinnen, dunkle Russen wandelten im gleichmäßig getragenen Kurschritt des Kranken über die Promenade. Von der Post am Kurhaus und den glitzernden Läden vorbei bis zum Grand-Hotel Belvedere und wieder zurück.

Hin und wieder raste ein Engländer mit eiligen Skischritten, oder ein Amerikaner, einen Skeleton wie einen Hund hinter sich herzerrend, über die Straße.

Aus den verhangenen Fenstern des Restaurants Kolbinger tönte Zigeunermusik. Ein schattenhafter Frack schwang eine graue Geige. »*Soupers de luxe en commande*« blinkte in goldenen Lettern unter der grau hüpfenden Geige.

Dr. Ronken, der Weißbart mit dem Rotkehlchenkopf, fuhr in seinem schlanken Schlitten, sorgfältig in Heidschnuckenpelze gehüllt, einen grüngestreiften Schal vorm Mund, königlich über die Promenade. Er war seit dreißig Jahren in Davos ansässig und nunmehriger Chefarzt und alleiniger Besitzer des renommierten und wohlflorierenden Sanatoriums Beaurivage, welches oben am Walde, dicht beim Rütiweg gelegen ist. Er war selber einmal krank gewesen und hatte sich nach seinen Prinzipien in neunjähriger Kur ausgeheilt.

Seine Patienten und Patientinnen, die ihn fürchteten und beim Abschied von Davos seine Fotografie bei Herrn Fotografen Guardawal für drei Franken kauften, verschwanden keuchend und ängstlich kichernd in verschiedenen Läden und Konfiserien, um nicht von ihm gesehen zu werden. Eigentlich hätten sie nach seiner Vorschrift schon Liegekur machen müssen. –

Sylvester trat in das Kurhauscafé, um Zeitungen zu lesen. Er hatte sich kaum in die »Neue Züricher Zeitung« vertieft, als Pein an seinen Tisch trat; Alfons Pein, der bekannte lungenkranke Lyriker und Verfasser der Bühnenmysterien »Kain und Abel« und »Golgatha«. Sein Leben und Dichten bestand in undeutlichen, verquollenen und verschwommenen Fantasien, die er mehr oder weniger geschickt aufzeichnete und denen ethische Gedanken unterzulegen er sich krampfhaft bemühte.

Pein hatte eine vorzügliche Kur gemacht und war eigentlich schon seit fünf Jahren gesund. Er hätte, ohne Schaden an seiner fanatisch behüteten neu errungenen Gesundheit zu nehmen, ins Tiefland zurückkehren können. Aber er fühlte wohl, dass er nur hier oben noch eine Rolle spielte, wo er, von den Kurgästen interessiert beobachtet, von den Kellnerinnen belächelt, im Kurhauscafé an seinem Stammplatz Hunderte von kleinen blauen Oktavheftchen mit schlechten Versen und verwirrter Prosa versah. »Ich bin nun mal an Höhenluft gewöhnt«, schnaubte er und in seine Augen trat ein leerer, kindlicher Glanz. Pein, der von sich behauptete, dass er in vielerlei Künsten weit über das Mittelmaß emporrage und dass man ihn nicht völlig kenne, wenn man ihn nur als Dichter kenne, denn er malte, musizierte, bildhauerte … hatte sich früher einmal als Schauspieler und Regisseur betätigt (dazumal aus Geldmangel, aber dieses Motiv war bei ihm in Vergessenheit geraten) und gedachte dieses Metier im Davoser Kurtheater wieder aufzunehmen.

»Wird sie spielen?«, fragte er Sylvester.

»Leider«, sagte Sylvester und bestellte einen Vermouth. Pein streifte sich seine unförmigen Überschuhe herunter und wischte sich mit einem kleinen Spitzentaschentuch seine blaue Schneebrille ab.

»Melange!«, schnaubte er. »Die Sehnsucht jedes Schauspielers ist, auf der Bühne zu sterben. Vielleicht jedes Menschen. Ich habe viele Menschen sterben sehen. Der Todeskampf eines jeden einzelnen war ein Schauspiel. Sie wird auf der Bühne sterben wollen …«

Ein merkwürdiger Träumer, dachte Sylvester. Er verwest in sich, und das nennt er Romantik.

»Der Tod der Schwindsüchtigen ist dramatisch wie ihr Leben.«

Pein saugte an einem Stück Zucker, das er mit dem Löffel behutsam in den Kaffee getaucht hatte.

»Die Schwindsüchtigen sind alle Theatraliker«, sagte Sylvester.

Peins strohbrauner Bart knisterte. »Dramatiker!«

»In Ihrem Sinne ...«, gab Sylvester lächelnd zu.

Peins Augen erloschen, als habe jemand das Licht in ihnen abgeknipst.

»Die Schwindsucht ist überhaupt keine Krankheit. Sie ist ein Zustand des Leibes und der Seele. Ich wollte schon längst einmal eine Psychoanalyse der Schwindsucht schreiben.«

»Tun Sie das.« Sylvester rief der Kellnerin: »Zahlen!«


# 3.


Sylvester bewohnte in der Pension »Schönblick«, Davos-Dorf, ein schmales Südzimmer mit Privatbalkon im ersten Stock. Die Pension stand am Wald, dicht vor dem Ausgang der Schatzalpbobbahn. Sie wurde preiswert und hygienisch geführt von dem Ehepaar Paustian, zwei alten Davosern, die vor Jahren schwerkrank ins Tal kamen und sich nach Besserung ihres Leidens dauernd in Davos niederließen. An dem Ehepaar Paustian hatte Dr. Ronken seinerzeit zuerst den Pneumothorax erprobt, als sie noch seine Patienten im Sanatorium Beaurivage waren, den Pneumothorax, jene nunmehr allgemein bekannte und bewährte Vorrichtung, durch die, bei Gesundheit der einen Lunge, die zweite kranke Lunge zum Einschrumpfen und Absterben gebracht wird.

In der Pension »Schönblick« wurde das Ehepaar Paustian deshalb mit einem gewissen gütigen Spott Pneumo und Thorax benannt. Sie waren beide von jener Art Lungenkranker, die die Krankheit durchsichtiger, gläserner und gleichsam innerlicher gewandelt hat.

Sylvester sprach gern mit dem Thorax, mit dem ihn die Freude des geistigen Kranken an Büchern verband.

Thorax, seinem ehemaligen Beruf nach deutscher Apotheker, schrieb in den wenigen Stunden, die er nicht Kur machen musste, kleine literarische Betrachtungen über Schlegel, über J. Ch. Günther, über Gottfried Keller, kurz: über eine schöne, aber vergangene Literatur. Die Literatur der Gegenwart beglückte ihn wenig. Er las nur aus Höflichkeit Sylvesters Schriften, weil Sylvester sein Gast war. –

Sylvester kam grade zurecht, als die Pneumo das Gong zum Abendessen schlug.

Er wusch sich eilig, rieb sich die heiße Stirne mit Eau de Cologne und betrat den Speisesaal.

Die Löffel klapperten in der Suppe.

Die Unterhaltung war in vollem Gange. Die überlaute Frau Bautz, Operettensängerin a. D. und wie alle Artisten aus Sachsen stammend, schrie in ihrer unangenehmen Sprache über den Tisch den Leutnant Rätten an:

»Haben Sie nicht einen abgelegten Sportanzug für meine nächste Hosenrolle?«

Leutnant Rätten besprach mit dem schwäbischen Violinvirtuosen Krampski Toilettenfragen und die Mode des eleganten Herrn.

»Man bekommt keinen anständigen Anzug in Davos. Ausgeschlossen. Nicht für teures Geld. Ich brauche einen blauen Sakkoanzug, einen neuen Frack, eine englische Reithose. Haben Sie meinen Frack gesehen? 180 Franken hat er gekostet. Bei dem Davoser Tailleur Shoping Sons. In den Dreck geworfen sind die 180 Franken.«

Frau Bautz, welche nur das Wort Dreck gehört und missverstanden hatte, schnörkelte die Lippen:

»Ich bin ganz weg von Ihrem Frack, Herr Leutnant.«

»Ich habe einen Schneider in Basel«, sagte Krampski, »ich habe in jedem Land der Welt einen Schneider. Ich werde ihn nach Davos kommen lassen. Ich brauche einen Cutaway. Wollen Sie partizipieren?«

Er sagte partizipieren, weil das ein Wort war, welches in Offizierskreisen bei derlei Angelegenheiten üblich sein mochte.

»Ich gehe außerordentlich gern auf Jagd«, krähte der naturwissenschaftliche Oberlehrer. »Die Jagd bereichert die Kenntnisse des Menschen von der Natur. Neulich hab ich eine Ricke geschossen, die hatte ein unausgetragenes Junges im Leib.«

»Fabelhaft!«, sagte Herr Klunkenbul. »Da haben Sie also eine Dublette zur Strecke gebracht!«

»Es ist verboten, Ricken zu schießen«, sagte der Leutnant, leise verweisend.

»Ricke – was ist das?«, fragte die hübsche Russin.

»Ein weibliches Reh«, sagte Sylvester. –

»Er spricht mit mir«, lächelte sie in sich hinein. –

»Ich angle lieber«, die Operettensängerin wiegte sich in ihren Hüften. Sie sang die drei Worte wie einen Coupletrefrain.

»Aber mit künstlichen Mücken«, sagte der Thorax. Der alte Herr Klunkenbul, Xylograf aus Braunschweig, ließ einige asthmatische Vokabeln aus seinem weißen Bart fallen; der stand wie eine beschneite Tanne im Hochwald seines Gesichts:

»Davos ist im Glanz der funkelnden Wintersonne die reine Märchenwelt.«

Man schien ihn nicht gehört zu haben und er wiederholte eigensinnig:

»... die reine Märchenwelt ...«

»Der Monismus ist eine bedauerliche Zeiterscheinung«, sagte Sylvester und wandte sich ernst an Herrn Klunkenbul.

»Wie meinen Sie?« Herr Klunkenbuls Bart öffnete sich erstaunt.

Der naturwissenschaftliche Oberlehrer hatte nur das Wort Monismus vernommen.

»So glauben Sie nicht an Häckel und an seine wunderbaren Forschungsresultate?«

»Ich glaube immer noch lieber an Gott«, sagte Sylvester. Der naturwissenschaftliche Oberlehrer prustete überlegen. Herr Klunkenbul, der streng protestantisch gesinnt war, rief »Bravo!« und prostete Sylvester zu.

Die hübsche Russin Agasja warf wie bunte Glasperlen strahlende Augen auf Sylvester.

»Er ist ein Dichter«, dachte sie, »ein deutscher Dichter – aber ein Dichter«, und sah Sonne, Mond und Sterne ihn umwandeln.

Und während sie sich eine Mandarine schälte, sagte sie leise ein paar russische Verse:

> »Wenn der Dichter träumt, weinen die Mädchen
> Und im Morgenrot liegt die Blüte ihres Herzens betaut.«

# 4.

Nach dem Essen trat die Pneumo an Sylvester heran.

»Sie spielt. Haben Sie es gelesen? Der Zettel an den Affichen schillert in allen Regenbogenfarben.«

»Der bunte Zettel wird sie freuen«, sagte Sylvester. »Sie wird an ihren toten Papagei denken.«

»Aber finden Sie ihren Plan nicht wahnsinnig?«

»Sie fiebert in einem fort. Aber man kann ihr nicht raten. Man *darf* ihr nicht raten. Hören Sie.«

»Wer spielt denn den Mann?«

»Der Mystiker, Herr Pein«, sagte Sylvester.

»Und den Bruder?«

Sylvester zögerte.

»Es ist nicht ausgeschlossen, dass *ich* ihn spiele. Aber bitte schweigen Sie noch davon. Auch der Bulgare möchte ihn spielen. Sogar der kleine Japaner.«

»Ich habe früher viel auf Dilettantenbühnen agiert«, sagte der Thorax nachdenklich, »als ich noch in deutschen Mittelstädten Pepsinwein verkaufte. Ob ich es nicht wieder einmal versuche?«

Die Pneumo streichelte seine Schulter.

»Kind, leg dich zu Bett und probiere lieber, ob du dein Exsudat wegkurierst. Was hast du heute gegen sieben Uhr gemessen?«

»37,9«, sagte der Thorax beschämt.

»Also«, die Pneumo nahm ihn zärtlich bei der Hand. »Komm, du musst zu Bett.«

Sylvester verneigte sich leicht.

Er musste noch ein paar Minuten an die frische Luft. Er spürte Kopfweh.

Er ging die Schiastraße entlang.

Der Leutnant streifte ihn. Er strebte in die Bar, zu Kolbinger.

»Sekt!«, sagte er strahlend.

Sylvester fühlte Schritte hinter sich im weichen Schnee. Ein harter Ellenbogen stieß in seine rechte Hüfte. Er drehte den Kopf.

Ein Mädchen in blauer Sportjacke, mit einer blauen Mütze auf dem Kopf, sah ihn an.

»Kenne ich Sie?«, fragte Sylvester.

»Nein«, sagte das Mädchen trotzig.

»Haben Sie mich mit Absicht Ihren Ellenbogen fühlen lassen?«

»Ja«, sagte das Mädchen und sah ihn wieder an.

»Was wollen Sie von mir?«

Das Mädchen lachte leise: »Sie!«

»Wie kommen Sie zu dieser Forderung an mich?«

»Ich habe das allergrößte Recht auf Sie.«

»Welches Recht?«

»Das Recht des Sterbenden.«

Sie traten unter eine Laterne.

Sylvester blickte in ihr hübsches, aber böses Gesicht. Ihr Atem durchschnitt die kalte Winterluft mit noch eisigerem Hauch. In ihrem Körper rasselte es wie ein Motor.

»Er schnurrt ab«, sagte das Mädchen. »Meine eine Lunge ist ganz weg. Und meine andere dreiviertel. Ich sterbe. Ich liege schon halb im Sarg. Nur mein Mund leuchtet noch im Leben. Ich habe solche Furcht vor der Einsamkeit. Küssen Sie mich!«

Eine Kokotte mit einem Greisenkopf, den üblen Hauch ihres verwesenden Mundes mit wildem Parfüm überduftend, hüpfte quer über die Promenade. Zwei junge und elegante Herrn liefen atemlos und hüstelnd hinter ihr her. Sylvester und das Mädchen schritten den Rütiweg langsam empor.

Der Mond hing runzlig wie eine amerikanische Dörrfrucht im Dunst der Nacht.

An einer Bank hielt das Mädchen an.

»Es sind zwölf unter Null«, sagte Sylvester.

»O«, lächelte das Mädchen, »das macht nichts. Mir ist so warm als wären wir im August.«

## 5.

Der Bulgare hatte Sylvester, Leutnant Rätten, den Literaten Pein und den kleinen Japaner zu sich ins Sanatorium zum Tee gebeten.

Natürlich machte jemand den Vorschlag, zu pokern. Der Bulgare holte ein Spiel amerikanischer Karten mit dem Joker aus der Nachttischschublade.

»Warum haben Sie denn die Karten im Nachttisch?«, fragte Sylvester.

»Wenn ich nachts aufwache und nicht wieder einschlafen kann, muss ich etwas Interessantes zum Lesen haben. Dann betrachte ich mir die Karten.«

Man spielte 1 Frank Satz, 10 Frank Grenze.

Keiner sprach ein Wort.

Der Japaner glänzte kupfern.

Den Bulgaren strengte schon das Mischen so an, dass er hustete.

Der Japaner gewann in lächerlich kurzer Zeit einige hundert Franken. Er wollte sich empfehlen und einen ärztlichen Besuch vorschützen.

»Dagebblieben«, brüllte Sylvester.

Der Japaner zuckte die Achseln und mischte.

Pein verlor in einem fort.

Er verlor über hundert Franken in einem einzigen Spiel an Sylvester, weil Sylvester sein Full-hand mit einem Damen-Vierling übertrumpfte. Das gab eine Extrarunde mit doppeltem Satz. Eine sogenannte moralische Ehrenrunde.

»Vier Damen – ominös!«, sagte Pein.

»Vier Damen sind weniger als eine«, sagte Sylvester.

»Aber nicht beim Poker.«

Bei der moralischen Ehrenrunde wanderte von Geber zu Geber eine kleine unzüchtige Holzschnitzerei, japanischer Herkunft und dem Japaner gehörig, zwei männliche Figuren im widernatürlichen Beischlaf begriffen darstellend.

Der Japaner verlor.

Von ihm glitt das Geld zu Sylvester hinüber. Die Glocke im Sanatorium läutete zum Abendbrot. Der Bulgare klingelte und ließ sich das Essen auf dem Zimmer servieren. Die übrigen verspürten wenig Hunger und sättigten sich eilig an den Kuchenresten, die vom Tee zurückgeblieben waren. Sie tranken dazu Danziger Goldwasser oder Allasch oder Curaçao.

Keiner wollte aufhören zu spielen.

»So gehen Sie doch«, sagte Sylvester zu dem kleinen Japaner. »Sie wollten doch schon vor zwei Stunden gehen.«

Der Japaner zuckte die Achseln und blieb.

Sylvester genoss das Spiel.

»Ein Abbild des Lebens«, sagte der Bulgare. »Wer gibt? Ich habe die schönsten Stunden meines Lebens am Spieltisch verbracht. Schönere als je mit Frauen.«

»Nur wer mit dem Gelde *spielt*, soll spielen«, sagte Sylvester.

Pein zupfte nervös an seinem Fransenbart. Er verlor noch immer.

»Ich werde meinen Verlust wieder einholen«, sagte er zitternd.

»Das werden Sie nicht«, trumpfte Sylvester seinen Zehnerdrilling mit einem Flush. »Sie sind nur noch hier in Davos möglich. Unten, in der Welt, haben Sie längst ausgespielt.«

Pein wimmerte erregter:

»Was soll das heißen? Erst neulich habe ich im Züricher Pfauentheater in der führenden Rolle eines meiner Stücke gastiert und großen Beifall gefunden.«

Der Japaner lachte wie ein fremdartiger Wasservogel.

»Der Fujiyama muss jetzt ganz in Blüte stehen«, wisperte er, zu Sylvester gewandt. »So sagen wir, wenn er beschneit ist. Aber auf den Seen zu seinen Füßen blinkt ewiger Sommer. Da gleiten die kleinen singenden Boote mit den Geishas und sie singen das süße Lied der Kirschenblüte.«

Es schlug ein Uhr.

Die letzten drei Runden wurden angesagt.

Als sie abrechneten, hatte nur Pein verloren: etwa fünfhundert Franken. Er suchte fluchend nach seinen unförmigen Überschuhen.

Sylvester verabschiedete sich rasch und schritt allein den Berg hinunter.

Der Schnee knirschte unter seinen Füßen. In dem Haus an der Promenade, in dem Sybil als einziger Pensionär wohnte, glänzte noch Licht. Als er näher an das Haus kam, erkannte Sylvester, dass das Licht in Sybils Zimmer brannte.

»Sie liest noch«, dachte er.


Sybil aber lag wach im Bett und betrachtete Sylvesters Fotografie, die er ihr geschenkt hatte. Es war eine Amateuraufnahme des Bulgaren und sie zeigte Sylvester in Gebirgstracht: braune Kniehosen, brauner Janker, an das Geländer einer Waldbrücke gelehnt.

# 6.

»Oh«, sagte Sybil, »die Ärzte sind noch weit zurück mit ihrer Wissenschaft. Statt zu versuchen, individuell den Kranken zu heilen, wollen sie immer generell und schematisch die Krankheit heilen. Eine Krankheit ist aber stets ein theoretischer Begriff und wie Geld nur von relativer Gültigkeit. Wirklich ist nur der Kranke. Sein Fleisch und Blut. Das von den Medizinern nicht weniger als von den Juristen und den Philologen mit Paragrafen dirigiert werden will.«

»Welch ein Unfug, die rein chirurgische Behandlung des Krebses!«, sagte der kleine kluge Japaner. »Man kann konstitutionelle Krankheiten nicht lokal zur Heilung bringen.«

»Meine Mutter«, sagte Sylvester leise, »litt an Brustkrebs. Sie ist wohl achtmal operiert worden. Ich war dazumal ein Kind. Ich konnte ihr nicht helfen. Sonst hätte ich den Ärzten die Messer aus der Hand geschlagen.«

»Wie leichtsinnig«, sagte Sybil, »sind die Ärzte hier oben mit ihren Verordnungen für Bettruhe. Eine winzige Temperaturerhöhung: gleich ins Bett. Das mag bei manchen Temperamenten seine Richtigkeit haben. Bei Phlegmatikern. Bei Melancholikern. Das Bett ist für den täglichen Tod, den Schlaf, da. Wie leicht birgt es den richtigen Tod.«

»Mir hat immer der Tod Friedrichs des Großen als Beispiel eines Todes gegolten, wie er sein soll«, meinte Sylvester. »Er starb draußen im Freien, in der Sonne, unter grünen Bäumen im Lehnstuhl sitzend, den letzten Blick einer Schwalbe zugehaucht.«

»Einer hat einmal den ausgezeichneten Gedanken gehabt«, flüsterte der Bulgare auf seinem Hocker, »die Tuberkuloseheilung auf die Basis der sogenannten Liegekur zu stellen; seitdem müssen alle Lungenkranken in den Lungenkurorten der ganzen Welt den ganzen Tag, ohne sich zu rühren, und ohne größtmögliche individuelle Einschränkung, auf den Liegehallen liegen. Als ich das erste Mal nach Ansicht der Ärzte am Rand des Grabes wandelte, ging ich nicht ins Bett, sondern aufs Pferd. Ich ritt jeden Morgen in der Frühe meine zwei, drei Stunden und ritt mich wieder ins Leben zurück. Nichts macht einen so guter Laune wie Reiten. Ich bin von Leysin aus auf den Montblanc geklettert, als man mir den zweiten Tod prophezeite. Trotz meiner rasenden Energie bin ich durch die jahrelange Liegekur erschlafft und ermüdet. Ich brauche dann und wann eine Reaktion, um noch weiter zu können: eine Montblancbesteigung, ein dampfendes Pferd, eine Pfirsichbowle, ein junges Mädchen, einen Poker.«

»Die Ärzte bedenken nicht«, sagte Sylvester verächtlich, »dass sie das, was sie auf der einen Seite gewinnen, auf der andern Seite wieder verlieren. Einer macht neun Jahre Kur und wird als geheilt entlassen. Seine Lunge ist faktisch geheilt. Gut. Wie aber steht es mit seinen übrigen leiblichen und seelischen Organen? Seine Nerven sind herunter. Seine Energie wie alter Kuchen zerbröselt. Er ist ein wachsweicher Klumpen angefressenen Fleisches. Zu keiner auch der geringsten Arbeit taugt er mehr. Er ist ethisch verlottert. Ein Parasit des Menschentums und zu nichts als seinem Tode noch verwendbar. Aber er stirbt, achtzig Jahre alt, an der ›Dementia praecox‹.«

Der kleine Japaner wiegte den braunen Kokoskopf: »Wir haben oben einen Griechen im Sanatorium. Er liegt schon fünf Jahre im Bett. Griechen haben außer ihm das Sanatorium bisher nicht frequentiert. Wenn sie schon nach Davos kamen, wussten sie wohl von ihrem Landsmann nichts oder dachten nicht an ihn. Da keiner mit ihm griechisch sprach, hat er in den fünf Jahren das Griechische, seine Muttersprache, vergessen. Deutsch hat er aber inzwischen bis auf einige Brocken auch nicht gelernt. So kann er keine Sprache, weder Griechisch noch Deutsch, und schwebt sprachlos in Zeit und Raum. Ich wollte ihm schon Japanisch beibringen.«

Sybil sah nach der winzigen Schwarzwälderuhr über ihrem Bett.

»Ihr müsst gehen«, sagte sie freundlich, »ich erwarte den alten Ronken.«

Sie nahmen ihre Stöcke und gingen.


# 7.


Der Weißbart mit dem Rotkehlchenkopf beklopfte Sybil mit seinem eleganten weichen Hammer.

»Mein liebes gnädiges Fräulein«, zwitscherte er, »wir werden Sie röntgen müssen ...«

»Tut das weh?«, lächelte sie erschreckt. »Ich habe Angst vor Schmerzen.«

»Es tut gar nicht weh. Es ist eine kurze, schmerzlose und beinahe unterhaltsame Angelegenheit. Wenn Sie sich so weit fühlen, dass Sie gehen können, kommen Sie zu mir ins Laboratorium. Oder nehmen Sie einen Schlitten.« –

Sybil nahm einen Schlitten. Aber sie fuhr nicht ins Sanatorium, sondern bei Sylvester vor.

Sylvester lag grade auf dem Liegestuhl und schluckte Arsenikpillen, als der Kutscher auf die Veranda polterte: »Das gnädige Fräulein Lindquist lassen den Herrn Doktor zu einer Spazierfahrt einladen.« Er warf sich einen Schal um den Hals und fuhr im Lift herunter.

Eine kleine weiße Hand winkte ihm fröhlich.

»Sybil«, sagte er, »Sie machen mich glücklich ...«

»Wenn ich Sie nur glücklich machen könnte«, sagte sie leise.

Sie sprach diese Worte so gesellschaftlich gleichgültig, dass Sylvester ihre Schwere nicht empfand. Vielleicht auch wollte er sie nicht empfinden.

Sie glitten durchs Dorf, dem See zu.

Eben lief aus dem Bahnhof Dorf ein Zug in der Richtung Landquart – Zürich.

»Möchten Sie«, fragte Sybil, »mit dem Zug zurück in die Ebene … in den Glanz … in das Leben?«

Er schüttelte den Kopf.

»Ohne Sie?«

Sie schwieg.

Aus den Nüstern der Pferde schnob silberner Atem.

»Weshalb suchen Sie meine Freundschaft, Sylvester? Ich bin krank. Und eine Schauspielerin. Eines von beiden schon sollte genügen, Sie zu erschrecken.«

»Ich bin selber beides. Und noch ein drittes dazu, Sybil. Und also bin ich vielleicht kränker als Sie, Sybil. Ich bin ein Dichter und speie immer Blut.«

»Und ich weine Blut. Denn ich lebe mit den Augen ...«

»Und ich«, sagte er bitter, »da ich Blut speie, lebe mit dem Mund ...«

Nebel schossen wie Skiläufer von den Bergen.

Sybil fröstelte.

»Ich habe schon wieder Fieber. Wir müssen kehrtmachen.«

Die Sonne schwamm über dem Nebel auf den obersten Bergspitzen, rosa, als lagerten Quallen auf den Gipfeln. Früher ist doch hier überall Meer gewesen, sann Sylvester. Eigentlich wandeln wir auf dem Grund des Meeres. Davos ist Vineta, die verzauberte Stadt. Wir sind längst ertrunken, aber wir wandeln noch, als lebten wir, mit Perlen und goldenen Ketten behängt, über den Meergrund. Der Himmel wallt über uns, und die zarten Seesterne leuchten. Wir greifen mit den Händen in die Luft. Die ballt sich wie Wasser schwer um unsere Glieder. Wir vermögen unsere Hände nicht mehr zu bewegen. Und gehen können wir in der dicken Flut nur langsam, ganz langsam. Kurschritt. Und unsere Augen versuchen, bis zur Oberfläche des Meeres, bis zum Himmel zu dringen. Aber sie sind fast erblindet von dem vielen In-die-Höhe-stieren.

## 8.

Der naturwissenschaftliche Oberlehrer litt an offener Hauttuberkulose. An seiner linken Hand befand sich eine winzige weißliche Spalte, die hin und wieder eine weiße Flüssigkeit absonderte. Desgleichen hatte er an der linken Wange einen kaum bemerkbaren Einschnitt, der aussah, als rühre er von einem Stich mit einem Federmesser her. Übrigens wusste das niemand von den Herrschaften, die mit ihm zu Tisch saßen. Denn obgleich sie sämtlich an der Krankheit litten, hielten sie doch auf reinliche Scheidung von Haut- und Knochentuberkulose.

Der naturwissenschaftliche Oberlehrer hatte das sonderbarste Zimmer des ganzen Hauses inne.

Es kostete nur 6,50 Franken täglich, und darum hatte es der Oberlehrer gemietet.

Das Zimmer war fensterlos. Die Luke, die die Stelle des Fensters vertrat, ging auf einen grauen Korridor hinaus, von dem das Zimmer sein ganzes Licht empfing. Richtig gelüftet konnte das Zimmer nicht werden. Es roch, ja stank infolge der Jod-, Karbol- und anderen Tinkturen, die der naturwissenschaftliche Oberlehrer für seine offene Hauttuberkulose benötigte, pestilenzialisch. Das Zimmer musste sich auch ohne Zentralheizung behelfen: Es wurde von einem durchlaufenden Kamin geheizt. Den Kamin hatte sich der naturwissenschaftliche Oberlehrer mit allerlei Bildern benagelt, die in der Hauptsache dem kleinen Witzblatt entnommen waren. »Ich bin ein Mensch mit liberalen Ansichten«, pflegte er zu sagen und dabei die Backen wie ein Seehund zu blähen.

Wie die hübsche Russin gerade auf ihn hereinfiel, ist schwer zu begreifen. Es waren doch mehrere angenehme Herren in der Pension »Schönblick« anzutreffen. Der Leutnant. Oder der schwäbische Virtuose Krampski, welcher von seinen Kompositionen behauptete, sie seien gar nicht »reizend«, wie die abgetakelte Operettensängerin zu verbreiten sich erdreistete, sondern fabelhaft, phänomenal, puccinesk.

Der naturwissenschaftliche Oberlehrer, der stets nach Karbol roch und daheim drei unmündige Kinder und eine blasse sommersprossige Frau zu verwahren hatte, die einem ausgewrungenen Handtuch glich – er hielt das zarte hübsche Mädchen mit behaarten Affenhänden in seinen schweißigen Armen. Floh die kleine Russin vor sich selber zu ihm? Wollte sie sich peinigen, erniedrigen, bespeien? Sich leidend vernichten? Marternd erlösen? Was hatte die Krankheit aus ihr gemacht?

Eines Nachts trugen Männer auf leisen Filzsohlen die hübsche Russin aus dem Haus. Am nächsten Morgen hieß es am Frühstückstisch, sie sei abgereist. Der naturwissenschaftliche Oberlehrer blieb den ganzen Tag zu Bett.

Er hätte Temperaturen, ließ er sagen, und bäte, ihm die Mahlzeiten aufs Zimmer zu bringen.

Aber die Mägde wollten das Essen nicht in seine stinkende Kammer tragen. Die Pneumo selber musste es tun.

Der Desinfektor betrat wichtig mit seinem Instrumentenkasten das Zimmer der kleinen Russin, das plötzlich ein Stück leerer unausgefüllter Raum geworden war ohne Form und Inhalt. Wie ein Kinderballon, dem das Gas entströmt ist, lag es in sich zusammengefallen da.

Man fand einen Zettel auf dem Nachttisch, mit allerlei konfusen russischen Schriftzeichen bedeckt. Die Pneumo warf ihn nach einem kurzen achtlosen Blick beiseite. Auf dem Zettel aber standen diese russischen Verse:

»Wenn der Dichter träumt, weinen die Mädchen
Und im Morgenrot liegt die Blüte ihres Herzens betaut.«

## 9.

Lieber Harry!

Dank für Deine freundlichen Zeilen. Ich habe mich in den zwei
Monaten, die ich nun wieder hier bin, recht gut eingelebt. Missverstehe
mich nicht: Leben, das heißt hier: einer Protestversammlung Sterbender
gegen den Tod angehören. Reden wie feurige Fahnen gegen einen
Herrn schwingen, der unerkannt am Präsidententisch sitzt, und jederzeit die Glocke läuten kann. Dann ist einem im Nu das Wort (und
der Hals wie mit einem Rasiermesser) abgeschnitten. Es sind Spiegel
um einen aufgestellt. Man darf sich nur bespiegeln. In dem edlen
Bulgaren. In der mütterlichen Pneumo. Dem taumelnden Thorax. Es
gibt einen Spiegel, der heißt Klunkenbul. Dann sind noch vorhanden
der Literat Pein, die Operettensängerin, der kleine Japaner, der Virtuose
Krampski, der Leutnant. Einer taugt selbst zum Spiegel nicht: der naturwissenschaftliche Oberlehrer. In einer hübschen Russin bespiegelt
man sich gern. Schließlich resigniert man, aus Furcht, den Spiegel
blind zu machen. Da kommt der naturwissenschaftliche Oberlehrer
und schmeißt mit tellergroßen Steinen in den Spiegel. Der zerbricht
klirrend, klagend, anklagend. Aus einem der Scherben, die drei- und
viereckig herausspringen, verfertigt der Oberlehrer sich einen Rasier-
spiegel und rasiert sich nun sein Leben lang vor diesem zarten Auge
der Unendlichkeit seinen naturwissenschaftlichen Backenbart. Sybil
ist kein Spiegel. Sie ist ein See. Selbst unser Schatten versinkt bei einem
Blick in sie sofort in die Tiefe. Seit wie viel Jahren schon spiele ich
das Spiel der Spiegel? Es sind sieben Jahre her, dass ich an beiderseiti-
ger Rippenfellentzündung erkrankte und im Krankenhaus in Frankfurt
an der Oder lag. Ich ging, ein Knabe von sechzehn Jahren, zur Rekon-
valeszenz nach Locarno. Ich schlug zum ersten Mal die Augen zum
Himmel empor und sah die Madonna del Sasso auf dem Felsen
schweben und San Bernardo über die Sonnenhügel schreiten. Auf
Locarno folgten Borkum, Brückenberg, Gardone-Riviera, Arco, Swine-
münde, Reichenhall, Arosa, Lugano, Davos, Wehrawald und wieder

Davos. Überall lebte ich meiner Gesundheit, wie es so hübsch heißt. Aber lebte ich nicht meiner Krankheit? Ich erinnere mich eines Sanatoriums im Schwarzwald, da war unser Krankenpfleger und Masseur zugleich Totengräber des kleinen Dorfes. Man sah von den Liegehallen auf den Kirchhof. Ein freundliches Symbol. Bei mir verdichtet es sich noch: Kranker, Krankenpfleger und Totengräber bin ich in einer Person. – Sybil wird hier im Kurtheater auftreten. Ich habe es ihr nicht ausreden können. Sie spielt die Frau im »Weib«. Der Literat Pein den Mann. Ich ... den Bruder. Wann ich wieder in München sein werde? Anfang Mai, falls Sybils Zustand sich nicht verschlimmert. Ich fürchte ... für mich. Grüße die Freunde.

Dein

Sylvester.

## 10.

Sybil lag auf ihrem Balkon und der ausgestopfte Papagei stand auf einem kleinen Tisch neben ihr. Sie lutschte an Kognakbohnen und warf dem toten Vogel hin und wieder eine zu.

»Friss, Vogel, oder werde lebendig!«

Sie blätterte in dem Rollenbuch des Schauspiels »Weib« und studierte ihre Rolle als Frau. Das Schauspiel ließ nur drei Figuren agieren: die Frau, den Mann, den Bruder. Es war erdacht und wie man zugestehen muss theatralisch sehr geschickt verfertigt von dem Tiroler Dichter Korbinian Zirl, demselben, dem jenes bemerkenswerte Festspiel »Andreas Hofer« zugeschrieben wird, das im Jubeljahre 1913 die Herzen der Deutschen und Österreicher höher schlagen ließ. Im »Andreas Hofer« wie im »Weib« handelte es sich um eine äußerst lebendige Dialektik und um einen rasch bewegten Dialog, dort patriotisch, hier erotisch bezweckt. Das Schauspiel »Weib« war von sämtlichen bedeutenden Bühnen Deutschlands angenommen: in der bestimmten Erwartung eines klingenden Kassenerfolges. Im »Deutschen Theater« in Berlin verdiente sich der berühmte böhmische Komiker Zawadil Schnallenbaum als Mann die tragischen Sporen. Aber fast überall im Reich wurde das Stück aus Gründen der Sittlichkeit verboten. Katholische und protestantische Pfarrerverbände, Jünglingsvereine und

Vereine zum Schutz alleinreisender junger Mädchen erließen langatmige Proteste gegen das »Weib«. Selbst ein Rabbiner gab seiner Entrüstung in den Zionistischen Blättern Ausdruck. Der bekannte Zentrumsabgeordnete Dr. Aborterer sah in dem Schauspiel »Weib« eine schamlose Aufreizung zur Blutschande.

Sybil war von der Rolle der Frau entzückt.

»Vielleicht meine letzte Rolle«, dachte sie und warf dem toten Papagei wieder eine Kognakbohne zu. »Wer wird nach mir das Weib spielen?«

Sie hatte die Rolle im Deutschen Theater in Berlin bei der Premiere dargestellt und rauschenden Beifall geerntet. Korbinian Zirl hatte ihr einen Lorbeerkranz mit einer himmelblauen Atlasschleife geschickt, darauf waren diese Worte in Gold gestickt:

>»Der dankbare Dichter seinem Weib.«

Er hatte ihr auch persönlich die Hand gedrückt und sie in seinem treuherzigen Dialekt seiner Verbundenheit versichert:

»Grad himmlisch is g'w'en, Fräul'n … I hab beinah g'moant, i wär a Dichter …«

Die Vorstellung sollte am 19. Februar im Kurtheater stattfinden. Pein, unterstützt von dem helläugigen Naturburschen Dr. Buri, einem prächtigen Churer, der die Redaktion des »Davoser Intelligenzblattes« leitete, hatte eine eifrige Reklame entfaltet. Vor allem, weil er selber spielte.

»Unser Herr Alfons Pein«, so hatte Dr. Buri im Intelligenzblatt in der Voranzeige schreiben müssen, »hat sich in liebenswürdiger Weise bereit erklärt, die Rolle des Mann im ›Weib‹ zu übernehmen.«

Fluchend warf Dr. Buri den Federhalter in den Aschenbecher, dass Tinte und Asche über das Manuskript sprühten.

»Chaibe.«

Er konnte Pein nicht ausstehen.

Dann schrieb er weiter:

»Eine besondere Attraktion haben wir mit Fräulein Sybil Lindquist von den Reinhardtbühnen Berlin gewonnen, die sich zur Zeit zum Kurgebrauch in Davos aufhält. Sie wird das Weib, das sie bei der Uraufführung in Berlin kreierte, verkörpern. Verkörpern wie es eben nur eine Sybil Lindquist vermag. Herr Sylvester Glonner, einer der Führer der jungdeutschen Dichtung, den Davosern im Besonderen nicht unbekannt als Autor des grotesk-schwermütigen Davoser Romans ›Die Krankheit‹, spielt die Rolle des Bruders. Der Vorverkauf hat begonnen. Versorge sich ein jeder rechtzeitig mit Karten, da ein großer Andrang zu erwarten steht.«

Seufzend legte Dr. Buri den Federhalter beiseite und zündete sich erleichtert seine Pfeife an.

# 11.

Für den 19. Februar Nachmittag waren auch die diesjährigen Skikjöring- und Pferderennen angesetzt.

Als Sybil die Ankündigung las, rief sie bei Sylvester telefonisch an:

»Sylvester …?«

»Sybil?«

»Sie müssen reiten …«

»Was muss ich?«

»Reiten müssen Sie. Sie sind doch gut zu Pferd.«

»Was soll das?«

»Sie müssen am neunzehnten das Rennen mitreiten.«

»Aber Sybil, welche Idee!«

»Meine Idee natürlich. Ich will, dass Sie den goldenen Davoser Pokal gewinnen.«

»Was soll ich mit dem goldenen Davoser Pokal? Ich würde nicht aus ihm trinken dürfen, denn ich bekäme sofort Nierenschmerzen.«

»Scherz beiseite, Sylvester. Ich will, dass Sie das Rennen gewinnen. Deshalb sollen Sie reiten. Ich werde auf Sie setzen beim Totalisator.«

»Wann ist das Rennen?«

»Am neunzehnten.«

»Aber da müssen wir ja den Abend spielen!«

»Oh, das macht doch nichts! Die Rennen sind um zwei. Um vier Uhr sind sie spätestens zu Ende. Da haben Sie genug Zeit, sich bis acht auszuruhen.«

»Sybil, ich bitte Sie, wozu diese Spielerei. Ich habe an dem Schauspiel schon genug ...«

»Lieber Sylvester ... ich will Sie einmal *handeln* sehn ... Tun Sie einmal etwas! Handeln Sie einmal nicht künstlerisch künstlich, dichterisch, schauspielerisch. Handeln Sie einmal menschlich ...«

»Ich bin krank, Sybil ...«

»Überwinden Sie die Krankheit, Sylvester.« Ihre Stimme klang flehend.

»Ich werde reiten, Sybil.« –

Sylvester ging zu einem Schweizer Offizier, den er kannte und von dem er wusste, dass er das Rennen nicht reiten würde, der aber zwei Pferde laufen lassen wollte, und bat ihn, die »Miggi« reiten zu dürfen. In Graubünden heißen alle Pferde, alle Kühe, alle Katzen und alle Mädchen Miggi.

Als der bulgarische Offizier und Leutnant Rätten von Sylvesters wahnwitzigem Vorhaben hörten, schüttelten sie den Kopf; bestellten sich aber sofort telegrafisch Pferde aus Zürich. Auch der kleine Japaner wollte reiten.

Selbst der Thorax machte einen schwachen Versuch, sich als Jockey vorzustellen.

»Was meinst du, Grete«, fragte er die Pneumo, »ob ich in vierzehn Tagen reiten lernte und ob ich es aushielte?«

»Kind«, sagte sie zärtlich, »was du für böse Träume hast. Du leidest immer häufiger an Alpdrücken. Du musst abends vor dem Zubettgehen einen frischen Apfel essen. Komm. Ich mache dir gleich einen zurecht ...«


## 12.


Sylvester gewann mit Miggi I den goldenen Pokal von Davos.

Der Ausgang des Rennens rief beim Publikum eine ungeheure Aufregung hervor.

Sybil wurde halb ohnmächtig vom Platz getragen und musste mit drei Flaschen Eau de Cologne bespritzt werden, ehe sie wieder zu sich kam.

Sylvester hob man auf die Schulter und trug ihn im Triumph in seine Pension.

Der Thorax war heilig beglückt.

Die Pneumo weinte Freude.

»Die reine Fata Morgana!«, sagte Herr Klunkenbul und wusste wohl selbst nicht, was er meinte.

Sybil hatte ihr ganzes Geld beim Totalisator auf Sylvester gesetzt. Leider fiel die Quote sehr niedrig aus: 17:10, denn man hatte, nicht aus Sportlichkeit, aber aus Sensation oder Schwärmerei, auf den Dichter gesetzt.

Der Bulgare und der kleine Japaner gratulierten Sybil. Der Japaner überreichte ihr eine Orchidee.

»*Sie* haben das Rennen gewonnen«, sagte der kluge, kleine Japaner.

Sybil zuckte die Achseln.

Sylvester lag angekleidet auf seinem Bett. Graues Schicksal: dem Wort zu dienen. Dem schwesterlichen Chaos. Den torkelnden Träumen. Als ob ich ein lebendiger Mensch würde, wenn ich auf einem lebendigen Pferd reite. Pferde tragen auch Schatten, oder, im Zirkus, hold uniformierte Affen auf ihrem Rücken. Was wiege ich eigentlich? Hundertacht Pfund. Das richtige Jockeygewicht. Was Sybil sich bei diesem Sieg denkt? Was habe ich gewonnen? Ein paar sensationelle Notizen in der Tagespresse. Mein Bild als Reiter in der »Woche«, der »Berliner Illustrierten Zeitung« und im »Weltspiegel«. Seewald wird mich als Reiter ernst-komisch in Holz schneiden und das schwarze Bild farbig betupfen. Denn man muss mich erst künstlich bunt machen. Ich bin so ermüdet, als hätte man mich zu Graubündner Fleisch geritten. Ich wage diesen Wahnsinn des heutigen Rittes, den Wahnsinn des abendlichen Schauspiels vor den erglühten Rampen. Würde ich wagen, Sybils Hand zu küssen? Nie.

# 13.

Die Vorstellung des »Weib« im Kurtheater ging vor ausverkauftem Hause in Szene. Nach dem Rennerfolg des Nachmittags war der Züricher Korrespondent des »Berliner Blattes« im Auto herbeigeeilt, um dem Schauspiel beizuwohnen und telegrafisch darüber nach Berlin zu berichten.

»Sensationelle Sache«, sagte er zu Pein. Es war ein dicker jüdischer Herr mit einer Hornbrille, hinter der zwei grüne Eulenaugen hervorsahen.

»Die Lindquist ist schwer krank. Vielleicht stirbt sie auf der Bühne. Und dieser olympische Stern am Himmel des Turfs: Sylvester Glonner: als erstklassiger Dichter, erstklassiger Jockey, erstklassiger Schauspieler, wie?«

»Na«, sagte Pein und verabschiedete sich, verärgert, dass der Korrespondent sich nicht mit ihm befasste.

»Altes Eisen«, sagte der jüdische Herr zu Dr. Buri, als Pein gegangen war, »ich darf ihn beim besten Willen nicht mehr ernst nehmen. Als Schriftsteller meine ich. Als Schauspieler kenne ich ihn ja noch nicht. Aber diese mystischen Fatzkereien. Ekelhaft.«

»Schmierig«, meinte Dr. Buri. »Sie sind schmierig wie schlecht geputzte Stiefel. Sie sollen glänzen wie Lack, aber es ist beim Altwarenhändler billig erstandenes, rissiges Kalbsleder.«

»Übrigens wichst er sie zu viel, seine lyrischen Stiefel«, sagte der Korrespondent, den es beunruhigte, dass ein anderer in Bildern redete. »Dagegen der Glonner, mein Lieber: ein Talent. Ein großes Talent. Wir werden seinen nächsten Roman bringen, denn wir legen Wert auf ein literarisches Feuilleton.«

## 14.

Mann und Frau leben nebeneinander.

Die Frau hasst den Mann.

Entstellt von fürchterlichen Ausschlägen, den Geschwüren einer höllischen Krankheit, schleicht der Mann, zerrissen von Gier, hinter ihr her. Die Frau hasst den Mann, weil sie ihn einmal liebte.

Der Mann liebt die Frau, weil er sie einmal hasste.

Geduckt und gedrückt schleichen sie ihr Leben nebeneinander her.

Die Frau steht sanft wie ein Schachtelhalm im Sumpf.

Eines Tages betritt ein junger, blonder Mensch die verdüsterte Stube. Halb verdurstet. Halb verhungert. Mit zerrissenen Kleidern, zerbröckelten Schuhen. Er stützt sich auf einen selbstgeschnitzten Wanderstab. Eine Mundharmonika hängt ihm an einer Schnur um den Hals. Auf der bläst er, verschüchtert, ein paar Töne.

Der Mann ist ausgegangen.

Die Frau labt den jungen Vagabunden. Er legt seinen Ranzen ab und seinen Stab.

»Frau«, sagt er, »hier möchte ich bleiben. Hier ist meine Heimat.«

»Ich habe einen Mann«, sagt die Frau, »er ist ein Tier.«

»Ich werde ihn, wie die Inder giftige Schlangen, mit meiner Mundharmonika beschwören«, sagt der Blonde und bläst ein paar Töne.

Die Frau hat Tränen in den Augen.

»Warum weinst du?«, fragt der Blonde traurig.

»Ich habe seit vielen Jahren keine Musik gehört.«

»Keine Musik? Wie ist das möglich?«

»Mein Mann hat mir meine kleine Gitarre zerschlagen und alle Musikinstrumente, die er im Hause fand: meine kleine Mundharmonika, meine kleine Flöte.«

»Hörst du nicht zuweilen die Vögel singen?«

»Um unser Haus singen keine Vögel.«

»Warum verlässt du deinen Mann nicht?«

»Ich kenne keinen andern Mann ...«

»Hast du nicht vor Jahren einen Bruder besessen –?«

»Vor vielen Jahren –«

»der ging auf die Wanderschaft –«

»– und ließ nie wieder von sich hören –«.

»Erinnerst du dich seiner?«

»Immer ...«

»Wann?«

»Immer und immer. Wenn der Frühling von den roten Märzwolken herniedersteigt, wie aus einem Flammenwagen. Wenn der Sommer die süßen Heudüfte in meine gierig geöffneten Nüstern treibt. Wenn die herbstlichen Früchte von den Bäumen fallen. Die Blätter sterbend ihr schwebendes Sein vergolden. Wenn der alte Winter im weißen Mantel knirschend durch den knackenden Wald ächzt. Immer und immer. Am grauen Morgen, am bleichen Mittag, am dämmerigen

Abend, zu dunkler Nacht: immer und immer, zu jeder Stunde. Mit jedem Schlag des vogelhaften Herzens. In jedem Blick.«

»Frau!«

»Junger Mensch!«

»Tu auf den Blick: Dein Bruder steht vor dir!«

Sybil erblasste.

Sie strich sich das blonde Haar aus der Stirn.

Sie lehnte sich an die Wand der Hütte.

»Sylvester!«

»Sybil!«

Sylvester fing die ohnmächtig Dahinsinkende in seinen Armen auf.

# 15.

Beifall überfiel die offene Szene.

»Fabelhaft!«, sagte der dicke jüdische Herr mit der Hornbrille. Seine Eulenaugen schillerten.

Der Thorax, der in der ersten Reihe saß, zitterte.

»Sie sterben beide auf offener Szene«, bebte er.

Die Pneumo hatte Tränen in den Augen.

»Brava!«, rief ein Italiener wie wahnsinnig zu Sybil herauf. »Brava, brava! ...«

Der Bulgare wischte sich mit einem kleinen seidenen Tuch, einem Geschenk Sybils, den Schweiß von der Stirn. Er musste sich zusammenreißen, um in keinen Wutanfall auszubrechen. Um nicht Schaum vor die Lippen zu kriegen.

»Das ist Krieg!«, dachte er entsetzt. »Da fließt Blut ...«

Der kleine Japaner lächelte, freundlich interessiert.

»Europäer ...«, dachte er. »Sie haben alle Hitze aus dem Äther in sich hineingesogen und verbrennen nun an- und ineinander unter einem kalten Himmel. In Japan trippeln unter einem heißen Himmel kalte Menschen auf Holzschuhen im klappernden Stakkato. Und ihre Liebe duftet weiß, kühl und weiß wie die Schneeblüte des Fujiyama.«

# 16.

Die Fastnacht galt in Davos als Freinacht. Sie unterlag in den Wirtshäusern keiner Polizeistunde.

In der Pension erschien ein jeder kostümiert zum Abendessen. Nach dem Abendessen wurde rote Bowle und Rosinenkuchen gereicht.

Der Thorax wütete als Sioux, die Skalpe seiner Gäste am Gürtel, atemlos durch den Saal. Er musste sich alle Augenblicke setzen. Klunkenbul gebärdete sich als ägyptischer Magier: Er hatte sich eine Decke vom Liegestuhl würdig um den Bauch geschlungen.

Die Operettensängerin, als Balletteuse bekleidet, hustete heftig. Sie konnte den parfümierten Duft der Opiumzigaretten, die Leutnant Parsifal Rätten rauchte, nicht vertragen. Für heute Abend war das Rauchverbot in der Pension Schönblick aufgehoben. Der schwäbische Violinvirtuose Krampski gab mit seiner Geige, der er hässliche Töne entlockte, einen italienischen Straßenmusikanten zum Besten.

Der naturwissenschaftliche Oberlehrer hatte sich, weil es am billigsten war, eine Maske als Kostüm gewählt: Darwin. Er bemühte sich, einem blaukarierten fahrigen Dienstmädchen die Zuchtwahl klarzumachen.

Die Pneumo spielte eine japanische Geisha: hellgelb und violett.

Sylvester stürmte als Apache umher und hatte schon drei Gläser Bowle umgeworfen. Eine blaue Apachenbluse schlotterte um seine magere Brust. Um seinen Hals knüpfte sich ein blutroter Schal. Blutrote Strümpfe funkelten aus blauen, rauschenden Hosen. Eine Schirmmütze plattete seinen hohen Kopf ab.

Von den Eingeladenen bewegte sich der Bulgare in Nationaltracht, der Japaner als deutscher Ritter und Minnesänger in einer hastig klappernden Blechrüstung.

Sybil erschien als Sonne. In einem hellen, klaren Kleid.

Es wurde getanzt, gelacht, gesungen, gehustet und auf den Korridoren geküsst.

Um ein Uhr schrie einer: man müsse noch ins »Rössli« gehen, droben im Dorf. Dort bei Tanzmusik, das sei sicher sehr, sehr amüsant.

Man klatschte und brüllte Beifall.

Den Thorax zog man auf einem Rodelschlitten hinter sich drein.

Sylvester und Sybil sprangen dem Zug voraus, dem der Virtuose Krampski mit Chopins Trauermarsch aufspielte. Im »Rössli« empfing sie ein betäubender Lärm von Mund- und Ziehharmonikas und stampfenden Füßen. Italienische und schweizerische Arbeiter tanzten mit Dienst- und Ladenmädchen. Dazwischen einige Berliner Kurgäste, Saaltöchter und Soldaten. Eine Kokotte mit einem Greisenkopf, den üblen Hauch ihres verwesenden Mundes mit wildem Parfüm überduftend, hüpfte quer durch den Saal. Sie sang dazu die Marseillaise.

Der Wirt vom »Rössli« wies den Herrschaften von Schönblick einen bequemern Nebenraum an. Man gelangte von dort nach Belieben in den Saal zum Tanzen, hatte aber die Gelegenheit, unter sich zu bleiben.

Der kleine Japaner, der wie ein Klöppel an die Glocke seiner Rüstung schlug, ging in den Saal, das portugiesische Dienstmädchen zu suchen.

Ihm folgte Darwin mit der Balletteuse. Der ägyptische Magier. Der Straßenmusikant mit der blaukarierten Zofe und nach und nach die andern alle.

Sylvester, der Thorax, die Pneumo und Sybil blieben endlich allein zurück.

## 17.

»Sie müssen sich einen Pneumothorax machen lassen«, sagte der Sioux und ging wie irrsinnig auf den Apachen los. Er zuckte als Dolch einen Fieberthermometer in der Hand.

»Aber ich bin an beiden Lungen krank«, erwiderte der Apache höflich. Seine Schirmmütze war ihm so tief in die Stirne gerutscht, dass seine leicht entzündeten Augen gerade noch unter dem Schirm hervorsahen.

»Dann müssen Sie sich einen Pneumothorax an beiden Lungen machen lassen.«

»Dann stürbe ich … auf der Stelle.«

»Das sollen Sie ja!«

Das Gesicht des Sioux, bronzen überschmiert, die Schminke von hellblauen Adern durchdrungen, verschönte sich. Es wurde zart, wie wenn er eine Hymne von Novalis las. »Sie sollen ja sterben! Lebendig sterben! Deshalb sind Sie doch nur hier oben, um zu sterben. Lebendig zu sterben.«

Sylvester grübelte: »Sagte Sybil nicht schon einmal Ähnliches?«

»Sehen Sie«, der Sioux konnte nicht mehr stehen und setzte sich stöhnend auf einen Stuhl, »es ist mir ein Genuss, Menschen sterben zu sehen. Mich selber kann ich natürlich nicht beobachten. Ich müsste immer in den Spiegel spähen ...«

»Bin ich es, der da von Spiegeln spricht?«, befragte Sylvester sein übermüdetes Gehirn.

»Sehen Sie den naturwissenschaftlichen Oberlehrer, den hauttuberkulösen Darwin. Ein unangenehmer Mensch, mit einer monistischen Welt-, Wald- und Wiesenanschauung. Er stinkt entsetzlich, und die andern Gäste beschweren sich immer über ihn. Aber ich rieche ihn gern, den Geruch der Verwesung.«

»Was ist das nun wieder?«, dachte Sylvester. »Jetzt redet er wie Pein.«

»Eines Nachts werden ihn die leisen Männer aus dem Haus tragen, und am nächsten Morgen wird es heißen, er sei abgereist. Ich stehe diese Nächte immer auf. Ich betrachte mir aufmerksam jede Leiche. Ein unbeschreiblicher Friede und die Gewissheit eines höhern Lebens glänzt um den Tod. Auf Erden ist doch immer Krieg.«

»Jetzt scheint er der Bulgare«, sann Sylvester, »er späht aus tausend Seelen und spricht mit tausend Zungen.«

»Ich sah auch die hübsche Russin sterben. Sie starb leicht. Wissen Sie, wen ich sterben sehen möchte? Sybil. Das muss so sein, als wenn die Sonne untergeht und ein erhabener Aspekt.«

»Er hat Visionen«, erschrak Sylvester, »er prophezeit.« –

Die Pneumo und Sybil tanzten leise nach einem Grammofon. Durch die schmutzigen Fenstervorhänge blinzelte schon der Morgen.

»Ich möchte jetzt lieber in einem Sarg als auf dem Liegestuhl liegen«, sagte Sybil. »Aber die Kur beginnt schon wieder ... Ein neuer Tag. Er ist so alt wie alle neuen Tage.« Sylvester hatte sich neben den Sioux gesetzt, und beide sahen schweigend dem Tanz der Frauen zu.

Plötzlich hielt Sybil inne.

Sie sah nach dem Fenster, das bleich und übernächtig in den dämmernden Morgen stierte.

»Der Tag!«, sagte sie.

Ein ewiger Schmerz zuckte im Herzschlag dieser hingehauchten Worte.

»Der Tag ...«, wiederholte Sylvester für sich, »wessen Tag? Der meine nicht ...«

»Die Krankheit!«, röchelte der Sioux.

Sybil zog den Vorhang zurück. Da brach der erste Strahl des Morgenrotes über die Berge. Aus Sybils Lippen, die kalkweiß erstarrt waren, lief ein dünner, glänzender Blutfaden wie eine rote Schlange.

Sie wandte sich lächelnd um: »Das Morgenrot!« und glitt sanft zu Boden.


# 18.


Sylvester sprang sofort hinzu. Er trug sie auf das verschlissene violette Plüschsofa, das den Raum zierte.

»Ein Arzt!«, brüllte plötzlich der Thorax.

»Bleiben Sie bei ihr!«

Die Pneumo nickte wortlos.

Sylvester rannte durch den Saal.

Da schlief in einer Ecke, an die Brust des portugiesischen Dienstmädchens gelehnt, der kleine Japaner.

Sylvester schüttelte ihn wach.

»Man braucht Sie! Man ist erkrankt!«

Der Japaner folgte. Seine Rüstung klapperte wie unzählige Blechbüchsen. Er legte das gelbe, mausähnliche Ohr an Sybils Herz.

Er fasste ihr den Puls.

Er sah ihr auf den Mund.

Dann zuckte er die Achseln.

»Bringen Sie sie sofort nach Hause. Ich werde ihr eine Kampfeinspritzung machen. Übrigens kann es sich nur darum handeln, das Leben um ein paar Stunden zu verlängern.«

»Das Sterben, meinen Sie«, sagte der Thorax. –

Ein Schlitten war in der Eile nicht aufzutreiben. Eben klingelte draußen der erste Tram, der nach Davos-Platz fuhr. Sie schafften Sybil in den Tram, der von der sterbenden Sonne, dem Apachen, der

Geisha, dem Ritter, dem portugiesischen Dienstmädchen und dem Sioux besetzt wurde. Zum Glück lag Sybils Pension an der Promenade.

Der Tram konnte vor ihrer Wohnung halten.

Als sie in ihrem Bett lag, schlug sie die Augen auf.

»Bitte«, lächelte sie die Masken an, »verlassen Sie mich! Dank für Ihre Teilnahme an meinem Leben!«

Sie wehrte den Japaner ab.

»Ich brauche keine Einspritzung. Ich will Sylvester noch einmal sprechen.«

Die Masken gingen.

Der Apache blieb.

»Sylvester«, sie legte alle Kraft ihres Herzens in ihren letzten Blick, »du letzter Tag meines Lebens!«

Er hielt ihre Hände. Sein roter Schal streifte ihre gläserne Stirn.

»Drück mir die Augen zu!«

Er fiel von einem Hammerschlag getroffen zermalmt an ihrem Bett zusammen. Er hörte um sich leere Worte plappern, und es schien ihm, als fange der tote Papagei, der auf dem Nachttisch stand, wieder zu sprechen an.

## 19.

Sylvester nahm Signor Bertolini, den Gärtner, mit an Sybils Grab.

»Pflanzen Sie einen Zitronenbaum auf ihr Grab. Einen blonden Baum.«

Herr Bertolini spreizte die Hände und vibrierte:

»Herr … wie können Sie glauben, dass ein Zitronenbaum in unserm Davoser Klima sich auch nur einen Tag, was sage ich, Tag, auch nur eine Stunde, eine Minute, eine Sekunde hält.«

Sylvester blieb starr.

»Auf diesem Grabe wird sich ein Zitronenbaum halten, verlassen Sie sich darauf.«

Herr Bertolini kreischte devot. Er suchte nach Argumenten, den Herrn von seinem Aberwitz zu überzeugen.

»Herr … Herr … die Dame war eine gebürtige Schwedin. In Schweden liebt man die Zitronenbäume nicht. Eine Silbertanne, Herr, wäre das Richtige oder eine Trauerweide.«

»Tun Sie, was ich wünsche. Sie werden einen Zitronenbaum auf das Grab pflanzen. Es muss ein Baum sein, der Früchte trägt.«

»Nicht *eine* Frucht wird er tragen«, schrie der Gärtner und schlüpfte aus der Friedhofspforte.

Die Schiahörner schimmerten wie silberne Platten auf dem Metallblau des Himmels.

Eine glatte Marmortafel lag auf dem Grab. Darauf standen nur diese zwei Worte: »Sybil Lindquist«. Keine Altersangabe. Kein Geburts- und kein Todesdatum.

Die Tafel war von Sylvester, dem Thorax, der Pneumo, dem Bulgaren, dem Japaner und dem Leutnant gemeinsam gestiftet worden.

Noch späte Generationen, die betrachtend diesen Kirchhof durchwandeln, werden glauben, sie sei erst gestern gestorben.


Sylvester lag im Liegesack, der mit warmem, weichem Java-Kapok gefüttert und mit Schulterklappen und seitlichen Mufftaschen versehen war, auf seinem Privatbalkon. Auf einem kleinen Tisch lag eine Fotografie Sybils: eine nicht einmal besonders gelungene Ansichtskarte, die sie in einer ihrer Filmrollen als amerikanische Miss darstellte. Neben der Fotografie eine Dettweiler Spuckflasche aus blauem Glase mit Metallsprungdeckel.

Von der Schatzalpbobbahn, die vor der Pension vorüberzog, klangen die eintönigen Rufe: Bob … Bob … Bob … an sein durch wollene Ohrmuscheln vor der Kälte geschütztes Ohr. Und sie klangen hilfeheischend wie die Rufe von Ertrinkenden.


# 20.


Mir ist, als käme ich aus dem Kriege, dachte Sylvester, als der Zug in Rorschach einlief. Hier ist also Friede. Und Frühling. Kein Schnee, keine rosa Kälte mehr. Grün auf allen Hügeln, Knospen am braunen Gesträuch.

Ein warmer Abend hüllte ihn wie mit Pelzen ein. Kinder sprangen wie Kaskaden steinerne Stufen herunter. Mädchen zwitscherten unter den Laubengängen. Burschen lachten dröhnend.

Mit südlicher Gotik bezauberten ihn die alten bürgerlichen Gassen. Aus einem Restaurant, an dem ein Schild »Frohsinn« angebracht war, tönte kleines Orchester. Ein Musikverein übte. Hohe Musik. Ein Ständchen von Pergolesi.

Ein Brunnen rauschte.

Ein dunkler Torbogen winkte. Geschweifter zogen die Gassen sich den Berg hinauf. Und Sylvester glaubte zu weinen, sinnlos an eine Laterne gebeugt.

Die Schiffsglocke läutete. Der Bodensee war in Dämmerung übergegangen. Noch blaute der Tag über Sylvester. Er trat an den Bug.

Da stiegen Wolken von den Wassern auf wie Möwen, die nach Futter suchen.

»Ich habe kein Brot bei mir, ihr dunstigen Vögel; und auch mein Herz ist schon zu zermürbt und von andern Vögeln zerfressen, als dass ich es euch noch zum Fraß hinwerfen könnte.«

Es war Nacht geworden. Ein vielsterniges Gestirn schwebte Lindau, in das der Dampfer wie ein Komet flammend und rauchend rauschte.

Sylvester erwachte, als der Zug mit einem Ruck hielt. Er blickte aus dem Fenster: Oberstaufen im Allgäu. Hinter ihm, in der Richtung auf Lindau, drohten gelbe Wolken. Sie waren wie Aeroplane einer fremden Macht hinter ihm her, aber er war ihnen längst entflohn. Schon zog der Zug wieder an und er ließ sie weiter, immer weiter hinter sich.

# 21.

»Gehen wir in den Kino!«, sagte Sylvester.

»In welchen?«

»In irgendeinen dreckigen Kinematografen der Vorstadt, in dem der erste Platz dreißig Pfennig kostet, und in dem man sich unbedingt eine Angina holt. – Gehen wir in den Helioskino in der Sendlinger-straße.« –

Am Eingang des Kinos hing ein riesiges zitronengelbes Plakat: ein bleicher, blonder Frauenkopf, der sich wie eine Narzissenblüte auf einem Stängel wiegte. »Narzissenblüte« hieß der Film, und das sollte den Namen des Mädchens symbolisieren, denn unten auf dem Plakat waren ein Negerboxer und ein brauner Herr im Zylinder, scheinbar ein englischer Viscount oder ein deutscher Graf, abgebildet; und es war offensichtlich, dass der Film auf einem Konflikt zwischen dem Neger und dem Weißen aufgebaut war. Ein Kampf zwischen Schwarz und Weiß um Blond.

Eine italienische Maronenverkäuferin hockte im Hausflur neben dem Kino.

Sylvester kaufte sich eine Tüte Maronen.

Harry sah einer schmalen Kellnerin nach.

»Isst du das Zeug gern?«

Sylvester schüttelte den Kopf.

»Nein. Ich will mir nur die Hände an den heißen Kastanien wärmen.« –

Die Leinwand flammte auf.

Aus einem hohen, palastartigen Hause, von Säulengängen und Lauben umgeben, trat eine schlanke, blonde Frau. Sie trug ein weißes, mit schwarzen Borten eingefasstes Sommerkleid und einen Biedermeierstrohhut mit Rosen garniert. Ein schwarzes Samtband schwang sich vom Hut hernieder um den zarten Hals.

Sie sah sich suchend um.

Stieß unruhig mit dem Sonnenschirm auf den Steinboden.

Sie biss die Lippen aufeinander.

Nun glitt ihr Blick gradeaus.

Er blieb an Sylvester haften.

Sybil hatte Sylvester entdeckt.

Sylvester hielt den Atem an. Seine Schläfen sausten, seine Hände zitterten, die Muskeln ließen nach und die Kastanien rollten am Boden.

»Ruhe!«, rief eine Stimme.

Jetzt setzte das Klavier ein. Ein melancholischer Operettenwalzer.

Sylvester marterte sich das Hirn: »Wird sie tanzen?«

Da eilte von links ein eleganter junger Herr im Zylinder, Cutaway, in grauen Hosen mit schwarzer Biese, einen Stock mit Goldknopf schwenkend, auf sie zu.

Sie reichte ihm die Hand.

Ihre Unruhe war verschwunden.

Sie lächelte.

Der Herr winkte ... und ein Auto fuhr vor.

Der Chauffeur, ein schöner schwarzer Neger, öffnete äffisch grinsend den Wagenschlag.

Sybil stieg ein.

Der Herr folgte.

Nun knatterte das Auto an ... man sah es durch eine Parkallee von Pappeln fliegen ... nun glitt es in den Wald und war den Blicken aller hinter Bäumen entschwunden. Sylvester stand auf.

An seinen Schläfen hämmerte das Fieber. Der Schweiß stand ihm auf der Stirn.

»Gehen wir«, sagte er. –

»Der Neger wird sie besitzen«, dachte er, als sie auf der Straße waren, »und das Entsetzen übte schon wieder Macht über ihn. Man müsste ihn wie einen Hund über den Haufen schießen. Ach, ich bin nur ein Schatten des grauen, eleganten Herrn im Zylinder. Wenn man den Neger auf der Stelle niederknallt, wer soll dann den Wagen lenken? Wir würden in irgendeinen Chausseegraben sausen und uns den Schädel einschlagen. Unser Hirn würde auf die Bäume spritzen und auf Birkenzweigen im Winde wehen. Ein Kopf ohne Hirn ... ein Leben ohne Tod ... immerhin, es wäre zu erwägen ... und ... so süß zu hoffen ...«

# Roman eines jungen Mannes

## 1.

Josuas Mutter saß jeden Abend am Fenster, träumte die graue Wand an und sah nach dem Kirschbaum herunter. Als sie Josua entdeckte, winkte sie ihm.

Josua setzte sich zu ihren Füßen auf die abgescheuerten Dielen. Sie holte vom Kochofen eine Tasse angewärmten, dünnen Kaffee und gab sie ihm. Er trank bedächtig und sah nach einer Spinne, die über ihm an einem Faden schaukelte. »Nun fällt sie in den Kaffee«, dachte er.

»Josi«, sagte sie, »jetzt kommt bald der Vater.«

»Welcher Vater?«, fragte Josua.

»Dein Vater«, sagte sie.

»Ach so«, sagte Josua.

»Freut dich das nicht?«, fragte sie. Sie hustete. Auf ihren Wangen flammte sekundenlang ein hektisches Rot.

»Nein«, sagte Josua.

»Warum denn nicht?«

Josua wusste keine Antwort, dachte aber angestrengt nach.

Sie seufzte.


Nach ein paar Tagen, gegen fünf Uhr nachmittags, die graue Wand warf nachtdunkle Schatten ins Zimmer, klapperte es die Treppe herauf. Hinter der Türe tuschelten Stimmen, dann klopfte es stark. Josuas Mutter fasste sich an ihr Herz, die Freude stieg ihr ins Gesicht, sie öffnete. Durch die Türe schob sich eine blaue Schifferbluse, an der zwei kurze energische Beine in schwarzsamtenen Pumphosen steckten. Oben aus der Bluse quälte sich ein gedrungener Hals, aus einem dicken, runden, glatt rasierten Gesicht hoben sich zwei dunkelbraune Augen und ein schöner kleiner Mund hervor, der nach Kautabak roch. Er spuckte den gelben Saft mitten in die Stube.

»Guten Morgen, Lady! Salud, como le va? Wie jeht's?«

Paul Briegoleit lachte und packte sie mit den beiden rotaufgesprungenen Händen um den Hals. Sie bot ihm ihre Lippen und er küsste sie.

»Da bin ick, da bin ick! Wat macht de Josi?«

»Es geht ihm gut«, sagte sie leise und ein zärtlicher Blick streichelte Josua, der inzwischen aufgestanden war und neben den Vater trat.

»All right«, sagte Paul Briegoleit. »Büscht'n Prachtjung' worn! Ick häv di auch wat feins mitgebracht! Ha! Aber erst für Mutting.«

Sie sah ihn groß und freundlich an.

»Wo warst du, Paul?«

Paul klang in ihrem Munde wie Pol. Sie rundete alle Vokale dunkel ab.

»Señorita, wir waren in Australien, wo die Kannibalen wohnen, wo der Mensch man bloß als Frikassee oder Wiener Schnitzel gilt. Aber ick här min Mitgebrachtes draußen uf'n Korridor stehn jelassen, wegen der Überraschung.«

Damit trat er einen Schritt zurück, stieß die Türe auf – – und vor ihm stand mit schönen schwarzen, ängstlichen, fragenden Tieraugen, in blauem, baumwollenem Rock und schreiend roter Bluse eine Negerin, so groß wie ein· Kind, aber ein ausgewachsenes junges Weib von vielleicht achtzehn Jahren. Auf ihren Armen hielt sie, wie einen Säugling an die Brust gebettet, einen kümmerlich hässlichen Affen.

Paul Briegoleit fasste sie an den Schultern und zerrte sie ins Zimmer. Josuas Mutter starrte halb entsetzt, halb lächelnd das fremde Geschöpf an.

»Di häv ick dir mitbracht, Mutting! Come on, Luda. Gib der Madame deine schwarze Dreckpote. Aber ein hübsches Mädl, wat? Erzähl mal der Lady, woher du kommst?«

Damit gab er ihr einen Puff in die Seite, so wie man etwa dressierte Pferde mit dem Peitschenstiel zur Schaustellung ihrer Kunststücke zwingt.

Da trat das fremde Geschöpf auf Josuas Mutter zu, sah ihr fest in die Augen und sagte mit leiernder, zerhackter Stimme: »Vom Himmel hoch da komm ich her!«

Paul Briegoleit stand daneben, er quietschte wie eine getretene Katze, pruschte los wie eine Barkasse, der der Dampf ausgeht, und klopfte sich die Schenkel vor Vergnügen.

»Dat ist das einzige Deutsch, wat sie kann, wo ick dem schwarzen Fräulein unterwegs beigebracht hab. Und treu is sie und ehrlich, man bloß stehlen tut sie, wenn man nicht aufpasst.«

Jetzt meldete sich der Affe und sprang mit einem Satz Josua auf den Rücken.

»So is recht, Jack«, lachte Paul Briegoleit, »such dir dein Herrchen. Magst ihn behalten, Josi?«

Josua nickte.

»Ist das mein Bruder?«, fragte er.

»Ja, min Jung«, sagte Briegoleit. »Dat is dein Bruder.«

Briegoleit sah sich um.

»Wie viel Betten habt ihr?«

»Zwei«, sagte lächelnd Josuas Mutter, »aber das eine ist nur so klein wie Josi.«

»Hallo«, sagte Paul Briegoleit, »no importa, da schlafen wir drei in einem Bett.«

»Wer wir drei?«, fragte, doch ein wenig erschrocken, Josuas Mutter.

»Nun du, ich – und Jamaika.«

»Jamaika?«

Briegoleit hatte sich eine Pfeife aus der Tasche geholt und zeigte mit dem Pfeifenstiel nach der Negerin. Die wurde auf einmal lebendig, als sie die Pfeife sah. Ihre Augen griffen lüstern nach dem Tabaksbeutel, den er hervorzog.

»Dat is die einzige Leidenschaft, die sie hat«, sagte Briegoleit. »Sie qualmt wie sieben Doppelschraubendampfer.«

»Ist sie nicht ein wenig schmutzig?«, fragte Josuas Mutter.

»Du musst ihr eben waschen, Mine.«

»Und wie sie angezogen ist!«

»Gefällt dir die Tante, Josi?«, lächelte sie zu Josua hinüber.

»Ja«, sagte Josua.

»Das war des Schicksals Stimme«, sagte Briegoleit. »All right. Übrigens ist sie ausgezogen janz repräsentabel.«

Der Affe krähte.

»Wenn er nur nicht die Schwindsucht hat?«, sagte Josuas Mutter.

»Alle Affen haben in unserem Klima die Schwindsucht.«

»Und du?«, fragte Briegoleit leise.

Sie wurde kalkblass und hustete.

Er küsste sie auf ihre geschlossenen Augen.

Jamaika stand ruhig dabei, nur ihre Hände zitterten in Eifersucht.

So lebten sie zu Fünfen und blühten wie die Lilien auf dem Felde und waren eine Familie. Die Negerin entpuppte sich als ein sanftes gutes Kind.

Besonders mit Josua freundete sie sich an.

Nach knapp fünf Monaten genas sie eines Mädchens von ganz hellbrauner Hautfarbe, welches Lili genannt wurde. Es war Josuas Mutter noch vergönnt, in der Stunde der Geburt der Negerin hilfreich beizustehen.

Drei Wochen darauf war Josuas Mutter tot.

Briegoleit kaute verzweifelt anstatt seines Tabaks Erbsen und Kaffeebohnen.

Jamaika schrie wie ein Tier.

Josua sah stumm die gebrochenen Augen der Mutter. »Wo ist sie hingegangen?«, dachte er. »Liebt sie mich nicht mehr?« Wie ein Symbol hockte der verkümmerte hässliche Affe auf den Kissen zu ihren Füßen, knackte Haselnüsse und warf die Schalen der Toten ins Gesicht.


## 2.


Paul Briegoleit musste wieder auf See. Zwei Monate waren seit dem Tode von Josuas Mutter vergangen.

Jamaika und Jack sehnten sich nach Süden. Eines Abends nahm Paul Briegoleit Josua auf seine Knie.

»Ich muss man wieder in See, Josi.«

»Und Maika?«

»Man auch.«

»Und Jack?«

»Man auch.«

»Und Lili?«

»Kommt bei Schutzmann Kröger. – Wirst einen anderen Papa kriegen.«

»Well«, sagte Josua, das hatte er sich so von seinem Vater angewöhnt.

»Und eine andere Mama –«

»Well«, sagte Josua. »Das wird dann schon die dritte«, dachte er. »Aber besser wie die erste wird keine. – Und Jack?«, fragte Josua.

»Wirst annere Affen finden, Josi. – Wirst mich nicht vergessen, Josi?«

»Ich weiß nicht«, sagte Josua. Ihm fielen vor Müdigkeit die Augen zu.

Briegoleit strich ihm über die Stirn, dann trug er ihn ins Bett. Acht Tage später las man in einer großen Berliner Tageszeitung liberaler Richtung folgendes Inserat:

> »Hübscher Knabe, diskreter Geburt, blond, sehr geweckt, fünf Jahre alt, gegen einmalige Abfindung an kinderloses Ehepaar abzugeben. Angebote unter P. B. 333, Hauptpostamt, Hamburg.«

Paul Briegoleit erhielt vier Briefe: Von einem Obst- und Gemüsegärtner aus Erfurt, von einem pensionierten Rechnungsrat in Köslin, von einem kinderlosen Ehepaar an der russischen Grenze, das sich nur als solches dokumentierte – und von Herrn Drogisten Axel Triebolick und seiner Frau Toni, geborene Hollunder, Frankfurt a. O., Marktplatz 123, Ecke Junkerstraße.

»Drogist«, sagte Paul Briegoleit, »dat is das Rechte.« Denn er erinnerte sich mit Grauen und Respekt, dass er selber einmal hatte Drogist werden sollen. »Da besucht der Junge die Realschule und lernt Latein, und das allein ist schon's Leben wert.«

## 3.

Es ist nicht so, dass man sagen kann: »Ich lebe ...«, sondern: »Ich werde gelebt!«

Josua ging am dritten Tage nach seiner Ankunft bei Triebolick von Hause weg, geraden Weges nach dem Spielwarengeschäft am Markt, nahm eines der kleinen Holzpferde, die dort sich in der Frühsonne vor der Türe gefielen, und zog es am Bindfaden hinter sich drein, über die hölzerne Brücke des Stromes und die Villenstraße rechts entlang, dann auf der Crossener Chaussee immer weiter, immer weiter ... Als er an einen Tannenwald hinter dem Judenkirchhof kam, bog er in den ersten besten Fußpfad ein, immer das Pferd hinter sich, welches zuweilen stolperte, so dass er es wieder bedächtig auf die Beine bringen musste. Er gelangte an eine grüne Lichtung, über die eine braune Schneise führte. Da er müde war, setzte er sich nieder. Das Pferd aber ließ er stehen, denn er wusste, dass Pferde im Stehen schlafen können.

Er schlief ein.

Plötzlich stand jemand vor ihm.

Er fühlte das und wachte auf.

Der Mann sagte:

»Wer bist du?«

Er wusste aber seinen Namen nicht und sagte:

»Wie du.«

Der Mann fragte: »Wieso?«

Er sagte: »Ich bin auch ein Mensch, und das ist mein Pferd!« Damit zeigte er auf den hölzernen Rappen, der in der Abendsonne rosa blinkte.

Der Mann meinte: »Ich habe auch ein Pferd, aber ein viel größeres. Willst du es sehen?« Josua nickte. Dann ging er hinter ihm drein, den Rappen am Zügel leitend.

Bald sah er einen Planwagen, ein großes, starkes, braunes Pferd davor und eine Frau auf dem Bock. Das Pferd wieherte und die Frau lachte.

»Was hast du da?«, rief sie dem Mann hell entgegen.

»Wir nehmen den Kerl mit! Er kann die Nacht doch nicht im Walde kampieren! Vielleicht fressen ihn die Bären!«, schrie er.

Josua sagte, dass er keine Furcht vor Bären hätte, indem er auf seinem flinken Rappen flink entfliehen könne. Er duldete aber, dass man ihn in den Wagen hob. Unter der Plandecke roch es nach totem Fleisch und Blut und halbverfaultem Gemüse. Es war ein Geflügelhändler aus der Stadt, der von einer Marktreise nach Hause zurückkehrte. Dieser Umstand mag es erklären, dass seine (nunmehr sogenannten) Eltern ihn am nächsten Tage auf dem Marktplatz in der Bude des Wildhändlers Matterhorn unter toten Schnepfen und Rebhühnern vor- und wiederfanden, was Josua sehr bedauerte.

# 4.

Josua hob, von den Masern erwachend, die grauen Augen auf und sah ein großes blaues Tuch über sich hängen. Er schlug mit der geballten Hand hinein, aber es warf keine Falten. Es hing höher, viel höher. Plötzlich schimmerte ein scharfer silberner Glanz auf, der strahlenbündig emporschoss, um dann bunt zu zerstäuben. Josua schrie, der ungewohnte Glanz tat seinen Augen weh.

»Stell' man den Springbrunnen wieder ab«, sagte eine weiche Stimme. »Du kannst ihn ja laufen lassen, wenn das Kind nicht mehr auf dem Dach ist.«

Die Männerstimme brummelte und beugte sich über das hölzerne Gitter und sah auf die Straße hinab. Der Dachgarten ging nach hinten auf einen kleinen Nebenmarkt, wo mittwochs Fische verkauft wurden, Hechte, Barsche, Plätzen, Karpfen. Dann und wann ein Stör auf Abbruch. Der lag in einem großen Waschzuber an der Kette und wurde von der ganzen Stadt eingehend besichtigt. Störe kamen selten den Fluss herauf. Nur zum Laichen. Aber Oderkaviar aß man gern. Er wurde billig hergestellt. Das Pfund kostete zwei Mark. Herr Triebolick sah noch immer auf den Fischmarkt herunter.

»Du könntest Heringe zum Abend holen lassen und frische Kartoffeln, Mutter!«

Dann hinkte er durch die Bodenluke.

Sie nickte. Plötzlich zuckte sie mit den Schultern, zupfte an ihren Haaren, lächelte dunkelrot. Der schöne Steuersekretär Bock hatte heraufgegrüßt.

# 5.

Josua saß am Gänsbeutel, einem Wasserarm, der sich durch die Aue am Ostende der Stadt schlängelte, unter hängenden Weiden und schnitt sich aus Weidenholz eine Flöte. Als er sie gerade probierte, wurden die Weiden auseinandergebogen. Josua wandte sich um.

Ein brauner Mädchenkopf schob sich durch silbergrünes Laubgewirr.

»Du, lass mich auch ...«

»Du kannst ja gar nicht«, sagte Josua.

»Kann schon«, lachte das Mädchen und zeigte weiße, trotzige Zähne, »gib!«

Und Josua gab ihr die Flöte.

Da blies sie schöner und reiner, als er je blasen konnte. Josua war starr. Er stand vor einer neuen Erkenntnis, der Erkennung seines Lebens. In seiner Welt und seinen Fähigkeiten war bisher er immer der erste gewesen. Da gab es niemand über ihm. Und nun konnte dieses Mädchen besser Flöte blasen als er.

»Da setz dich her.« Er klopfte mit der flachen Hand auf den Rasen.

Sie hockte dicht neben ihm nieder und krempelte vorsichtig ihr Kleid auf. Er kramte in seiner Tasche und brachte eine trockene Semmel hervor.

»Magst du?«

»Nein.«

»Dann wollen wir sie den Fischen geben.«

Und er zerbröckelte sie und warf die einzelnen Brocken in das Wasser.

Sämlinge und Grünlinge, hin und wieder ein größerer schnauzbärtiger Fisch schnappten mit offenen Mäulern danach.

»Das ist ein Wels«, sagte Josua.

Sie wollte den Fisch mit einem abgebrochenen Weidenzweig ärgern.

»Das darf man nicht«, sagte Josua.

»Warum nicht?«, fragte sie.

»Weil es schlecht ist.«

»Wenn ich nun aber schlecht sein will?«

Sie sah erwartungsvoll und eigensinnig auf seinen Mund, wagte aber nicht, mit der Rute ins Wasser zu schlagen.

»Kein Mensch will schlecht sein.«

Josua blickte sie gelassen an.

»Wer sagt das?«

Sie stampfte vor Zorn mit den Haken in den feuchten Ufersand.

»Das sagt Frau Triebolick.«

»Wer ist das?«

»Frau Triebolick ist meine Mutter.«

»Woher weiß das deine Mutter?«

Da fand Josua nicht weiter. Sie frohlockte und machte ihm eine lange Nase. »Etsch, etsch!«

»Ich muss nach Hause«, meinte er, »kommst du mit?«

»Ja.«

In den ersten Straßen verabschiedeten sie sich.

»Wie heißt du?«, fragte Josua.

»Ruth, und du?«

»Josua.«

»Da sind wir ja beide sehr fromme Leute.«

»Wieso?«

»Wir kommen doch in der Bibel vor. Josua war ein König in Israel.«

»Das ist wahr«, sagte Josua, »ich bin ein König.«

Sie lief tanzend davon.

»Ein König? Ein König?« Sie warf das Echo lachend und herausfordernd mehrmals in die Lüfte.

Josua ging nachdenklich nach Hause.


# 6.


Damals standen in der Stadt noch die alten Stadtmauern und der eine Turm des Odertores. In diesem Turm vegetierte eine Fleischerei, und wenn Josua von Frau Triebolick ausgeschickt wurde, Fleisch zu holen, ein Beefsteak für den Vater zum Abend, wenn er müde und hungrig vom Geschäfte heraufkam, oder ein Kotelett – immer ging er in diesen alten Turm, der ihn mit Schauern geheimnisvoller Vergangenheit umwehte. Wenn Josua in diesem scheu verehrten Symbol geschichtlicher Größe hätte wohnen müssen, er wäre gestorben vor Ehrfurcht und Angst – aber nicht aus Angst vor Gespenstern.

Gespenster liebte Josua schon früh mit Leidenschaft und konnte stundenlang am Kirchhofgitter abends stehen und, die Stirn an die Stäbe gepresst, in das vom Rauschen der Blätter und Klappern der toten Knochen bewegte Dunkel starren.

Oder stundenlang in der Nacht wachliegen und aus Gardinen, Schränken, Ofen sich die seltsamsten Gestalten bilden, mit denen er verwegene Gespräche hielt.

Am ergiebigsten erwies sich seinen Fantasien die dicke, weiße Bettdecke. Sie ließ sich formen und nach Belieben kneten – wenn der Mond auf die weiße Fläche schien, nahm sie unter Josuas geschickten Händen die absonderlichsten Ausdrücke an: Bald war sie eine Ratte, bald ein Reiter, bald ein Ungeheuer der Urzeit, bald stellte sie Menschen seiner Umgebung und Bekanntschaft dar, zum Beispiel Ruth.

Meistens brachte er Ruth in einen Zusammenhang mit der Ratte, weil Ruth und Ratte ihm zusammenklangen.

## 7.

Josua lag oft den ganzen Tag am Buschmühlenweg auf einer Lichtung im Grase, blinzelte nach den Eisenbahnzügen, die unter ihm donnerten, und den Wolken, die über ihm wehten, und zeichnete ihre Linien mit seinem Zeigefinger nach. Nach den Spatzen, Meisen und Libellen pflegte er zu schießen, indem er seine Hand an einer Pistole krümmte. Eine Charaktereigenschaft, die ihn selbst unwillig stimmte, machte sich früh bei ihm geltend: Er ertrug es nicht, Spechte hinter seinem Rücken hämmern zu hören. Mit Tieren, wie Hunden, Katzen und Fliegen hielt er verdrossene Freundschaft. Sie ärgerten ihn und er ärgerte sie, aber er litt sie gern.

Zu Hause, in einer zerbrochenen Bierflasche, deren Boden mit einer Handvoll Sand zugeschmissen war, bewahrte er vier Ameisen, große, schwarze, von denen er behauptete, dass er sie gezähmt habe. Er gab ihnen Namen, indem er sie nach Herrn Triebolick, dem Provisor, dem Hausknecht und dem Stößerjungen hieß.

Eines Tages tat er eine kleine rote Ameise hinzu, die er aus unaufgeklärtem Grunde Marie benannte. In der Nacht bissen sie aber die anderen tot. Dafür lud er Herrn Triebolick, welchem er die Schuld in die Schuhe schob, eine gehörige Tracht Schimpfworte auf den Buckel. Der richtige Herr Triebolick, der gerade des Weges kam, war nicht wenig verwundert über diese unhöfliche Apostrophierung seiner Person und verabfolgte Josua stumm eine tüchtige Maulschelle. Das musste wieder der unechte Herr Triebolick büßen. Josua knipste ihm mit dem Daumennagel den Kopf ab.

# 8.

Josua zählte fünfzehn Jahre und besuchte die Untersekunda des Königlichen Friedrich-Gymnasiums.

Da ging eines Abends nach dem Abendbrot ein rothaariges Dienstmädchen mit einem kleinen zweijährigen Bengel in den Eichwald spazieren.

Josua stand mit einer Zigarette am Wege und staunte ihr mit begehrlichen Augen nach.

Er schlenderte hinter ihr her.

Sie setzten das Kind auf eine Bank und gingen beide mit zitternden Händen in die Bäume.

Josua kam sehr enttäuscht wieder heraus.

Später aber, in gesetzteren Jahren, erschien ihm die Rothaarige, von der er sich erinnerte, dass sie oben am Ansatz der Brüste einen medaillongroßen Leberfleck hatte, als die wahre und einzige Liebe seines Lebens.

# 9.

Josua bestand die Abiturientenprüfung des Friedrich-Gymnasiums im Alter von siebzehn Jahren als primus omnium unter Befreiung vom Mündlichen. Diese Auszeichnung hinderte den Direktor Dr. Schuster nicht, in seiner öffentlichen Abschiedsrede mahnend und warnend auf die leider große Zahl jener hochbegabten, hochstrebenden Naturen hinzuweisen, die infolge mangelnder Charakterstärke im anfechtungsreichen Leben, das seinen ganzen Mann fordere, elend zugrunde gingen. Dabei strich ein sanft zürnender Blick unter buschigen Brauen hervor über Josua Triebolick, dessen moralische Unzuverlässigkeit seiner ahnungsvollen Pädagogenseele nicht entgangen war. Hatte man ihn nicht schon in Unterprima mit einigen Stunden Arrest bestrafen müssen, weil er mit seinem Freunde, Klaus Tomischil, einem Juden zweifelhafter Qualität, der unter dem Verdachte des Anarchismus stand, zu nächtlicher Stunde ein minderwertiges Café mit Damenbedienung aufsuchte, in dem sich, abgesehen von einem ergrauten, weißbärtigen Oberlehrer, sämtliche zwölf Seminarkandidaten des Gymnasiums befanden.

Kurz vor dem Abiturium wäre es beinahe zu einer Katastrophe gekommen. Josua Triebolick ging nach einer ausgedehnten Kneiperei gar nicht erst schlafen, sondern direkt in die Schule, wo er den ganzen Inhalt seines Magens in der ersten Stunde, in der Homerstunde, die Direktor Dr. Schuster gab, sogleich zur Präparation aufgerufen, über seinen sinnend geöffneten Homer ergoss. Nur eine geschickt geheuchelte Ohnmacht vermochte ihn zu retten. Lautlos, fix, wie ein Chapeau claque, klappte er in sich zusammen.

Entsetzt erfuhr Dr. Schuster, dass die Schuld an dem bedauerlichen Vorfalle augenscheinlich eine giftige Leberwurst trage, von Josua Triebolick am Vorabend genossen. Direktor Doktor Schuster nahm dies Faktum zum Anlass, bei der nächsten Wochenandacht öffentlich in der Aula vor dem Genuss giftiger Leberwürste dringend zu warnen.


# 10.


Unter den kerzengeraden, kahlen Pappeln, die den höher auf einem Damm gelegenen Fußweg von der Chaussee trennten, wartete Josua.

Ein warmer, sonniger Vorfrühlingstag. An den rauen, braunen Zweigen blickten mit kleinen verwunderten Augen grüne winzige Schösslinge und rötliche Knospen. Auf dem Teiche zur Linken des Fahrweges patschten zwei, drei Enten über die dünne Eisfläche. Ein leichter Tauwind wehte. Weißseidene Wolken raschelten unhörbar wie schöne Frauen über den blassblauen Himmel. Und ließen, ehe sie am Horizont verschwanden, noch einmal winkend und schwenkend die Schleier wehen.

Der Geflügelhändler Matterhorn, der zum Markte fuhr und dessen rumpeliger Planwagen die Chaussee entlang polterte (Josua erkannte ihn nicht), zeigte mit dem Peitschenstiel in die Höhe und drückte mühselig aus seinen Lippen, die durch eine kurze Pfeife anderweitig in Anspruch genommen waren, die Worte heraus:

»Das is'n Tag, was?«

Josua nickte.

Er sah nach der Stadt zurück über Wiesen und Weidenbüsche, ob er die Uhr am Kirchturm erkennen könne. Der wuchs scharf und sicher in der dunstigen Luft. Neben ihm die breite gotische Fassade des Rathauses und weiter im Hintergrunde links auf einem Hügel die dicke Kuppel des Wasserturmes.

Die gusseisernen grauen Bogen der Eisenbahnbrücke, die die Wiesenfläche durchschnitten, glänzten in der Sonne mattsilbern.

Josua zog die Taschenuhr: die flache, goldene mit den Initialen seines Namens, ein Geschenk des Herrn Triebolick zu seiner Konfirmation.

Zehn Minuten vor drei.

Noch zehn Minuten.

Er nahm seinen Gang wieder auf.

Auf wen wartete er?

Was wollte er von ihr? Weshalb war er jetzt, mitten im Semester, wieder in diese Stadt gereist?

Er schrieb ihr Briefe, täglich, war unglücklich, wenn sie nicht gleich antwortete, stammelte die wahnwitzigsten und verliebtesten Schmeicheleien und gewagtesten Wünsche in seinen Briefen aus – und wenn er vor ihr stand, konnte er nicht reden –, wenigstens nicht von dem, was ihm die Seele schmerzend bewegte.

Nie hatte er mit eigenem Munde zu ihr von seiner Liebe gesprochen, nur Boten hatte er ihr geschickt: Schwarze willkürliche Buchstaben, die auf dem weißen Papier kapriziöse Huldigungstänze vor der Geliebten aufführten: wie junge zahme Füchse, die plötzlich in die Freiheit gelassen, zu wilden Katzen werden, die sie ja ihrer Natur nach sind. Wie geschah es, dass er ihre schöne Güte nur in ihrer Abwesenheit zu genießen verstand? Dass er stumm und betreten umherstierte und ein lästiges Gefühl ihm die Kehle zuschnürte, sobald er ihre gar zu körperliche Nähe spürte?

Er erschrak.

Er hatte dieses Gefühl doch nicht bei anderen Frauen.

Und auch sie redet frei und ungezwungen nur in ihren Briefen. Allein ihre Augen suchten einander und fanden in ihren Blicken eine quälerische, freche Wollust.

Und dann wieder der Zweifel an der Liebe und die lächerliche Selbstverhöhnung. Unabsichtlich fügten sie einander die heftigsten Wunden zu. Obgleich sie gar nicht kämpften.

Einmal schenkte ihr Josua seine Silhouette, die war von mehreren Terzerolschüssen durchbohrt, denn sie hatten Scheiben nach ihr geschossen.

Sie weinte, denn sie sah ein Sinnbild seines Wesens in der durchschossenen Silhouette.

Josua wurde unruhig. Hatte es noch nicht drei geschlagen? Er lauschte in die vom Summen der fernen elektrischen Bahn durchbrochene Stille.

Als er sich umwandte, stand eine Frau vor ihm. Im Kattunrock und wollener schottischer Bluse, wie sie einfache Arbeiter- und Handwerkerfrauen tragen. Am linken Arm hing ihr ein mittelgroßer zugedeckter Korb. Sie war in der Stadt einholen gewesen. Ihr junges frisches Gesicht wurde durch eine verkrüppelte Nase entstellt. Sie öffnete den langen, schmalen Mund:

»Na, junger Herr?«

Josua fragte sich, was sie wolle und weshalb sie ihn anspreche, schwieg aber und verfolgte aufmerksam den gelben Damm bis zur Stadt, ob er Ruths zarten prüfenden Gang noch nicht entdecke.

Die Frau bewegte den Kopf wie ein wiederkäuender Papagei und zupfte an ihren Kleidern.

»Mei Mann is nicht zu Hause, junger Herr. Er is Arbeiter in der Gasanstalt. Und wir wohnen hier draußen am Judenkirchhof.«

Josua forschte unwillkürlich nach der roten Mauer des Kirchhofes, sie musste hinter jenen Tannen liegen.

Plötzlich sah er in die feuchten, glitschigen Augen des jungen Weibes.

»Morgen«, sagte er stumpf und tonlos. »Morgen um dieselbe Zeit bin ich hier. Heute nicht.«

Die Frau ging.

Zwischen den Pappeln in der Ferne sprühte ein weißer Fleck auf, der langsam näher tanzte. Jetzt unterschied man ihren Hut, jetzt ihre Füße, jetzt ihre großen, blauen Augen. Josua fing ihre Blicke und lief ihr erregt entgegen.

»Wir wollen bitte unseren Spaziergang lassen«, stieß er hastig hervor und gab ihr die Hand.

Sie hielt seine Hand in ihrer Hand und betrachtete sie aufmerksam.

»Auch ich habe solche Angst ...«, sagte sie.

Dann gingen sie zusammen zur Stadt zurück.

Er war erschüttert.

Heute Abend oder morgen früh reise ich ab, dachte er. Werde ich sie noch lieben? Werde ich sie noch einmal wiedersehen?


# 11.


Sie zogen zu dreien die Landstraße: Jim, Totengräber in Ferien; Kolk, Kunstmaler und ehemaliger Fremdenlegionär, und Josua.

Der Frühling duftete braun aus der feuchten Scholle. Tief hing der rosaverdämmernde Abendhimmel auf die Wanderer herab.

Ludwigsburg, die Stadt mit den blauen Schieferdächern, lag seit drei Stunden hinter und unter ihnen. Die Wälder und Hügel Thüringens stiegen vor ihnen auf. Sie gedachten, sich quer durch Thüringen und nach Erfurt herüberzuschlagen.

Jim holte eine Mundharmonika aus der Tasche und blies. Kolk sang mit einem etwas rostigen Bariton dazu:

> Wenn der Schnee tropft von den Scheunen
> Und die Wanzen ferne lauern,
> Dann beginnen wir zu streunen,
> Schlafen nachts beim Bauern ...

Er sang nur diese Strophe und fiel unversehens in seinen bei der Legion gelernten Lieblingsgassenhauer:

> Si vous avez aimé,
> Vous aimerez encore ...

Die Straße machte eine scharfe Biegung – steil und feindselig reckte sich vor ihnen ein scharfer Felsen. Und auf dem Felsen wuchs, ein Stück Natur, altes Gemäuer, und ein Turm wölbte sich schief wie eine Eiche am Abgrund, und es schien, als wolle er jeden Augenblick in die Tiefe kippen.

»Die Rotenburg!«, sagte Jim und sah hinauf.

Oben aus dem Turm blinkte ein kleines gelbes Feuer, wie von einer altmodischen, lange nicht geputzten Petroleumlampe.

»Wir könnten in der Rotenburg die Nacht bleiben« sagte Kolk und blinzelte listig zu Josua.

Josua war dem Spaß nicht abgeneigt.

Jim versuchte mit seiner Mundharmonika einen Fanfarenstoß anzudeuten, der sie der Schlossherrin melden sollte … Josua erinnerte sich, was man ihnen in Ludwigsburg über die Herrin von Rotenburg erzählt hatte. In der Destille. Zwischen zwei Schnäpsen und einem Rülpser.

In ihrer Jugend verliebte sie sich in einen Tischlergesellen, der auf die Burg kam, irgendeine Ausbesserung vorzunehmen. Sie lief ihm nach. Sie warf sich ihm zu Füßen. Aber der Tischlergeselle stieß sie von sich. Er hasste die Gräfin aus dem Grunde seines verbitterten Proletarierherzens. Es war damals die Zeit, als allenthalben Ausnahmegesetze gegen die Sozialdemokraten in Aussicht standen.

Die Gräfin kehrte auf die Burg ihrer Väter zurück. Ihre Eltern starben kurz nacheinander. Sie war die einzige Tochter. Jetzt hauste sie oben in dem verfallenen Gemäuer unter Efeu und wildem Wein, selbst eine Ruine, legendenumsponnen, mit einem sagenhaft alten Diener und Kastellan. Nie ging sie unter Menschen. Aber ihr Schloss stand gastlich jedem Wanderer und Vagabunden offen …

»Ich glaube, es geht hier zwischen den beiden Tannen empor« sagte Kolk.

Nach einer Viertelstunde hielten sie vor einem hölzernen, eisenbeschlagenen Tor, das zwischen zwei kleinen dicken Seitentürmen eingelassen war.

Josua klopfte mit seinem Stock (mit seinem Schwert) dreimal feierlich an die Tür, wie man es in Ritterromanen gelesen hat. Jim blies dazu auf der Mundharmonika seine Fanfare.

Drinnen klapperte ein Schlüsselbund. Ein Schlüssel knirschte im Schloss. Eine Stimme brummte:

»Wer seid ihr?«

»Ehrwürdiger Vater« gab Josua Bescheid, »wir sind vornehme Granden aus Sevilla in Spanien und gekommen, um die Hand Eurer erlauchten, schönen und tugendsamen Herrin anzuhalten …«

Der Schlüssel drehte sich noch einmal herum, das Tor klappte auf – und ein Revolver modernster Konstruktion blitzte ihnen entgegen, während der Schein einer elektrischen Taschenlampe ihnen blendend ins Gesicht fuhr.

»Verzeihen Sie, meine Herren, wenn ich Sie mit diesem Schießzeug belästige«, brummte wieder die alte, zitternde Stimme (und auch der Revolver zitterte in altersschwächlicher Hand), »aber es gibt so viel Gesindel auf der Landstraße. Man muss sich vorsehen. Wollen Sie bitte Ihre Waffen ablegen? Hier herrscht Burgfrieden …«

Josua legte seinen Stock, Kolk seinen Schlagring, Jim seine alte Reiterpistole, die er einmal in einem städtischen Museum gestohlen hatte, auf die Schwelle des Burgtores nieder.

Der alte Kastellan schwankte vor ihnen her.

»Der Tisch ist gedeckt, das Mahl ist bereitet. Ich werde Ihre Hoheit benachrichtigen.«

Sie gelangten in einen mit roten Backsteinen gepflasterten Vorraum zu ebener Erde, dann links über eine eiserne Wendeltreppe in den ersten Stock und in den Speisesaal, wo ein Kronleuchter über einem mit Brot, kaltem Fleisch und Wein bestellten länglichen Tische brannte. Den Fenstern gegenüber stand ein schön geschnitzter Lehnsessel – der einzige Stuhl im Zimmer – und über dem Sessel an der Wand hing das von ungeübter Hand gemalte Ölporträt eines jungen blondlockigen Menschen.

Sie standen neugierig, ein wenig hungrig, ein wenig verlegen vor der recht bürgerlich und gar nicht gräflich hergerichteten Tafel. Kolk wollte schon mit den Händen nach einem Stück kalten Schweinebraten langen, als plötzlich eine hohe, in weißen Atlas gekleidete Frau wie durch die Wand ins Zimmer schwebte.

Sie war sehr schlank. Krankhaft schlank. Ihre Gesichtsfarbe spielte ins Silbergrünliche. Auf roten, vollen Haaren lag ein Myrthenkranz.

Sie schwebte auf den Sessel zu, ließ sich graziös darin nieder und hob die Hand:

»Mit Vergnügen und tiefer Genugtuung habe ich vernommen, dass wieder einige Herren erlauchter und vornehmer Abkunft nicht die Unbill einer mühseligen Reise, noch die Unsicherheit ihrer Sehnsucht in Hinsicht auf ihre Erfüllung gescheut haben, um persönlich meiner weit gerühmten Schönheit Tribut und Ehrfurcht zu zollen.

Ich bin die Gräfin Anette von Rotenburg und stehe im zwanzigsten Jahre und im Zenith meines Lebens. Wer sind Sie, meine Herren?«

»Edle Gräfin«, hub Josua zu sprechen an, »wir sind die Heiligen
Drei Könige aus Nirgendland.

Wir haben keine Heimat, wir haben kein Geld.

Wir schlafen des Nachts auf freiem Feld ...«

»Meine Herren«, erwiderte sie leise lächelnd, »Ihre Vermögensver-
hältnisse scheinen nicht gerade glänzend zu sein. Aber das tut nichts.
Ich selber bin reich, sehr reich. Ich sehe bei meinen Freiern mehr auf
Charakter und Sinn für trautes Familienleben. – Aber Sie sind gewiss
hungrig? Greifen Sie zu!«

Stehend sättigten sie sich an kaltem Fleisch und trockenem Brot.
Es gab nicht einmal Butter.

Roten Wein schenkte ihnen die Gräfin selbst aus einer Karaffe in
Blumenvasen ein.

Darauf nahm Jim das Wort, indem er seine Blumenvase an die
Lippen führte:

»Gestatten Sie mir, gnädigste Gräfin, auf Ihr spezielles geschätztes
Wohl zu trinken. Ich bin Totengräber, auch Leichenwäscher von Beruf.
Wie Sie dasitzen, Hoheit, in weißem Atlaskleid, den Myrthenkranz
im Haar, würden Sie die schönste Leiche geben, die ich mein Lebtag
gesehen habe.«

Die Rührung übermannte Jim.

»Ach«, sagte die Gräfin mit weicher, trauriger Stimme, »Sie haben
nicht so unrecht. Wenn ich nicht schon tot wäre, würde ich gewiss
lieber heute als morgen sterben mögen. Aber ich habe mich gut kon-
serviert. Soll ich Ihnen das Mittel verraten, das mir das ewige Leben
verbürgt? Es ist ein Hausmittel ...« Sie beugte sich über den Tisch:
»Die ewige Brautschaft ... Ja, ja«, nickte sie bestätigend, »ich bedaure,
Ihre ernstgemeinte Werbung, die mich sehr ehrt, leider abschlagen zu
müssen.«

Sie lächelte glückselig.

»Ich bin bereits verlobt. Mit einem Tischlergesellen.« Sie stand auf,
neigte sanft die bleiche Stirn gegen das blondlockige Bild an der Wand
und war verschwunden.

Sie schliefen die Nacht sehr schlecht. Oben im Turm war ihr Lager.
Der Wind zauste ihnen im Schlaf die Haare. Einmal glaubte Josua,
die weiße Dame besuchte ihn hier oben.

Aber es war nur der Mond, der aus den Wolken trat. Am nächsten Morgen, die Sonne vergoldete eben die Turmspitze, brachen sie auf. Sie ließen sich durch den Kastellan, der ihnen eine Suppe kochte, der Gräfin untertänigst und mit Dank empfehlen. Dann schritten sie rüstig bergab.

Sie sprachen wohl eine Stunde lang kein Wort, bis Josua leise und wie für sich zu summen begann:

> Si vous avez aimé,
> Vous aimerez encore ...

# 12.

Josua wohnte in einer kleinen Universitätsstadt, nahe Berlin und bezog von Herrn Triebolick eine angemessene Unterstützung.

Er sollte Philologie studieren.

Josua hatte seinen Herrenabend.

Jim war da, dann Kolk und aus Berlin war Klaus Tomischil mit einigen Mädchen erschienen.

Man trank Ananasbowle, zu der Jim den Wein und Kolk die Ananas gestohlen hatte.

Kolk hatte die letzte Nacht wieder in der Hundehütte des Holzhändlers Mann mit dem Hunde Cäsar zusammen geschlafen. Cäsar biss sogar seinen Herrn, wenn er gereizt wurde. Kolk war der einzige, den er respektierte.

Kolk musste, ehe man ihn zur Tafel zuließ, in Josuas Schlafzimmer gereinigt, gekämmt und frisch gekleidet werden, was unter Beihilfe Jims immerhin eine Viertelstunde in Anspruch nahm. Er zeigte sich an der Tafel in einem verschlissenen, braunen Samtjakett mit Husarenschnüren und einer alten Mensurmütze auf dem Haupt. Josua war ein halbes Jahr Mitglied der freien Burschenschaft Marko-Pomerania gewesen, bis man ihn wegen Achtungsverletzung relegiert hatte. Er war vollkommen nüchtern, ohne Mütze und Band abzulegen, am hellichten Tage zur dicken Emma gegangen. Die erste Rede hielt Klaus.

Klein, mager, mit einem Ansatz zum Buckel, rotbraunem, struppigem Vollbart, blassblauen, aber scharfen Augen erhob er sich zu einem wohl disponierten Vortrag über die deutsche Judenfrage – er, der Jude:

»Ich habe Russen gekannt und es sind die besten ihres Volkes, denen brachen die Tränen aus den Augen, wenn man Russland nur nannte. Aber ich möchte trotzdem kein Russe sein. Auch wenn ich über mein Vaterland weinen müsste. Ich bin Kosmopolit. Ich liebe Gott und die Welt. Aber ich bin irgendwo geboren. In Brandenburg unten, schon nahe Schlesien, wo die Oder weite, ach wie weite Auen bespült, Weinhügel an ihrem rechten Ufer sich bucklig erheben und spitze, graue Tannen wie gotische Türme in den Himmel stoßen. Davon kann ich nicht weg. Obgleich ich Jude bin. Auch wenn ich es verzweifelt wollte. (Ich will es nicht.) Es ist meine Erde.

Ich bin kein Antisemit (im üblichen Sinne), ich bin Jude.

Die Hälfte meiner Freunde sind Juden.

Ich liebe Goethe – ich bewundere Herzl.

Der Antisemitismus, wie ihn die Politik gezeigt hat, ist eine große Unwahrheit. Er richtet sich ja gar nicht gegen das Judentum an sich, sondern gegen das Judentum als Geldmarkt, also als Träger der materialistischen Weltauffassung. Man gibt ihn bloß nicht zu: den blassen Neid. Es ist so komisch, zu sehen, wie der Antisemitismus den deutschen Idealismus beeifert und betreut. Während die andere Seite des Januskopfes (insgeheim) winselt: Wenn ich nur das Geld hätte! Ja, Verehrtester, wenn Sie das Geld hätten (und die Macht), Sie würden die Kultur um kein Haar bessern, Sie würden gar nicht daran denken, eine Sache ›um ihrer selbst willen‹ zu tun, wenn Sie einen Prozent Zinsen verlören. Ihr Idealismus (den Sie, bewahre uns der Himmel, deutsch nennen) reicht genau so weit, wie Ihre Geld- und Geistnot.

Aber ich kann es begreifen, wenn einer aus deutsch kulturellen Gründen die Juden bekämpft. Obgleich der Jude, es ist eine Schande für sie, in Deutschland heute der eigentliche Kulturerregerbazillus ist. Wer kauft hauptsächlich gute Bilder und Bücher? Der Jude. Was sind die hauptsächlichsten Verleger und Kunsthändler? Juden. Wer versucht sich in der deutschen Sprache nicht ohne Geschick und mit noch mehr Talent? Der Jude. Und die Zeitungen? Die Zeitschriften, wer schreibt sie? Wer liest sie? Der Jude. Ohne ihn könnten auch die rein deutschen Künstler (siehe Gerhart Hauptmann) nichts ausrichten.

Warum tut der Deutsche, und zwar der deutsche Großgrundbesitz und Großkapitalismus nichts für Kultur und Kunst? Warum beharrt er in seiner chronischen Kulturphlegmatik? Aus alter Ahnenmüdigkeit, aus Borniertheit? Etwa: Kultur! Ich habe alles, was ich brauche: meinen Klubsessel, meine Pferde und meinen Kaiser.

Das Judentum hat sich seine heutige große Macht im Kampf erworben. Im ständigen Kampf mit seinen Wirtsvölkern, die es zu unterdrücken bestrebt waren. Immer und immer stand und steht es mit all und jedem auf dem Kriegsfuß. Der Krieg hat es gestählt und hart gemacht, und es ist nahe daran, den weicheren Gegner, dem die ewige unerbittliche Anspannung aller Kräfte fehlt, die dem Juden das Dasein überhaupt erst *ermöglicht*, zu überwinden.

Das Judentum bildet einen Trust. Rein instinktiv. Wir haben mit Zähigkeit und fanatischer Anpassungsfähigkeit zum Beispiel fast die gesamte literarische Kritik in unseren Besitz gebracht. Wenn es so weitergeht, gibt es in fünfundzwanzig Jahren keinen deutschen Kritiker mehr. Der jüdische Kritikertrust hat ihn ausgestoßen. Rein instinktiv. In fünfzig Jahren gibt es keinen deutschen Dichter mehr. Der jüdische Kritikertrust, der (rein instinktiv) nur das Jüdisch-deutsche oder ihm Verwandte zu würdigen weiß, kann ihn nicht erkennen. Er sieht ihn gar nicht. Er schweigt ihn tot. Rein instinktiv.

Wie kann der Deutsche hier (und nicht nur in Bezug auf die Literatur, die mir als Beispiel galt) Abhilfe schaffen? Ich, der Jude, verrate Ihnen das einzige wirksame Mittel. Das Element des Judentums ist der Kampf. Entwindet ihm diese Waffe! Schließt mit ihm Frieden! Seit Jahrhunderten an den Krieg gewöhnt gegen sein Wirtsvolk, wird der Jude durch den plötzlichen Frieden stutzig werden. Der Überspannung wird die Abspannung folgen. Macht den Juden zum Reserveoffizier, zum Bürodiener, Richter, Intendanten und Landrat. Er wird die Gleichberechtigung nicht ertragen. Des ruhigen Lebens ungewohnt, wird er verweichlichen, schwach werden und rettungslos im Deutschtum versinken.

Schon der Stolz, es endlich doch noch zum Reserveoffizier gebracht zu haben, wird ihn verrückt, wird ihn kindisch – wird ihn lächerlich machen.

Und diese Lächerlichkeit wird ihn töten.

Auch die jüdischen Kritiker werden dann, aus Mangel an Gemeinsinn, langsam absterben. Und die deutschen Dichter werden wieder von sich reden machen.

In fünfzig Jahren gibt es in Deutschland keine Juden mehr, wenn man ihnen möglichst schnell und plötzlich die bürgerliche Gleichberechtigung mit den Deutschen verleiht. Dann gibt es keine Juden mehr, abgesehen von einigen wenigen, die nach Zion auswandern werden.

Dazu würde ich gehören.«

Klaus setzte sich. Er schnaufte und schwitzte vor Aufregung.

Dröhnender Beifall. Bravo auf allen Seiten.

»Warum bist du noch hier?«, schrie Lulu.

Josua stieß mit Klaus klingend an. Sie sahen sich in die Augen. Klaus schluckte an verhaltenen Tränen.

Kolk erhob sich zu einer Rede auf die Damen.

»Dieselben verschönern uns nicht nur das Leben – sondern lassen uns auch den Tod erstrebenswert erscheinen«, sagte Josua.

»Darum hoch die Damen, hoch, hoch, hoch!«

Die Gläser klirrten zusammen. Josua hob Lili mit beiden Armen so hoch, dass ihre Turbanfrisur an die Decke stieß. Margot und Lulu lachten.

Als Josua Lili wieder herabgelassen hatte, weinte sie vor Wut.

»Ich will nicht, dass du so stark bist«, stöhnte sie.

Klaus hatte Lulu auf seinem Schoß und griff ihr mit der Hand vorn in die offene Bluse, wo er Brüste fest und weich wie Pfirsiche vorfand.

»Tochter Zions freue dich«, sang er.

»Au«, sagte Lulu, »Klaus, du hast kalte Hände.«

Kolk trank mit Margot unzählige Weinjungen. Sie waren beide schon maßlos betrunken.

Während die drei Paare sich entsprechend beschäftigten, erzählte Jim zum hundertsten Male die Geschichte, weshalb er in Obertertia von der Schule geschasst worden sei. Er habe nämlich auf offener Chaussee, beim Kähmener Wäldchen, der Tochter des Direktors, die ihm begegnete, die Röcke hochgehoben und als sie sich angenehmen Erwartungen hingab, ihr die Röcke über dem Kopf zugebunden. Worauf er sie habe stehen lassen. Aus Rache. Weil er zum dritten Mal in Obertertia sitzen geblieben war. So sei der Zwang an ihn herangetreten, einen Beruf zu wählen. Und er habe sich, um wenigstens bei der Stange der Wissenschaft zu bleiben, denn für die Wissenschaft hege er die höchste Bewunderung, für den wissenschaftlichen Beruf des Totengräbers entschlossen. Und habe es denn auch schon, Gott sei's gedankt, dazu gebracht, den Direktor sowohl wie sein Fräulein Tochter beide persönlich zu begraben. Welche Handlung er stets für die genussreichste seines Lebens zu halten berechtigt sein werde.

»Folgen wir dem Beispiel unseres trefflichen Jim«, schrie Kolk, welcher ein paar Worte aus Jims langer Rede aufgefangen hatte und versuchte, Margots Kleider hochzuheben.

Lili, die nach Josuas Küssen lechzte, ihn aber nicht zuerst zu küssen wagte, sah Kolk strafend an, so dass er zurückzuckte. Dafür erhielt Kolk wieder von Margot einen bösen Blick.

Klaus, von einem fremden Dämon bezwungen, schnellte zu einer zweiten Rede empor.

»Es ist traurig«, sagte er und wiegte seinen Kopf philosophisch bedenksam wie ein Marabu, »dass ich, ein Fünfunddreißigjähriger, mich heutzutage zur letzten Generation zählen muss. Es gibt keine Jugend mehr. Es gibt keine Zwanzigjährigen mehr«, schrie Klaus und sein roter Vollbart sträubte sich in tausend haarigen Nadeln.

»Gott, beruhige dich, Klaus«, sagte Josua. »Was du heiser und fanatisch in die Welt brüllst: Anarchismus! Anarchismus! Das sind wir längst: Anarchisten. Einfach aus uns. Das ist uns eine Selbstverständlichkeit, über die den Mund aufzutun, wir uns genieren würden. So banal ist sie. Wir sind um vieles reifer, als ihr damals waret. Wir haben die Erfahrung der Kämpfe uns nutzbar gemacht. Aber wir brauchen, Gott sei Dank, keine lächerlichen Manifeste, um uns als Gruppen bengalisch beleuchtet unsrer Zeit darzustellen. Die Zeit nach dem Kriege war spezifisch unkünstlerisch. Das ist die unsere nicht mehr. Allem Geschrei von der zunehmenden Mechanisierung und Maschinisierung des Lebens zum Trotz. Im Gegenteil: Die Stadt wird zur Landschaft. Und die Welt immer lyrischer. Immer abenteuerlicher. Lyriker und Hochstapler sind bald nur mehr eines. Jeder manifestiert sich selbst. Das ist am ehrlichsten und wirksamsten.

Die Wirkung von Mensch zu Mensch wollen wir wieder zu Ehren bringen, nicht die von Buchstaben zu Buchstaben, von Gesinnung zu Gesinnung. Wir sind auch keine Bohemiens mehr, wie ihr damals, und wenn wir noch so wenig Geld haben. Unsere Abenteuer sind reicher und spielen nicht im Café oder in den Ateliers spindeldürrer geiler Malweiber. Wir haben viele Tausend Berufe, zu denen wir in Wahrheit berufen sind, und in denen wir uns nach Bedarf ergehen. Und sind wir heute Lastträger, so sind wir morgen Musiker, übermorgen rote Radler und überübermorgen Privatdozenten. Und alles ohne Ironie, mitten drin sind wir, nicht oben drüber. Was mich betrifft, so werde ich wohl noch einmal Tyrann von Deutschland werden.«

»Totengräber«, schrie Jim, »ist überhaupt der einzige anständige Beruf. Aber ich muss die Gründe, die ich dafür ins Feld führen könnte, leider für mich behalten. Sonst würde der Andrang zum Totengräberberuf zu stark, und seine Exklusivität erschiene gefährdet.«

Und er begann aus den Vorschriften zur Ausübung der Leichenbeschau zu rezitieren, als seien sie eine Schiller'sche Ballade.

»Komm mit nach Berlin!«, flüsterte Lili Josua ins Ohr.

»Ganz sichere Kennzeichen, dass ein Mensch wirklich und nicht bloß scheintot sei, ergeben sich nur aus der bereits eingetretenen Fäulnis. Die Zeichen der eingetretenen Fäulnis sind: der Leichengeruch, das Abfließen faulender Säfte aus den natürlichen Körperöffnungen, die Auftreibung und das grünblaue oder schwarze Anlaufen des Unterleibs.«

»Liebes Kind, ich habe kein Geld dazu.«

»Geld? Ha! Du sollst den Namen deines Gottes nicht unnütz missbrauchen«, krächzte Klaus.

Lili wisperte eindringlicher in Josua hinein.

Ihre Lippen lagen in seiner Ohrmuschel.

Josua besann sich einen Augenblick.

»Lili«, sagte er dann, »bleibe du hier. Ich nenne dir vertrauenerweckende Geldmagnaten, wie Fabriksbesitzer Kröderlein, Hauptmann Blasewitz, Apotheker Ludwig. Und dann die vielen Offiziere, Studenten, Zollassistenten und Referendare. – Also willst du?«

Lili schwankte.

»Triebolick, wer ist das?«, dachte sie. »Woher kenne ich bloß den Namen?«

Endlich seufzte sie entschlossen auf: »Gut – ja.«

Klaus fuhr am nächsten Tage mit Margot und Lulu nach Berlin zurück, während sich Lili bei Frau Schimmelpfennig in der Aftergasse einmietete.

# 13.

Dete Leuckner an Ruth:

Meine süße Ruth!

Sag mal, Du Kleine, was ist das eigentlich, was in Deinen Briefen versteckt zwischen den Zeilen liegt? Ich würde mich ja viel mehr gefreut haben, wenn Du mir mal ganz offen und ehrlich über Deine heart affairs berichtet hättest. Aber die Ruth hat ja kein Vertrauen zu ihrer großen Schwester. Da muss die große Schwester kommen mit dem feingeschliffenen Messer und alle die Nähte des Herzens auftrennen, damit die Geheimnisse herausfallen. Aber Du musst nur wissen, dass die Dete nicht dumm ist und ganz fein alles erraten kann. Und schon lange alles weiß und auf ein Geständnis von Dir gewartet hat. Immer und immer.

Ich weiß ja nicht, ob Josua noch da ist, ich weiß nur, dass Du sehr traurig sein wirst, wenn er fortgeht. Aber Ruth: Hör zu und pass auf. Es gibt kaum einen Mann auf der Welt, der es wert ist, dass man an ihn denkt, länger als es nötig war zur Unterhaltung, zum Zeitvertreib, zum Genuss schöner Stunden. Es gibt einige, Hans, mein Bräutigam zum Beispiel – aber alle anderen, so reizend, so gut und lieb sie manchmal sind –, dass man um sie, ich meine, dass ein Mädel oder eine Frau ihretwegen weint oder traurig ist – das sind sie einfach nicht wert. Ich kenne Herrn Josua Triebolick ja gar nicht, ich weiß nur einiges aus seinem Leben, das mir nicht gefällt. Und ich habe Urteile über ihn gehört, die nicht schmeichelhaft waren. Ich schreibe Dir das alles nicht, um Dich zu kränken oder Dir wehe zu tun, sondern Dich zu ermahnen, Dir den Mann nicht mit geschlossenen, sondern mit offenen, zweifelnden Augen anzusehen. – Mich kann kein Mann mehr aus dem Gleichgewicht meiner Seele bringen, weil ich von vorneherein a priori (unser Kantlehrer im Zirkel ist ein entzückender Mensch) die Kanaille in ihm sehe. Wenn sie mich lieb haben und sie tun es fast alle, so freue ich mich, weil das Spaß macht und mich nicht aufregt. Aber Deine letzten Briefe, die gleichgültige Behandlung aller wichtigen familiären Ereignisse, der Weltschmerz (kennst Du Lenau? Fabelhaft!!!) zeigen mir, dass die kleine Ruth wirklich und richtig verliebt ist. Das ist etwas sehr Schönes, das ist etwas sehr Glückgebendes, eine wundervolle Lebensbejahung, ein herrlicher Zustand – Aber kleine Ruth, solche Verliebtheit muss im richtigen Moment aufhören, muss der großen Vernunft Platz machen, dass man lächelnd ihrer gedenken kann. Oder sie hört nicht auf, und dann ist sie die große und wahre Liebe eines Menschenlebens. Für die große und wahre Liebe muss man aber die Ergänzung des eigenen Lebens suchen. Und ob Herr Josua Triebolick das für Dich ist, das weiß ich nicht, das musst Du wissen. – Und noch eins: Es gibt Verliebtheiten, die man für die große Liebe hält, die man aber mit einem Ruck aus seiner Seele reißt – das tut sehr weh – und später einmal, da sagt man: Gott sei Dank – und wie war's bloß möglich! Und man reißt sie von der Seele aus Vernunftgründen: Geld, Krankheit (Herr Josua Triebolick soll noch im Alter von siebzehn Jahren den Keuchhusten bekommen haben!), Familie (sein Vater ist Drogist und gar nicht mal der Richtige, wie ich gehört habe). Ich möchte Dich an etwas erinnern, Du hast den entsetzlichen kleinen Juden Klaus Tomischil mal sehr gern gehabt. Ebenso Emil Stonitzer. Und wenn Du sie jetzt siehst – sind sie Dir nicht ganz gleichgültig, vielleicht sogar zuwider?

So, Liebling, das habe ich Dir alles geschrieben, nicht um Dich zu betrüben oder Dich zu verletzen, sondern aus dem einen Wunsch heraus, dass Du wundervoller, lieber, gütiger Mensch nicht einen Irrtum begehst. Der Mann, der Dich glücklich machen könnte, muss etwas Besonderes sein. Es ist schade, dass Hans, mein Bräutigam, Dich nicht kennenlernte – er wäre ein Mann für Dich. Ich bin viel zu schlecht für ihn.

Ich küsse Dich innig

Deine

Dete.

PS. Weißt Du die Adresse von Herrn Josua Triebolick? Ich möchte ihm einmal meinen Standpunkt klarmachen und ihm den Kopf zurecht setzen.


Dete Leuckner an Josua:

Sehr verehrter Herr!

Meine Schwester Ruth hat mir sehr viel Liebes und Gutes von Ihnen erzählt. (Ihnen hoffentlich auch von mir.) Ich würde mich freuen, Ihre Bekanntschaft zu machen. Ich komme demnächst nach Berlin. Könnten wir uns da nicht treffen? Ich wohne immer in einer kleinen Pension in der Motzstraße. Vielleicht besuchen Sie mich einmal da. Wir könnten dann über allerlei plaudern. Ich glaube, wir sind zwei Menschen, die gut zusammenstimmen.

Mit freundlichen Grüßen verbleibe ich

Ihre ergebene

Dete Leuckner.

## 14.

Als Lili Josua am frühen Morgen verließ, begegnete ihr am Korridor Maruschka, die gerade den Kaffee bringen wollte. Lili hielt sie an. Ihre Lippen zitterten.

»Wissen Sie, ob er noch eine andere liebt?«

Maruschka blickte verwundert die schöne elegante Erscheinung an, die wie eine Vision im dämmernden Korridor vor ihr aufgetaucht war.

»Nein, meine Dame. Ich bin das neue Dienstmädchen. Ich bin erst vorgestern aus Posen gekommen.«

Lili schloss einen Moment die Augen.

»Es ist gut. Aber Sie werden mir sagen, wenn er eine andere liebt. Und wir werden gute Freundinnen sein. Ich heiße Lili.«

Maruschka war selig, dass eine so vornehme Dame sie ihrer Freundschaft für würdig hielt.

»Ja, meine Dame, wenn es an mir liegt.«

Lili drehte sich noch einmal um.

»Kommen sie her, Maruschka«, sie traten hinter das Glasfenster der Tür, »Sie sind hübsch Maruschka.«

Maruschka lächelte verträumt. Welch eine weltstädtische Dame!

»Und voll. Das lieben die Männer. Sie werden ihn in Versuchung bringen.«

Lili stöhnte.

»Ich will seine Liebe prüfen. Werden Sie es tun?«

Maruschka war gebannt von der fremden Dame, die ihre Freundin sein wollte.

»Und nenne mich einfach Lili!«

Da hätte Maruschka fast vor Freude geweint.

»Ja, ich will's tun, meine Dame.«

Maruschka träumte den ganzen Tag von ihrer schönen, vornehmen Freundin Lili. Als sie am Abend auf ihr Zimmer gehen wollte und bei Josua vorbeikam, stellte der gerade seine Schuhe heraus.

»Ah, Maruschka! Kommen Sie doch herein! Leisten Sie mir ein bisschen Gesellschaft.«

Maruschka zögerte nicht. Nun ist die Stunde da, ihn zu prüfen, dachte sie.

Als sie ihn verlassen wollte, hielt er sie noch einen Augenblick zurück:

»Höre, Maruschka, dass du der Dame, die mich manchmal hier besucht, nichts sagst!«

»Doch, Herr, doch.«

Josua wurde ärgerlich: »Du bist verrückt.«

Er griff hintern Schrank:

»Hier, sieh diese Reitpeitsche. Wirst du ihr etwas erzählen?«

Sie sah ihm fest ins Auge:

»Ja!!«

Da lag ihr ein blutroter Striemen über Stirn, Nase und Wange quer im Gesicht.

Sie aber fühlte nur: Er ist ihr treulos, meiner Freundin Lili. Er liebt sie nicht mehr ...

## 15.

Wie schön war Lili, wenn man mit ihr im Café saß und stundenlang ihr Profil betrachten durfte, das von einer braunen tropischen Lebendigkeit war. Palmen, in denen Affen schaukelten, und sich mit Kokosnüssen bewarfen – in denen Papageien schillerten und fliegende Hunde krächzend schwirrten – blühten in ihren dunklen Augen auf.

Draußen durch die Glasscheiben winkte der Frühling mit grauen Ästen, die der Wind gegen die Scheiben schlagen ließ.

An was sollte man glauben, wenn nicht an Lilis bronzenes Gesicht?

Eines Tages, als sie durch die Anlagen gingen, erzählte ihm Lili, während sie den Schwänen Semmelbrocken zuwarf, dass sie seit einigen Wochen heftig an Rücken- und Seitenstechen, an Kopfschmerzen und Schwindelanfällen zu leiden habe und sich immer erbrechen müsse. Sie habe ihn nicht ängstigen wollen und deshalb bis jetzt geschwiegen. Sie halte es für Rheumatismus.

Josua sagte, sie möchte doch lieber einmal einen Arzt konsultieren. Es wäre auf alle Fälle besser. Dabei starrte er auf ihren Gürtel.

Sie erschrak.

Ihr wurde plötzlich übel. Ihr schwindelte. Sie hätte erbrechen mögen.

Sie setzten sich auf eine Bank.

»Es gibt ja allerlei Mittel«, sagte Josua, »weiße Pulver, verschiedene Teearten. Aber ich verstehe mich nicht darauf. Wenn du Wert darauf legst, will ich mich bei einem befreundeten Apotheker danach erkundigen.«

Sie hörte nicht zu.

Mechanisch zählte sie die Schwäne. Die Wolken. Die Menschen, die vorüberkamen.

Sie strich sich die Kleider über den Schoß zurecht. Sie zuckte zurück. Sie hatte ihren Schoß berührt! Wie sie sich ekelte! Ich kriege ein Kind ...

Sie spukte auf den Rasen.

Von dem Kerl, der neben mir sitzt. Den ich liebe, ich weiß nicht, warum. Der mir nicht einmal die Treue bewahrt.

Sie musste aufstehen. Sie konnte ihn nicht mehr ertragen (und ich habe ihn so oft getragen, auf meinem Leibe, jetzt muss ich ihn auch noch in meinem Leibe tragen).

Er war ihr widerwärtig.

Mit leisen Schritten, ohne zu grüßen, ging sie von dannen.

# 16.

Lili wohnte bei Frau Schimmelpfennig in der Aftergasse. Das Haus der Frau Schimmelpfennig war einstöckig, mit Wein überzogen, über dem zur Zeit der Reife Netze hingen und lag inmitten eines kleines Gartens. Vorn an der Gartenpforte leuchtete ein kleines, weißes, goldumrändertes Porzellanschild, auf dem stand zu lesen: Frau Schimmelpfennig, staatlich approbierte Hebamme. Außer ihr und Lili wohnte nur ihr Mann, der alte Sekretär Emil Elagabal Schimmelpfennig im Hause. Dieser war gar kein lebendes Wesen, sondern nur ein dickes Briefmarkenalbum, das er im Laufe der Jahre mit vielen bunten Bildern gefüllt hatte. Er war mager, dumm, fantasielos und träumte Tag und Nacht denselben Traum: Er träumte von der blauen Mauritius 1856, welche einen Wert von dreißigtausend Mark darstellt. Und bei diesen dreißigtausend Mark, und wenn er ihr Bild betrachtete, erschauderte er in Wollust, wie ein Primaner bei der Betrachtung einer großen Kokotte, die er nie genießen wird, weil sein Taschengeld bloß zwei Mark fünfzig im Monat beträgt.

Josua hatte Lili seit zwei Monaten nicht mehr gesehen. Planlos irrte er durch die Stadt, wagte nicht, sie aufzusuchen und wartete von Tag zu Tag erregter auf die Geburt seines Sohnes. Er hatte Frau Schimmelpfennig bestochen, ihm zu schreiben, wenn Lilis Stunde nahe sei. Er wolle im Nebenzimmer bei der Geburt seines Sohnes antichambrieren.

Eines Morgens lag eine Karte von Frau Schimmelpfennig im Briefkasten. Ohne sich zu waschen, ohne sich einen Kragen umzubinden, rannte Josua im Laufschritt durch die Anlagen nach der Aftergasse.

Frau Schimmelpfennig erwartete ihn an der Korridortüre. »Pst«, machte sie leise.

Er trat in das gute Zimmer der Schimmelpfennigs, ließ sich auf das blaue Plüschsofa fallen.

Nebenan wimmerte und schrie und jauchzte und stöhnte und stieß und wand sich etwas.

Josua war sinnlos vor Freude und Schmerz.

Mein Sohn – was sollst du alles werden! Was darfst du alles werden! Ich will dich nennen: Viktor! Viktor, der Sieger! Der Sieger im Fünfkampf:

über die Liebe,
über den Schmerz,
über den Ruhm,
über den Hunger,
über den Tod.

Du wirst Tyrann von Deutschland werden: Dichter, Heros und Akrobat.

Ich werde Lili heiraten.

Warum nicht?

Das Zusammenleben mit ihr schien ihm auf einmal unsäglich wünschenswert.

Geld? Pfui Teufel, ich muss doch meinen Sohn legitimieren. Bei dem Wort legitimieren musste er aber doch lachen. Da quoll die Türe zum Nebenzimmer auf und Frau Schimmelpfennig wälzte sich herein. Irgendetwas auf den Armen.

Josua breitete die Hände und brüllte auf.

»Seien Sie froh«, sagte Frau Schimmelpfennig, »es ist tot.«

Josua fühlte, wie ein Nebel qualmend aufstieg, dann fiel er dröhnend ins Nichts.

Als er erwachte, lag er auf der Chaiselongue in Lilis Zimmer und gedämpftes Licht brannte durch die heruntergelassene Markise.

Er spürte, dass ein Lächeln durch das Zimmer zu ihm glitt und wandte den Kopf.

Das war Lili und blickte ihn ruhig und freundlich an.

»Lieber«, sagte sie, »ist es so nicht besser?«

»Nun kann ich dich wieder lieben«, sagte sie leise, »nun bin ich wieder befreit von dem Stein in meiner Brust, Lieber«, sagte sie zärtlich.

Er erhob sich, noch ein wenig unsicher, und ging an ihr Bett.

Sie küsste ihm die Tränen von den Augen. Sein Blick fiel wie zufällig auf eine ungelenke Fotografie im Rahmen, die den Nachttisch zierte.

Er fühlte wieder den Nebel um sich aufsteigen. Mit erstickender Stimme presste er aus sich heraus: »Wer ist das? Ich habe das Bild nie bei dir gesehen ...«

»Meine Mutter ... und mein Vater ... Ich wollte sie in meiner schlimmen Stunde ... vor Augen haben ...«

Das Bild zeigte einen Matrosen und ein dunkelhäutiges, schönes Mädchen, wohl eine Negerin, Arm in Arm, in irgendeiner fotografischen Bude auf St. Pauli aufgenommen.

»Schwester!«, schrie er.

Die Tür knallte hinter ihm ins Schloss. Er flog durch die Straßen. Seine Füße berührten nicht den Boden. Über Felder flog er. Über gelbe Lupinenfelder. Über roten Mohn. Über schwarze Tannen. Über Kirchtürme und weiße Schneegipfel. Und dann über den Fluss. Draußen an einer Buhne ließ er sich nieder. Seine Füße umspielte das Wasser. Unter hängenden Weiden saß er und schnitt sich aus Weidenholz eine Flöte. Als er sie probierte, wurden die Weiden auseinandergebogen – Josua wandte sich um – ein brauner Mädchenkopf schob sich durch silbergrünes Laubgewirr:

»Du, lass mich auch.«

»Du kannst ja gar nicht«, sagte Josua.

»Kann schon«, lachte das Mädchen und zeigte weiße, trotzige Zähne, »gib.«

Und Josua gab ihr die Flöte. Da blies sie süßer und reiner, als er je blasen konnte.

In seinen Augen zerbrach der Himmel wie eine gesprungene Glasplatte.

Endlich schlief er ein.


# 17.


Es war spät am Abend. Josua saß bei der Lampe, die ihm leuchtete, Hölderlins holde Dunkelheiten zu erhellen.

> Mit gelben Blumen hänget
> Und voll mit wilden Rosen
> Das Land in den See,
> Ihr holden Schwäne,
> Und trunken von Küssen
> Tunkt ihr das Haupt
> Ins heilig nüchterne Wasser.

Unruhig schrillte die Haustorglocke.

Josua klappte das Buch zu. Man sollte nicht wissen, dass er Hölderlin lese. Sie würden ihn nur zur Kommentierung seines Daseins ausnützen und den einen durch den andern – verkennen.

Er trug das Buch in den Schrank. Er verschloss den Schrank und zog den Schlüssel ab.

Nervöse Leute, hohlklingend, ohne Inhalt, die sich die gebildete Gesellschaft benennen, haben die Angewohnheit, wenn sie zu Freunden, wohl auch zu Fremden kommen, sich zuerst auf das Bücherbrett an der Wand zu stürzen und in den Büchern zu wühlen, um eine Spitzmarke für sich zu suchen, unter mehreren Ach und Hm und Ohs. Unter dieser Spitzmarke treten sie einem dann gefasst entgegen. Josua öffnete die Haustüre.

Es war Klaus.

Er hatte sich nicht einmal Zeit genommen, sich mit einem Regenschirm zu versehen. Er triefte vor Nässe.

»Servus, Klaus, du bist ja ganz außer Atem. Was gibt's?«

Klaus schüttelte sich in seinem Lodenmantel wie ein Pudel und trat ein. Er zog ein Zeitungsblatt aus der Tasche.

»Hast du das Abendblatt schon gelesen?«

»Ich lese überhaupt keine Zeitung, Klaus. – Rauchst du eine Zigarre?«

»Danke. – Lies.«

Klaus bezeichnete ihm mit dem Finger die Rubrik Selbstmord.

Josua las.

Dann sagte er langsam:

»Ich werde mir den Ausschnitt einrahmen lassen.«

»Das solltest du tun, Josua.«

Klaus schüttelte sich vor Schmerz:

»So weit hast du's nun gebracht.«

Josua lächelte betrübt und betroffen:

»So weit habe ich es nun gebracht. Ich bin stolz darauf.«

Klaus prallte zurück.

»Stolz? Auf deine Gemeinheit? Du hast sie in den Tod getrieben.«

»Ich … ich … und kein anderer.«

»Josua!«

Klaus spie es ihm ins Gesicht. Dann fiel er ins Sofa zurück, dass die Sprungfedern knackten.

Josua trat auf ihn zu und streichelte ihm die schweißige Stirn.

»Lieber Klaus, ich weiß, du hast Lili geliebt. Und es ist mir unbegreiflich, dass sie deine treue, und verzeih, ein wenig dumme Liebe, nicht erwidert hat. Es tut mir wirklich leid. Aber sie hat sich meinetwegen das Leben genommen.«

»Hund!«

»Wozu die starken Ausdrücke, lieber Klaus. Ich würde es Lili nie vergeben haben, wenn sie nach dem, was vorgefallen ist, am Leben geblieben wäre. Ja, weiß Gott, vielleicht hätte ich mich ins Wasser gestürzt. Denn ein Leben ohne ihren Tod wäre mir nicht lebenswert erschienen.« – »Sie war in all ihrer Verworfenheit unschuldig – bis sie dich kennenlernte.«

»Es ist so leicht, jemand zu verführen, so schwer, jemand mit seinen eigenen Waffen … zu ermorden. Der Selbstmord dieses kindlichen Geschöpfes um meinetwillen gibt mir ein Gefühl von Größe und Erhabenheit. Verzeih, aber deinetwegen wäre sie höchstens bis zum Standesamt gelaufen.«

Klaus erhob sich.

»Ich weiß nicht, womit du mich immer wieder an dich kettest.«

»Mit meiner Sachlichkeit. Mit meiner Selbstverständlichkeit, mit meiner Schamlosigkeit. Sie ist heutzutage selten schlackenrein zu finden, und doch wahrhaftiger als die Wahrheit. Sie ist die einzige Tugend, die aus dem Laster keine Not macht.«

Klaus trat in den Korridor.

Josua öffnete die Haustüre.

Er sah am Gartenzaun draußen einen Schatten verhuschen. »Wer ist denn das?«

Klaus suchte in seiner Erinnerung.

»Es ist Lilis sogenannter Bräutigam, ein Schmiedegeselle. Ich weiß nicht, wie sie zu dem gekommen ist.«

Er blickte angstvoll auf Josua: »Du solltest dich in Acht nehmen! Du wohnst so einsam hier draußen.«

Josua drückte ihm lachend die Hand.

»Sorge dich nicht! Noch vielen Dank für deine Freudenbotschaft. Ich habe ein gutes Gewissen, auf dem sich, in deinem Idiom gesprochen, ja sanft ruhen lässt. Gute Nacht. Ich fühle mich zum ersten Mal seit meiner Konfirmation so recht zufrieden. Damals nämlich blühte mir das erste große Glück meines Lebens: Ich durfte das Abendmahl nehmen aus einem Kelche, an dem vor mir Ruths Lippen geruht hatten. Gibst du mir nicht die Hand?«

Klaus reichte sie ihm.

»Man kann dich nicht beschimpfen … Man macht dir ja doch nur Komplimente, wenn man dir etwa die Hand nicht geben wollte.«

Josua verneigte sich und kreuzte die Arme wie ein Brahmane:

»Klaus, deine Selbsterkenntnis macht dir alle Ehre …«

Klaus dachte einen Augenblick nach. Sein roter Vollbart sträubte sich in tausend haarigen Nadeln.

»Josua, manchmal glaube ich du bist ein Märtyrer.«

»Vielleicht, Klaus, vielleicht.«

Er schloss das Haustor.

Ein Regentropfen war ihm von der Dachrinne ins Auge gefallen.


# 18.

Unruhige Träume plagten Josua.

Zuerst sah er zwei gepanzerte Knaben in Riesengestalt am Himmel aufsteigen und gegeneinander kämpfen. Der eine ähnelte ihm, der andere in seinen mädchenartigen Gebärden: Ruth. Auf dem Schilde, das jeder trug, las man je eine Inschrift. Auf dem seinen in grüner Schrift: Regnavi, auf dem des andern mit roter Schrift auf schwarzem Grunde: Regnabo.

Anfangs kämpfte er mit Glück, dann gab er sich eine Blöße und sank getroffen zu Boden. Der andere schlug sein Visier zurück – und es erschien das Haupt Ruths … fleischlos … ein lächelnder Totenkopf.

Plötzlich rutschte er durch eine lange Röhre, viele Meilen lang – und landete auf einem Omnibus. Er war der einzige Fahrgast und fuhr durch eine große, dunkle, nur von trüben Gasfunzeln erhellte Stadt. Kein Mensch zeigte sich in den Gassen.

Er endete auf einer Lichtung im Walde, sprang ab und war ein kleines Kind, das sehnsüchtig nach der Schlossmauer blickte, die ferne durch die Büsche schimmerte. Hinter ihm stand ein Zigeunerwagen.

Rauch stieg in schlanker Säule zwischen den Bäumen auf. Ein paar schmutzige Kerle spielten Karten. Neben ihm stand plötzlich ein schwarzgelocktes Mädchen, er stieß sie aber zurück, dass sie weinend zu Boden fiel.

Darauf sagte die Frau im Wagen mit unendlich süßer Stimme zu ihm, sodass es ihm deuchte, es müsse wohl seine Mutter sein: »Aber Sie sollten so etwas nicht tun.«

Er sah sich erstaunt um.

Er wurde wieder zum großen schlanken Mann.

Jenes Mädchen von vorhin lief, nur mit einem dünnen Netzhemd bekleidet, durch das die starken Brüste und die merkwürdig roten Haare ihrer Scham flimmerten, und einen Korb an der Hand, schnell an ihm vorbei.

Er griff nach dem Korb. Sie schüttelte den Kopf. Boshaft, aber traurig.

Als sie mitten auf dem Platz bei der Linde angelangt war, sprengte ein Offizier mit zwei Pferden herbei. Er hob sie auf den Fuchs, der Rappe wieherte. Es war ein hölzerner Rappe, ganz aus Holz. Im Nu waren sie davon. Nur ein dünner silberner Kettenring lag am Boden. In seinem Rund spross ein Gewächs wie ein Schachtelhalm, der Ring umspannte den Schaft und eine blaue Blume brach singend hervor.

Ein Botaniker sagte: »Es ist seltsam, dass dieser Baum Blumen trägt. Er ist doch erst ein Jahr alt! Er hat doch erst *einen* Ring ...«

Josua fühlte, wie sich seine Kehle spiralenförmig zusammendrehte. Er wollte schreien. Jemand packte seine Hände und jene süße Frauenstimme sagte in cis-Moll:

»Wach auf – an deinem Bett steht ein Räuber.«

Schweißgebadet wachte Josua auf. Tastete nach den Streichhölzern. Steckte Licht an.

Vor seinem Bett stand ein junger Mann in Schlosserkleidung, Lodenschurz, mit funkelnden russigen Augen. Er schwang einen Hammer in der Hand.

Es hat keinen Zweck, nach dem Revolver zu greifen, er schlägt sonst zu, dachte Josua blitzschnell.

Laut sagte er, schlug die linke Hand um das Kopfkissen und blickte ihn ruhig an:

»Bitte treten Sie doch näher.«

Der Einbrecher, durch diesen Empfang verblüfft, durch das Licht geblendet und durch die suggestive Kraft der Aufforderung behext, trat näher. Alle finstere Entschlossenheit war von ihm gewichen und er stand jetzt da wie ein Bürodiener vor seinem Landrat.

»Was wollen Sie – bitte, möchten Sie nicht Platz nehmen?« Josua wies auf den Stuhl am Fußende seines Bettes. »Die Kleider können Sie runterschmeißen.«

Der Einbrecher setzte sich.

»Ich will Sie totschlagen«, sagte er jetzt und das Wort »totschlagen« ermutigte und erfrischte ihn. »Sie Hund haben meine Braut verführt.«

»So, so, das Fräulein war Ihre Braut, davon hat sie mir nie etwas erzählt«, sagte Josua. »Übrigens war sie nebenbei auch meine Schwester. Wenn Sie mir die Zwischenbemerkung gestatten wollen, es war ein schönes Mädchen, und ich gedenke ihrer noch jetzt mit reger Freude.«

»Ihretwegen hat sie sich ersoffen«, sagte der Bräutigam.

»Ganz recht«, sagte Josua. »Ich hätte ihr diesen Opfermut nicht zugetraut. Ich schätze sie darum nur umso höher. Es gibt heutzutage leider so wenig Mädchen, die sich eines Mannes wegen das Leben nehmen. Die meisten sind von so leichtfertiger Gemütsart, dass sie eine Enttäuschung, die ihr Geliebter ihnen bereitet, gar zu schnell bei einem andern überwinden.«

Der Einbrecher schluchzte. Er barg das Gesicht in den Händen.

»Ich habe Lili geliebt.« Dumpf klatschte der Hammer auf den Bettvorleger.

»Nach zehn Uhr abends ist jeder überflüssige Lärm zu vermeiden«, sagte Josua. »Auch ich habe sie geliebt. Und meinen Sie: deshalb weniger, weil ich ihren Tod – belache, während Sie ihn beweinen?«

»Sie Hund lachen noch«, sagte der Einbrecher und hob den Hammer wieder auf.

»Haben Sie die Güte, den Hammer ruhig liegen zu lassen, sonst fällt er Ihnen noch einmal herunter und die Einwohner beschweren sich wegen nächtlicher Ruhestörung.«

»Sie entgehen mir nicht.«

»Nein – ich habe gar nicht die Absicht. Ich will Ihnen nur einige juristische Belehrungen zukommen lassen. Sie haben bedauerlicherweise verabsäumt, sich vor Ihrem an mir beabsichtigten Mord bei einem Rechtsanwalt nach den für Sie möglichen Folgen zu erkundigen. So etwas sollte auch der Laienverbrecher nie verabsäumen. Wir leben einmal in einer schlechten Zeit, wo der Verbrecher mit übler Missdeutung seiner Motive zu rechnen hat. Also: Wenn Sie mich totschlagen und man fasst Sie, kriegen Sie mindestens zwanzig Jahre Zuchthaus. Und, verlassen Sie sich darauf, die Polizei fasst Sie unbedingt.«

Josua sah den Einbrecher leutselig an.

»Rauchen Sie eine Zigarette?« Josua nahm das Etui vom Nachttisch und bot es dar. Es war ein Geschenk von Lili. Der andere dankte höflich, indem er sich bediente.

»Bitte, machen Sie sich's ganz bequem«, sagte Josua. »Sie sind mein Gast, und Gastfreundschaft zu erfüllen ist heiligste Pflicht. Nicht nur in Korsika.«

»Von dem Unglücksfall (relativ gesprochen Unglück. Für Sie war es ein Glück. Keine Widerrede) sprechen wir nicht mehr. Betrachten Sie mich als das Lili bestimmt gewesene Schicksal. Als den Hammer, den ein anderer schwang. Sie sind doch Schlosser. Sie müssen das doch begreifen? Schicksal kann der dümmste und gemeinste Mann dem Besten und Klügsten gegenüber werden. Wir haben keine Regeln dafür. Gesetze nur für die Folgen. Das Verständigste ist, Sie bleiben die Nacht hier. Sie wohnen doch in der Stadt? Es geht keine Trambahn mehr. Schlafen Sie bei mir auf dem Sofa. Da drüben liegt meine alte Reisedecke, decken Sie sich damit zu. – So, und nun lassen Sie mich in Ruhe. Wenn meine Wirtin morgen früh den Kaffee bringt – ich überhöre es immer – dann bestellen Sie noch eine zweite Portion für sich. Gute Nacht.«

Josua drehte sich nach der Wand und war bald in einen traumlos tiefen Schlaf versunken.

Der Einbrecher tat, wie ihm geheißen. In seinem Kopfe rollte schmerzlich ein Kreisel, den der Schläfer im Bett unbewusst mit der Peitsche antrieb, zu laufen und zu brummen.

Der Einbrecher blies das Licht aus.


# 19.


Sieben Stunden hatte es ununterbrochen geregnet. Man ging auf den Garten- und Landwegen wie in einem schwarzen Hefebrei. Hin und wieder blitzte verdrossen der Mond auf. Wolkenfetzen jagten in lächerlichen, ewig wechselnden Silhouetten windgetrieben am Himmel. Nun hängte sich eine große rechteckige Wolke wie ein Vorhang vor den Mond und es wurde auf Momente blaudunkel.

Wie ein Leichentuch hat sie sich über den Mond gebreitet, dachte Josua. Der Mond ist heute bläulichgelb wie eine Wasserleiche anzusehen. Wahrscheinlich ist er in dem Siebenstundenregen ersoffen.

Josua stand oben auf den Höhen der Weinberge vor dem Hause des Totengräbers und blickte, an das Gitter eines Erbbegräbnisses gelehnt, hinab ins Tal.

Mit Hunderten von blassen Lichtern stach die Stadt wie mit schmalen goldenen Lanzen in den Fluss.

Josua zog an einer verrosteten Klingelschnur.

Die Tür knarrte.

»Es ist gut, dass du zu Hause bist, Jim«, sagte Josua.

»Ich wusste, dass du kommen würdest«, brummte Jim aus seinem braunen Vollbart heraus. Seine kurze Pfeife blieb dabei steif und sicher im Munde stehen. »Es hat in der Zeitung gestanden, dass sie eines jungen Mannes wegen ins Wasser gegangen sei. Da ich nicht in Betracht kam, konntest, den allgemeinen kulturellen Zustand dieser Stadt ins Auge gefasst, nur du der junge Mann sein.«

»Gott sei Dank«, sagte Josua und warf die angerauchte Zigarette in den Kohlenkasten, »komm.«

Jim nahm die Laterne und ging voran.

Sie schritten die Kastanienallee entlang, bogen bei dem Gedenkstein, der den General Friedrichs des Großen verewigt, in einen Seitenpfad ein und befanden sich vor der Leichenhalle.

Jim klapperte mit seinem Schlüsselbund, die Tür knarrte, Josua trat als erster ein.

Jim stellte die Laterne auf das Steingesims des Fensters und schwieg.

Der Raum atmete eine feuchte muffige Luft.

Das Licht in der Laterne flackerte und dieses Flackern machte den weißen toten Körper, der vor ihnen lag, unruhig und lebendig.

»Frauen sind eigentlich im Tode viel schöner, als wenn sie leben«, sagte Josua. »Sie stellen keine Forderungen mehr an einen und man kann mit ihnen machen, was man will. Die Nixe von Samothrake ist mir deshalb die liebste und schönste Frau auf der Welt, weil sie ganz tot ist und außerdem auch keinen Kopf mehr hat. Aber lassen wir das. Schließlich ist ja auch Lili tot.«

Jim verfolgte misstrauisch Josuas Gesichtszüge.

»Ich mache dich auf § 250 des Strafgesetzbuches aufmerksam. Wer einen Leichnam zu einem unerlaubten Zwecke missbraucht, soll mit Gefängnis bis zu sechs Monaten bestraft werden.«

Josua beugte sich ganz nahe zu Lili herab.

Jim kehrte sich um und betrachtete die Wand.

Josua küsste Lili.

Jim betrachtete noch immer die Wand. Ein Tausendfüßler lief ihm gerade durch den Blick.

»Lili«, sagte Josua, »Lili ...«

Lili rührte sich nicht. Das Licht auf dem Gesims brannte auf einmal still in sich hinein.

»Hast du eine Schere, Jim?«, fragte Josua.

»Ich glaube«, Jim wandte sich zurück zu Josua, »aber es ist eine Gartenschere.« – Er hatte sie am Schurz hängen. »Gib sie her.«

Jim gab sie und sah wieder nach dem Tausendfüßler.

Josua neigte sich zum zweiten Male über Lili und schnitt ihr mit der Gartenschere die rosablonden Haare am Schopfe ab.

»Ich habe sie so geliebt.«

»Wen? Lili?«

Jims Wimpern zuckten misstrauisch nach oben.

»Nein, ihre Haare. Da hast du die Gartenschere wieder, Jim. Das alles wäre nicht nötig gewesen, wenn sie sich hätte rechtzeitig die Haare schneiden oder ... epilieren lassen.«

Dem Totengräber Jim, welcher die höhere Schule nur bis Tertia absolviert hatte, war das Wort epilieren nicht geläufig, er beschloss aber, morgen in die Volksbibliothek zu gehen und im Brockhaus nachzuschlagen.


## 20.


Nachdem Josua noch mit Mühe ein paar Kragen hineingestopft hatte, ließ er die Handtasche zuschnappen und hielt einen Augenblick inne. Sollte er wirklich zu ihrer silbernen Hochzeit fahren, sich aus dem selig gemessenen Lauf seines Lebens zu einer Aufregung emporreißen lassen, die in seiner Fantasie schreckliche Bilder und Düfte annahm? Was verband ihn noch mit denen da oben? Die da oben – einzeln oder anders nannte er sie überhaupt nicht, immer nur dachte er sie sich massig zum Kollektivbegriff geballt. Er erinnerte sich, dass Herr Triebolick ihn als Kind einmal beinahe totgeschlagen hätte, weil er ein Zehnpfennigstück verschluckt hatte. Die Hochachtung vor der alleinigen Macht des Geldes war ihm eingeprügelt worden. Die Folge: Er stahl es später aus der Ladenkasse, weil er ja sonst nicht zu ihm kommen konnte. Ein Gefühl nachträglicher, kindlicher Freude betörte ihn noch jetzt, indem er berechnete, dass er auf diese als unehrlich verschriene Weise den unsympathischen alten Mann um einige hundert Mark hatte kränken können. Warum er Herrn Triebolick nur immer als alten Mann sah? So alt konnte er doch noch gar nicht sein. Vielleicht fünfzig. Mehr aber sicher nicht. Plötzlich verschwand Herr Triebolick vor den Blicken seiner Fantasie, ein Schleier senkte sich über ihn wie bei Verwandlungsszenen in einem schlechten Provinztheater – und als der Schleier wieder hochging, war aus der dicken Gestalt des Herrn Triebolick der Marienkirchturm seiner Heimat geworden. Dunkel stand er da, schwarz, von den Zeiten verräuchert und auf seinem Haupte blühte grüne Patina. Und ein Duft erhob sich zugleich um Josua, gräserfrisch, wasserklar, waldig, vom Ostwind getragen. Das war der Duft der Aue, der meilenlangen Wiese am Strom.

Da sagte Josua: »Ich fahre.«

Auf dem Bahnhof der kleinen Stadt wurde gebaut. Unterführungen, Überdachungen, Anschlussgleise. Haufen von gelbem Sand lagen herum. Loren rollten heran und warfen schwere Erdlasten unwillig von sich, Arbeiter hämmerten und stemmten schwere rote Eisenträger.

»Die Bahn nach Logau wird im Herbst fertig«, sagte der Hoteldiener, der Josuas Koffer trug und sein Interesse für die Bahnbauten beobachtete, »sie kürzt für die Herren Geschäftsreisenden den Weg nach Breslau bedeutend ab.« Josua stieg in den alten, mit verschlissenem grünem Samt ausgelegten Hotelomnibus und ließ sich die zwanzig Minuten bis zum Hotel auf dem schlechten Pflaster – Katzenköpfe hießen die dafür verwendeten Steine – halb krank rütteln.

O wie schön, die lange schattige Kastanienallee, die nach der Stadt führte, bestand noch!

Der Wagen fuhr über die Elisenbrücke. Da lag rechts die Aue. Josua spürte ihren feuchten Atem bis in den Wagen hinein. Die Logauerstraße, die Hauptgeschäftsstraße wurde durchrumpelt. Nun ratterte das Gefährt über den Markt und ließ da und dort Fenster aufspringen, aus denen neugierig weiße und bunte Blusen leuchteten.

Das Hotel, erstes und einziges ersten Ranges am hiesigen Platze, war erreicht. Die Hotelglocke schrillte und ein kleiner, flinker Oberkellner schwebte wie ein schwarzer Pudel aus dem Portal, um die Wagentüre zu öffnen.

Josua bestellte ein Zimmer.

»Der Herr sind Geschäftsreisender?«

»Jawohl«, sagte Josua, »für eine Zementfabrik in Ungarn«, und stieg die Treppe zu seinem Zimmer hinauf.

Er sah noch, wie Oberkellner und Hotelier die Köpfe zusammensteckten.

Erkannte der Hotelier ihn wieder? Dem hatte er einmal als Knabe eine Fensterscheibe mit einem Stein eingeworfen, weil auf ihr eine Spinne saß, die er töten wollte.

Josua wusch sich, sah nach der Uhr und machte sich auf den Weg nach der elterlichen Wohnung. So kam er gerade zur Polterabendmahlzeit zurecht. Er hatte nur ein paar Schritte zu gehen, da flammte ihm ein himbeerrot angestrichenes zweistöckiges Haus entgegen. Vorn in der Mitte wucherte auf dem Himbeerrot wie schwarzes Geschwür der efeuumrankte Balkon. Links und rechts vom Balkon las man in goldenen Lettern: Drogerie von Axel F. Triebolick.

Mein Gott, dachte Josua, der Balkon hat eine neue Jalousie und das ganze Haus ist frisch gestrichen, was er sich die silberne Hochzeit nicht alles kosten lässt!

Josua trat in den Laden. Er hatte seine Ankunft nicht angemeldet. Herr Triebolick stand hinter der sogenannten Rezeptur, vornüber gebeugt, so dass man seinen grauen Scheitel sah. Er schüttelte aus einem weißen Standgefäß blaues Pulver in eine gelbe Tüte. Beim Knarren der Ladentüre blickte er hoch.

»Ach du bist es«, sagte er. »Die anderen sind schon oben in der guten Stube beisammen. Ich habe hier nur noch zu tun.«

Er murmelte etwas Lateinisches in den Bart, während er die Tüte zukniff. Es war sein ganzer Stolz, dass er noch aus jener Zeit stammte, wo die Drogisten hatten Latein lernen müssen. Wo sie etwas »Besseres« gewesen waren, denn »Latein macht besser« war eine ständige Redensart des alten Triebolick, die er in den gutgelaunten Stunden mit den wunderlichsten Argumenten belegte. Wie zum Beispiel Latein die Sprache der Gebildeten sei, wie man aus der Geschichte des Mittelalters lernen könne, und wer nicht wenigstens die botanischen Namen lateinisch beherrsche, dem sei nicht zu helfen. Die Botanik empfange ihren Wert erst durch die lateinischen Namen, wodurch sie sich als für die Drogerie brauchbar erweise.

Josua ging hinauf. An der Treppe stand seine Stiefmutter, die ihn liebte, wie ein fleischliches Kind – das Geschick hatte ihr Kinder verwehrt.

Ihr blasses, krankes Gesicht leuchtete in hektischer Röte: »Mein Junge ...«

Sie weinte.

Sie trug ein violettgeblümtes, blassrosa Seidenkleid, einen Myrthenkranz im Haar und sah mit ihrer kleinen zierlichen Gestalt wie ein Backfisch aus.

Das Wort Mutter wollte ihm zuerst nicht über die Lippen. Dann sagte er leise ein-, zweimal und strich über das silberweiße Haar:

»Mutter … Mutter ...«

Zugleich aber war es ein Wehklagen in die Dämmerung nach der andern.

»Die Verwandten sind drin in der guten Stube, komm, du wirst dich freuen, sie wieder zu sehen. Berta soll dein Giebelzimmer in Ordnung bringen.«

»Ich schlafe im Hotel.«

»Das darfst du nicht, Junge!« Sie war erschrocken. »Was sollen die Leute denken?«

»Gut, Mutti, ich bleibe hier.«

Im Salon stand die ganze Verwandtschaft in malerischer Überflüssigkeit um die Gaben- und Esstische gruppiert. Eine Schüssel mit Heringsalat und eine Gänseleberpastete fand eifrigen Zuspruch. Onkel Paul saß in einer stillen Ecke, hatte drei leere und eine angebrochene Flasche Rotwein vor sich stehen und fraß Wienertorte. Er war Diabetiker, sein Gelüsten nach Torte krankhaft. In einer Ecke wie ein Gemälde von Hodler die fünf Hollunder'schen Tanten, hager, die Körper verzerrt, die Hände verzückt verschränkt, reformgekleidet. Auch Herr und Frau Pastor Kockegei aus Köln am Rhein waren vertreten. Dieselben, die Josua als eine missratene Frucht betrachteten und unwürdig, den Namen Triebolick zu führen. Als sie ihm beim letzten Weihnachtsfest einen »Weihnachtskalender für die christliche Jugend« zuschickten, den Pastor Kockegei herausgab, war ihnen als Antwort »Lehren und Sprüche von Oskar Wilde« mit folgender Widmung zugegangen: Nach einem guten Mittagessen ist man geneigt, allen seinen Feinden zu verzeihen, selbst seinen Verwandten. Ich habe heute gut zu Mittag gegessen. Josua.

Sie hassten Josua wegen seines freien Blickes und begrüßten ihn kalt und zurückhaltend.

Trotz der Obstruktion der Verwandten hing Frau Toni Triebolick an Josuas Arm. Herr Triebolick kam vom Geschäfte herauf. Man schritt zum Essen. Im braungetäfelten Wohnzimmer, wo der Einsiedler von Böcklin hing, in Öl gemalt von Frau Pastor Kockegei, war eine lange, freundliche Tafel gedeckt. Mit Blumenschmuck und dreierlei Wein, wie sich's gehört. Onkel Paul, den der Tatterich und seine Kurzsichtigkeit plagte, schenkte sich den Wein statt ins Glas, in den Suppenteller, was allgemeine wohltemperierte Heiterkeit erregte. Später erhob er sich zu einer aus- und abschweifenden Rede.

Josua hatte seinen Platz neben einer hübschen Cousine aus Marburg, die in Hessentracht auf dem Feste erschienen war.

Diese Tracht verlieh ihr ebenfalls etwas Absonderliches und enthob sie der Gesellschaft, so dass sich Josua und Dörte gut zusammenfanden.

Sie sahen sich in die Augen, lachten, und die Rede Onkel Pauls plätscherte spurlos an ihnen vorüber.

Nach dem Essen, er fühlte seinen Kopf schwer werden, ging Josua ein paar Schritte allein spazieren. Er überquerte den Markt, sah, wie die Leute erwartungsvoll an den Türen standen, hörte fern gedämpfte Musik, sah roten Fackelschein um die Ecke glimmen. Die Feuerwehr und die Schützengilde brachten ihrem allverehrten Branddirektor und Schützenmeister Herrn Triebolick zur Feier seiner silbernen Hochzeit einen Fackelzug und Zapfenstreich.

Schritte dröhnten, die Straßen marschierten, Pauken erklangen, Fackeln flammten um ihn, und er fühlte sich mit in den Rhythmus gerissen, marschierte mit im Zuge zu Ehren seines Vaters. Eine Träne blinzelte an seinen Lidern. Ruhm! Ruhm und Liebe.

Der kleine zerknitterte Mann genoss und empfing beides, unbewusst, wie ein kleiner Imperator.

Die Kolonne schwenkte und hielt vor Triebolicks Haus. Die Fackeln brannten still. Die Musik setzte aus, dann brach sie rauschend los: Ich bete an die Macht der Liebe. Josua sah hinauf zum ersten Stock und sah wie sein Vater inmitten des Hofstaates der Verwandten auf den Balkon trat und sich verneigte.

Josua glaubte, so ein ähnliches Bild schon einmal in der »Woche« betrachtet zu haben.

Er wunderte sich ... Frau Triebolick fehlte ... aber nun trat auch sie auf den Balkon, widerstrebend von den fünf eifrigen Hollunder'schen Tanten, ihren Schwestern gezogen.

Josua traf auf der Treppe die Deputation der Schützen und Feuerwehrleute, die einen Klubsessel und einen Regulator keuchend die steile Treppe heraufschleppten. Der Regulator bockte und schlug wohlklingend zwölf Uhr – was die Feuerwehrleute zwang, anzuhalten und ihn sich ausschlagen zu lassen.

Die Gesangsabteilung der freiwilligen Feuerwehr drängte sich im Entrée und schmetterte: Das Lieben bringt große Freud' ...

Drinnen im Esszimmer wogten die Gäste. Mitten drin stand Herr Triebolick, felsig, stolz betroffen, klug gerührt. Sichtbar von ihm getrennt, distanzbetonend, Frau Triebolick.

»Hoch das Jubelpaar ... Hoch ... Hoch ...«

Josua ging müde hinauf in sein Zimmer. Er traf oben auf dem zweiten Flur im Dunkeln die kleine Hessin und küsste sie zerstreut.

Er zog sich aus und der Wachskerze nachträumend, die angenehm weihnachtliche Düfte im Zimmer verbreitete, bedachte er, wie lange es her sei, dass er diesen engen Raum bewohnt.

Nur fünf Jahre. Wie war der Raum gewachsen, wie war er selbst gewachsen und hatte ihn durchbrochen, bis sich der Himmel über ihm wölbte. Kein Dach mehr, kein Haus, keine Heimat, kein Vater, keine Mutter – nur Himmel, Himmel, Himmel.

– Es klopfte. Er fuhr aus dem Halbschlaf empor.

»Wer da?«

Es klopfte dringender.

»Etwa die Hessin? Das törichte kleine Mädel?«

Er sprang mit bloßen Füßen aus dem Bett und öffnete … Da stand seine Mutter draußen, frierend, zitternd, nur mit einer Nachtjacke bekleidet.

Er nahm sie auf seine Arme und trug sie in sein Bett. »Was ist mit dir, Mutter … kann ich dir helfen … bist du krank?«

Sie wimmerte, pfiff wie eine Maus in höchster Not.

»Lass mich bei dir bleiben die Nacht … Ich friere so … Ich will mich bei dir wärmen … Lass mich bei dir schlafen … Fünfundzwanzig Jahre habe ich mit ihm geschlafen … Und ich kann nicht mehr … Einmal nur möchte ich bei mir sein … bei mir … Und wo bin ich mehr bei mir … als bei dir? Josua, mein Junge … Mein … Junge …«

Ein Weinkrampf schüttelte sie.

Er saß am Bett. Und saß noch, als sie sich in den Schlaf geweint hatte und die Kerze heruntergebrannt war.

Vielleicht … dachte er, vielleicht … ist diese da doch meine Mutter … Sie hat gelitten, wie nur meine Mutter leiden könnte …

– Am nächsten Tage fuhr Josua nach München, wo er sein Leben fortan zuzubringen gedachte. Er wollte sich mit Klaus dort treffen. Frau Triebolick begleitete ihn zur Bahn. In aller Frühe. Er fuhr mit dem Sechsuhrzug.

# 21.

Lustschloss Hellbrunn bei Salzburg, das einst Erzbischof Markus Sittikus zu Zeiten des seligen Rokoko für seine Geliebte, die schöne Frau von Mahon hat erbauen lassen und das heutigen Tages seiner neckischen Wasserkünste und seines holden Parkes wegen viel von traum- und gedankenlosen Touristen heimgesucht wird, war am Samstag, den 5. Juli, gegen sechs Uhr abends, der Schauplatz einer seltenen Szene.

Durch das Laub der Bäume blinkte nach grauem, regnerischem Tage ein leise orangener Himmel – als die Felsen des Steintheaters im hinteren Teil des Parkes gelegen, sich plötzlich mit bunten mystischen Gestalten bevölkerten.

Sanfte Flötentöne bezwangen die Stille. Satyros, ein haariger hässlicher Waldteufel, der sich bei einem Sturz von den Felsen verwundet hatte und von einem Einsiedler gütig und hilfreich aufgenommen worden war, ließ sie lockend ertönen.

Da wehen zwischen den Felsen, hellrot und hellblau, zwei Gewänder auf. Zwei Mädchen nahen. Süß dringt die Melodie, die der Wald selber zu singen scheint, ihnen zu Ohren. Erschrocken setzen sie die Krüge zu Boden und Psyche, die helle, rote, von unerklärlicher Macht näher getrieben, sinkt dem entzückten Waldteufel entzückt in die Arme. »Er ist ein Gott«, seufzt sie unter Küssen. Und wie eine Torheit erst von einem begangen zu werden braucht, um gleich Dutzende, Hunderte, Tausende Nachäffer zu finden: so auch hier. Das ganze Volk, von Psyche verzaubert, von den Dithyramben des Satyrs behext, stürzt seine alten Götter und deren Hüter, den braven Einsiedler, und erhebt den Waldteufel zum Haupt- und Obergott. Erst sein widerliches und gar nicht göttliches Benehmen einer gewissen, hochgestellten Dame gegenüber, öffnet dem Volk die Augen und lässt den braven Einsiedler und damit die alten Götter und die Vernunft wieder zu Wort und Ehren kommen. Der entthronte Satyr flieht in die Wildnis zurück. Psyche, bisher eine unbescholtene Jungfrau, in die fremde Haut- und Seelenfarbe des Waldteufels vernarrt, folgt ihm ins Ungewisse. –

Goethes 1773 geschriebener »Satyros oder der vergötterte Waldteufel« erlebte im Steintheater von Hellbrunn (einem nur aus Felsen in Waldesmitte gebildeten Naturtheater) eine rühmlichst gelungene Aufführung. Die Aufführung fand anlässlich einer Exkursion des Münchener Literarhistorikers und Privatdozenten Dr. Arthur Bodenlos und seines Seminares statt. Die Darsteller, die sich ihrer Aufgabe mit Hingabe und Geschick entledigten, setzten sich aus Mitgliedern des Seminars zusammen. Einzelne schauspielerische Leistungen in den Hauptrollen (besonders Josua Triebolick als Satyros) waren vortrefflich.

Das dankenswerte Experiment, die starren Felsen des Steintheaters mit den heiteren und klaren Geschöpfen der Goetheschen Ironie, die sich im Satyros oft genug zur Lyrik aufschwingt, zu beleben, hat sich als äußerst lohnend erwiesen. Und dies scheint mir der triftigste Beweis dafür: Wir vergaßen völlig, dass es sich im Satyros nach der literarhistorischen Auffassung um einen Literaturulk, um eine Persiflage Herders handelt – wir sahen Farben, Felsen, Menschen, wir spürten Rhythmen, Seelen, Geschicke, wir hatten den Himmel über uns, wir hörten Goethe.

Nachher saßen sie im großen Saal des Peterskellers, tranken gelben Tiroler, der wie bitterer Honig die Kehle herunterglitt und der Bruder Kellermeister machte ihnen seine Reverenz. Mit einem dicken, redlich gütigen Gesicht, wie es die Heiligen auf den Bildern Veroneses haben, stand er in schwarzem Überwurf an dem einen Ende der Tafel, hielt die Hand verlegen um die Stuhllehne gepresst und versuchte eine Rede zu halten.

»Meine lieben, jungen Freunde«, sagte er – und wie er das sagte, schien es, als glänze ihm der Heiligenschein jeglichen Alters um die Stirne, »meine lieben, jungen Freunde«, sagte er zum zweiten Male – und diesmal machte er eine Verbeugung, äußerlich vor der Tafel, innerlich vor sich selbst und seiner Jugend. »Meine lieben Gäste, sie leben hoch, hoch, hoch ...« Er hob das Glas, donnernd dankte ihm ein studentischer Gruß: Die Genagelten klapperten auf dem Holzboden.

Später rezitierte der Bruder Kellermeister, welcher einmal hatte Schauspieler werden wollen, Schillers Glocke. Josua ging hinaus aus dem Peterskeller, um Psyche zu suchen. Er ging links durch einen Torbogen, klinkte und befand sich auf dem Kirchhof. Sturmregen trieb das Dunkel knatternd in schweren, nassen, schwarzen Tüchern ihm um die Stirn.

Er sah zu den Katakomben, zu den Steinhöhlen, die an Ahnung und Geschichte reich, von den triefenden Felsen blinkten.

Wer hat einst in euch gewohnt? Ihr? Vor Tausenden von Jahren? Einer wie ich? Mit brennenden Augen, mit zitternden Händen, mit steinernem Herzen? Wenn die Sonne früh in eure Felsen stieg: Ihr nanntet sie Gott und hobt die Arme. Sklaven ihres Lichtes. Sklave ihres Lichtes auch ich. Blauer Rauch von geopferten Lämmern und jungen Ziegenböcken glomm die Himmelsleiter empor und ... verdunkelte euren Gott. Wusstet ihr, dass ihr mit eures Opfers Rauch die Sonne, eueren Gott verdunkeltet?

Mein Schöpfer, da Er mich schuf, vererbte seine Einsamkeit auf mich. Er dachte sich in der Einsamkeit seiner Qualen und in der Qual seiner Einsamkeit mich zum Genossen, dass ich Ihm jagen und tragen helfe. Ich ward – und ward einsam wie Er. Uns ist der Schwur der Schweigsamkeit auf die Lippen gebunden. Ich erkenne Ihn nicht, und wenn ich Ihn höre, höre ich sein Schweigen.

Ich erinnere mich seiner nicht – doch meine Erinnerung tastet nach ihm wie ein Kind im Dunkeln nach der Mutterhand.

Josua saß rücklings auf einem Grabstein.

Hier ruht in Frieden Martin Huber, K. K. Eisenbahnbetriebsassistent.

Ich reite durch die Welt.

Horizont nach Horizont versinkt hinter meinem rasenden Gaul. Ich schwinge mein Schwert und es leuchtet, als trüge ich eine Flamme in der Hand.

Mir ist's, ich sah sie schon einmal auf einem Scheiterhaufen züngeln. Wo ist der Feind?

– Hinter dem Kirchhof, aus einem Holzhause brach ein rotes Licht auf – wie eine Wunde. Es fiel schräg über eine Holzbalustrade, über die – zum Trocknen? – es regnete doch – karierte Betten hingen.

Wenn ich mich selbst opferte, wem nützte es? Würde ich nicht mit dem Opfer meinen Gott verdunkeln?

Das Licht in dem Holzhaus hinter der Kirche wuchs, marschierte und kam aus der Türe. Eine Stimme, die im Dunkeln lag, sprach: »Ist jemand da?«

Josua erhob sich vom Grabstein.

»Willst du zu mir?«, fragte die Stimme.

»Ja«, sagt Josua. »Welch süße Stimme! Sie hing in meiner Kindheit klingend wie eine Gebetsglocke. Wenn sie klang, musste ich beten.«

»Du musst über die Mauer klettern. Die Pforte ist schon geschlossen.«

Josua schwang sich über die Mauer und stand unterhalb der Katakomben in einer engen schmutzigen Gasse, die vielleicht aus drei, vier zweistöckigen Holzhäusern bestand. Er suchte in dem ersten nach einer Türe. Sie ging von selbst auf: »Komm!«

Über knarrende Holzstiegen stolperte er über eine zu hohe Schwelle in ein Zimmer. Innen brannte eine abgeblendete, grüne Lampe. Es war sehr warm im Zimmer. Er unterschied ein Bett, ein abgenutztes Sofa, Tisch, Stuhl und das Bild von Kaiser Franz. Über Kaiser Franz hing – sein eigenes Bild – eine durchschossene Silhouette – er selbst – Er erbleichte bis in die Haarwurzeln und hielt ihre Hand. »Ruth!«

»Josua ...«

Schlank stand sie vor ihm, in einem dünnen grünen Gazekleidchen, fast ein Knabe. Um ihre Augen lagen schwarze Schatten und violette Ringe.

Sie streichelte seine Augenbrauen.

»Wie jung du noch bist!«, sagte sie zärtlich. »Wie lange ist es her, dass ich dein Bubengesicht nicht mehr gesehen habe. Und einen Schnurrbart hast du auch noch nicht.«

»Er will nicht wachsen«, lachte er.

Sie streichelte seine Wangen: »Und solche feste Haut hast du noch.«

»Ich treibe Gesichtsmassage«, lachte er.

»Nein?!« Und nun lachte sie auch. »Das glaube ich nicht.«

»Erzähle«, sagte er.

»Nein, erzähle du ...«

»Ich brauche nicht zu erzählen, Ruth ... Sieh in meine Augen ... Wie du immer in sie gesehen hast ... Du siehst mein Schicksal. Ich bin immer derselbe ... und immer dasselbe ... ich kann mich nicht verändern. Aber du hast dich verändert ...?«

»Du hast recht«, sagte sie und ihre Stimme durchschnitt wie mit Messern den Raum. »Du bleibst immer derselbe. Bist deiner immer gewiss. Immer noch glänzest du rot und dunkel, aber klar und durchsichtig wie ein Rubin. Im Ringe meiner Erinnerung trug ich dich. Ein Zauberring war es durch diesen Stein. Drehte ich an ihm, war die Welt auf einmal rot vor Blut und Sonne. Deinetwegen bin ich diesen Weg gegangen, auf dem du mich jetzt triffst. Damals, als du von mir gingst, gingst du ohne Wort, ohne Kuss. Niemals schriebst du. Ich begrub dich in mir, aber du warst scheintot und sprengtest den Sarg. Immer hob ich meine Lippen nach deinem roten Munde, Rubin – aber du warst mir nur als Stein gegenwärtig. Weißt du, dass du an mir schuldig geworden bist, Lieber?«

»Schuldig?«

»Schuldig. Wahrscheinlich ist es die einzige Schuld deines Lebens, die du auf dich ludest, als du mich ... unschuldig ließest. Du glaubtest, deinem Herzen ein Opfer zu bringen, aber du opfertest der Tradition und den schlechten Instinkten einer schlechten Kinderstube. Ich verfluchte meine Unschuld.«

»Sie war mir ein Symbol.«

»Ich weiß; aber Symbole bedeuten den Schwächlingen Ausflüchte ihrer Handlungen.«

»Ich war nie schwach.«

»Aber du hattest deinen schwachen Augenblick, da du mich zurückstießest, als ich mich dir … anbot.«

Josua saß auf der Bettlehne. Und ihm schien, als säße er noch immer unten auf dem Grabstein.

»Ich war für die Tochter eines Mathematikprofessors ein recht ungewöhnliches Mädchen. Aber so viel Mathematik war mir doch vererbt im Blute, dass ich, bevor ich mich auf die sogenannte abschüssige Bahn begab – und ich tat es mit Vorsicht und Vorbedacht – erst mein Lehrerinexamen machte … mit Note eins.«

Josua fragte:

»Hältst du das Lehrerinexamen unbedingt erforderlich für den Beruf einer Lehrerin der Liebe?«

Sie lächelte.

»Nun – wenigstens sollte man in der Pädagogik nicht ganz unbewandert sein.

»Und nach dem Examen?«

»… ging ich nach Hamburg.«

»Was wolltest du in Hamburg?«

»Dich suchen. Ich habe in allen Männern nur dich gesucht.«

»Und warst du glücklich im Suchen?«

»Nein – nie fand ich dich. Nun, da ich dich gefunden habe – wann werde ich dich verlieren?«

»Niemals … wir sind uns zu sehr verbunden … durch den Ring mit dem Rubin … Wie kommst du hierher?«

»Von Budapest … freiwillig … Aus dem vornehmsten Etablissement, wo die Bürgerfamilien mit ihren Töchtern nachmittags Kaffee trinken, um schöne nackte Frauen tanzen zu sehen – oh, tanzen durfte ich wenigstens – hierher in dieses Loch, wo nur Soldat und Arbeiter mich besuchen.«

Josua stand auf.

»Ich nehme dich mit nach München.«

»Du?«

»Kommst du gleich mit?«

Sie erschrak.

»Sprich nicht so laut. Nicht heute. Morgen früh gehe ich einholen auf den Markt. Da werde ich ihnen entwischen. Wann geht der Schnellzug nach München?«

»Zehn Uhr acht.«

»Bin ich am Bahnhof.«

Er gab ihr die Hand.

Sie behielt sie verlegen in der ihren.

»Du?«

»Und?«

»Hast du nicht drei Kronen? Die Frau hat gehört, dass ein Mann bei mir war. Ich muss ihr das Geld geben.«

Er kramte in seinem Portemonnaie und fand zwei Kronen sechzig. Sie lächelte.

»Das ist etwas wenig.«

»Ich habe noch ein paar Briefmarken.« Er griff in die Westentasche. »Summa drei Kronen dreißig. Die dreißig Heller sind für dich.«

»Danke … Soll ich leuchten?«


# 22.


Josua sagte zu Ruth, dass er seit vier Tagen mit Ausnahme einiger halbverbrannter Maronen, die ihm eine schmutzige Straßenitalienerin schenkte, nichts gegessen habe und dass es doch so nicht weitergehen könne. Sie sagte, sie hätte ihm doch erst gestern zwanzig Pfennige gegeben. Er sagte, für zehn Pfennige hätte er Semmeln gekauft, aber da wäre er in den Englischen Garten gekommen an den See, wo es so wunderlich im Frühfrühling zu sehen ist, wenn die Enten über die schmelzende Eisdecke tappen und bei jedem zweiten Tapp durchbrechen. Er habe die Hälfte des Brotes den Enten gegeben und die andere einem kleinen Bologneser Hunde, namens Nina, der auch zufällig des Weges kam und den er von früher kenne. Denn er kenne auch ihre Herrin, die heiße Pia und sei italienischen Geblütes, blühend wie eine schwarze Dolde. Ihr Mann ist Hauptmann bei den Türken. Heute aber zog Nina mit der Zofe spazieren. Cenzi Karendl heißt die Zofe und hatte Nina an eine feste Leine gebunden. Trotzdem kreischte sie immer:

Da gehst her, da gehst her, damisches Viecherl. Nina sprang nicht wie sonst an seine Knie. Traurig sah sie ihn aus rosablauen Augen an.

Ruth behauptete, er müsse doch außerdem noch zehn Pfennige haben. Er sagte nein, denn die letzten zehn Pfennige hätte er an der Personenwaage am Chinesischen Turm ausgegeben, um zu wissen, wie viel er wiege.

»Ich habe die letzten Wochen zwölf Pfund abgenommen.«

Ruth lachte.

Josua lachte.

Sie ergriff seine Hand, drehte sie um, dass der Handteller nach oben aufgeklappt war und schickte ein paar flüchtige Blicke darüber, wie Vögel über das Feld fliegen, um verborgene Körner zu suchen.

»Du wirst doch noch ein Mörder«, sagte sie, »hier steht's. Aber ich muss es mir jeden Tag von Neuem ansehen. Du erwürgst noch mal jemand.«

Er seufzte lächelnd: »Dich vielleicht?«

»Oh, ich!«

Dann küsste sie ihn auf den Mund. Und ging. Sekundenlang noch schmeckte er ihre Lippen in der Luft. –

Nach drei Stunden erst kam sie wieder. Er wartete währenddessen auf einer Bank in der Leopoldstraße beim Siegestor. Auf dem Siegestor die Silhouette der Göttin tauchte plötzlich in die segnende Gestalt Jesu Christi unter.

»Du«, sagte er, »Bruder Jesus, wenn du mich segnest, warum segnest du mich vergeblich? Hilf mir doch!«

Da kam Ruth. Und sie lachte schon von Weitem. Ihr Lachen flatterte vorauf. Er wollte traurig werden, aber das Lachen besänftigte ihn, schmeichelte und schnurrte wie eine Katze.

»O wie reich wir jetzt sind!«

Ihre Zähne blickten böse aus dem Munde. Es hatte eine ekelhafte Zunge an ihnen geleckt und gelegen.

Sie hakte sich ein. Die Sonne schien ihm hell auf die Stirn. Er warf seine Mütze seitwärts in die Anlagen.

»Oh, warum?«

»Lass«, er streichelte ihre Hand (die Hand, an der die Geldtasche baumelte, in unbewusster Verknüpfung), »ich brauche keine Mütze. Jetzt kommt der Sommer. Sie war auch gar nicht mehr elegant.«

»Junge«, sie lachte. »Elegant und du und Sommer, was du für Ausdrücke hast! Jetzt ist März und es wird wieder schneien und du wirfst deine Mütze fort. Die elegante Mütze.«

Sie sah auf seine Füße:

»Weißt du, was du haben müsstest? Ein Paar neue Schuhe! – Auto«, rief sie … »Auto.«

»Aber so ein Blödsinn, Ruth!«

Sie verschloss ihm den Mund mit ihrer Hand:

»Still!«

Sie stiegen ein und fuhren zu einem Schuhgeschäft. Sie suchte die Schuhe aus und warf siebenundzwanzig Kartons durcheinander. Er wollte ein Paar dauerhafte Marschstiefel. Aber Ruth war wie verrückt, streichelte seine Füße, die in schmutzigen Strümpfen steckten, und sagte: »Lackschuhe brauchst du, ganz und gar aus Lack.«

Die Verkäuferin blinzelte verlegen und der Geschäftsführer hustete vor Ärger. Denn sonst waren im Geschäfte lauter gut und vornehm gekleidete Leute.

Er zog die Lackschuhe natürlich gleich an. Sie gingen hinaus. Die Dame an der Kasse kicherte. Josua wollte sie ohrfeigen.

»Lass«, sagte Ruth.

Auf der Straße schenkte er seine alten Schuhe der ersten besten Apfelsinenhändlerin. Dafür bekam er ein Dutzend feinster Messinablutorangen und Ruth ein Schock speichelfließende Komplimente über ihre Schönheit. Sie ist sehr schön. Niemand anders würde schön bleiben bei ihrem Leben. Sie darf es. Jeden Tag stellt sie sich wie eine Blume in frisches Wasser. Deshalb blüht sie immer frisch.

Einen Augenblick vergaß er, dass sie Geld hatten und sagte: »Verdammt, wenn ich wenigstens zwölf Pfennige hätte für ein Viertelpfund Kräuterprinten. Ein Saufraß. Aber es reicht zwei Tage.«

Sie jubelte.

»Hundert Mark, hundert Mark, davon kann man jahrelang leben.«

»Wie viel hast du denn noch?«, fragte er misstrauisch.

Sie zählte: »Eins, zwei, fünf, sieben Goldstücke.«

Sie gingen in ein kleines italienisches Weinrestaurant am Gärtnerplatz, aßen Thunfisch in Öl, Kalbfleisch und Risotto und soffen roten Veroneser, bis sie nicht mehr konnten.

Dann nahmen sie ein Auto und fuhren nach dem Bahnhof und lösten zwei Billette erster Klasse nach Starnberg.

Da sah er seit zwei Jahren zum ersten Mal wieder die silberne Kette des Gebirges, blauduftig, mit zarten, leuchtenden Spitzen in den Horizont gewebt.

»Sonne«, schrie er, »Sonne! Himmel! Berge! Wasser! See! Sonne!«

Und sprang von der Landungsbrücke, wie er war, in allen Kleidern, mit einem Kopfsprung ins kalte Wasser.

Ruth erschrak und schrie, denn sie dachte, er wäre so betrunken von dem Veroneser, dass er gleich ertränke.

Aber er schwamm vor ihr dreimal im Kreise … wie der Paradiesfisch vor seinem Weibchen, prunkend, augenglitzernd. Dann stieg er an Land. Lachend. Triefend. Zitternd vor Kälte und Trunkenheit.

Im Hotel wollte er ins Bett kriechen und ließ die Kleider trocknen. Kaum war der Hausbursche aus dem Zimmer, da riss er auch das Hemd vom Leib und zog sie an seine nackte, feuchte Brust.

»Mörder«, küsste sie ihn. »Du, siehst du, nun ist der Frühling wieder da.«

## 23.

### Intermezzo

#### *Zimmer bei Josua*

Klaus: »Die erste Bedingung zur Kritik ist zweifellos Liebe zum Kunstwerk.« (Er schmiert sich ein Brot mit Butter und packt mit bloßen Händen eine Zervelatwurst, die er ungeschickt anschneidet: Sie fällt auf den Boden. Bückt sich hastig.) »Verdammt, verdammt.«

Josua: »Ich habe heute meine melancholische Stunde. Ich komme nicht zum Klaren.«

Klaus: »Alles ist Dunst – wenn man will.«

Josua: »Du verstehst mich falsch. Es ist ein Schleier um mich gebreitet, ganz dünne, ganz zarte silberne Maschen, und ich sehe etwas – und ich weiß es nicht, es schimmert – ich möchte einmal klar sehen.«

Klaus: »Vielleicht, wenn du noch mehr Absinth trinkst.«

Josua: »Oben am Kopf möchte ich mich packen und daran reißen. Es ist etwas um mich herum.« (Stöhnend:) »Mein Gott!«

Ruth: »Du bist seltsam die letzten Tage.«

Klaus (milde): »Er ist Lyriker.«

Ruth: »Ich finde seine Gedichte langweilig. Wenn er nicht mehr könnte ...«

Klaus: »Natürlich – Physik des Weibes.«

Josua: »Astronomie des Mannes.«

Ruth: »Siehst du – ich bin sein Stern.«

Klaus: »Der Polarstern.«

Josua: »Die Waage.«

Klaus: »Mein Gott, ist das trivial, einem ewig zu widersprechen. Hast du meine Kritik in der Münchener Post gelesen?«

Ruth: »Warum schreibst du eigentlich für sozialdemokratische Zeitungen? Wenn man sich einen Ulster für fünfundsechzig Mark leisten kann!«

Klaus: »Meine Kritik über Strunkels modernes Mysterium ›Die Erstgeburt‹? Er hat es vorgestern im Fränkischen Hof vorgelesen zur Rechtfertigung des Werkes gegen das Zensurverbot. Diese Rechtfertigung scheint mir schlecht gelungen.« (Er schneidet von der Zervelatwurst.) »Was allerdings die Zensur Anstößiges fand, ist mir unfasslich. Es wird kaum jemand einfallen, die im Sinne der Zensur blutschänderischen Szenen des zweiten Aktes anders als symbolisch zu deuten.«

Josua: »Das ist ja das Ekelhafte! Daran krankt ja die Gegenwart! Am Symbolischen! Symbole!«

Ruth: »Ich finde sie so nett. Man spielt mit Kugeln und weiß, was man hat. Die Sterne fallen nicht herab. – Leider!«

Josua: »Surrogat! Alles Surrogate. Die Menschen, schlechte Imitationen ihrer selbst. Wenn sie doch einmal zum Sein kommen könnten, und sei es zum Gemeinsten, Niederträchtigsten – aber seht ihr denn nicht, dass sie – fliegen? Die blöden Menschen! Sie meinen die Fliegekunst eben entdeckt zu haben. Aber wir fliegen seit Ewigkeiten. Nie kommen wir zum festen Boden. Und wenn man sich hinausstürzt aus dem Ballon – hinab will man, hinab. Es geht nicht ... Die Luft trägt einen. O wir Engel.«

Ruth (seufzt): »Reden wir von etwas anderem.«

Klaus: »Genau so spricht Strunkels Urmensch: Reden wir von etwas anderem. Wie ein Kommerzienrat. Nein, reden wir überhaupt erst einmal von dem einen: Wie viel hast du noch, Josua?«

Josua: »Zehn Mark und drei Fünfpfennigmarken.«

Ruth: »Wir gehen tanzen heute Abend, ja?«

Klaus: »Verdammt, verdammt!«

Josua: »Reiche mir mal die Rumflasche.«

Klaus: »Da – aber tu erst den Lutschpfropfen 'rauf.«

Ruth: »Vorgestern und gestern hast du mich versetzt, weißt du das, Josua?«

Josua: »Ich dich versetzt? Ich wollte, ich könnte es, ich würde dich in den Mond versetzen.«

Klaus: »Josua, wie oft soll ich dir noch sagen – du sollst nicht lyrisch produzieren, wenn du nichts dafür bekommst. Das ist Verschwendung!«

Ruth: »Wenn es dir Vergnügen macht, mich zu versetzen, meinetwegen auch in den Mond, dann tue es immerhin, glaube aber ja nicht, dass ich so dumm bin und warte. Die Zeiten sind vorbei« (stampft mit dem Fuß), »ich hasse die Unpünktlichkeit.«

Klaus: »An anderen. Hast du übrigens schon Abendbrot gegessen?« (Er schneidet an der Zervelatwurst.)

Ruth: »Danke, mir ist der Hunger längst vergangen.«

Klaus (streicht ihr über die Brust): »Sieh da!? Das kommt wohl vom Fasten?«

Josua: »Die Erde ist nur deshalb so rund, weil sie sich vor Lachen gekrümmt hat, als der erste Mensch auf ihr herumtaperte.«

Klaus: »Die Erde ist deshalb so geschwollen, weil sie stolz darauf ist, uns Menschen zu beherbergen.«

Ruth (leise zu Josua): »Darf ich – du?«

Josua (küsst sie): »Du sollst!«

(Ruth hat sich blitzschnell ihrer Kleider entledigt und beginnt zu tanzen.)

Klaus: »Oho – lassen wir die Zervelatwurst« (er hält das Messer in der Hand und starrt auf Ruth).

(Ruth tanzt.)

Josua: »Jetzt … jetzt … ich entgleite, ich bin nicht mehr … Linien zucken … Farben schnellen … Brüste rollen dumpf durch die Nacht

… Zerbrecht mich … Zerpresst mich … Tod … O wenn ich sterben könnte … O wenn ich nicht unsterblich wäre.«

(Ruth hält erschöpft inne.)

»Verflucht … Lüge, alles Lüge, ich hab getanzt, nicht sie … Ich bin noch da … Ich schwang mich, *mich* verzehrte es … Du Lügnerin.«

(Ruth kauert frierend am Boden. Er tritt sie mit den Füßen.)

Klaus: »Oho … Sie tanzte – aber sie hob mich auf ihre Arme und schaukelte mich in der Wiege ihrer Begierden.«

(Ruth liegt stumm am Boden. Josua tritt wieder nach ihr.)

Klaus: »Sieh dich vor! Lump!« (Er stößt mit dem Messer nach ihm.)

Josua (weicht aus, entwindet ihm das Messer): »Nicht so voreilig, Freund.« (Stößt ihn zu Boden, dass er wimmernd neben der Nacktheit Ruths niedersinkt.)

Josua: »Sieh … sieh doch das triumphierende Schauspiel … sieh beide am Boden: Schönheit und Heuchelei, wimmernd aneinandergedrängt … Bin ich nicht die personifizierte Kunst? Möchtest wohl huren, Hund?« (Gibt Klaus einen Fußtritt.) »Lass es nicht zu. Spritz deinen Samen auf die Erde, Schwächling. Ist schon verpestet genug. Vielleicht dass wir auf seinen Dunstwolken ein wenig höher schweben. Oder wenn ich euch beide tötete? Leise das Messer in eure Bäuche senkte. Dir aber kitzle ich damit die Scham, Kind, dass du geil nach dem Tode dich windest.«

Ruth (springt auf): »Lass mich leben … lass uns leben … komm … in meinen Schoß.«

Josua: »Von wannen ich kam.«

Klaus (fällt in Ohnmacht).


# 24.


Eines Abends klopfte es an den Fenstern seines Parterrezimmers in der Kaulbachstraße. Josua schloss auf und ein schlanker Knabe stand vor ihm im dunklen Korridor. Er ließ ihn ins Zimmer treten: Es war Ruth. In schwarzseidenem Pagenkostüm, mit Kniehosen und Frack. Ihr rotblondes Haar, ihre blauen Augen, in denen vom Widerschein des Lampenschirmes ein rosa Schimmer lag, kreuzten sich funkelnd mit dem Schwarz des Kostüms.

Er war bewegt.

Sie sorgt für immer neue Sensationen, obgleich sie es mir gegenüber vielleicht gar nicht nötig hätte. Dazu sind wir zu sehr – verschwistert. Aber sie ist ein richtiger Knabe. Auch in ihren Bewegungen. Laut sagte er:

»Du darfst dich nicht wundern, wenn ich mich zur Abwechslung einmal in einen Jungen verliebe.«

Er küsste sie. Ihre Lippen hatten etwas knabenhaft Herbes.

Am Abend trafen sich Josua, Klaus, der Maler Michael Kolk, der jetzt ebenfalls in München lebte, Herr Dr. Bodenlos, Privatdozent für Literaturgeschichte an der Universität, und eine junge Holländerin namens Rina im »Bunten Vogel«. Sie setzten eine Bowle an: alten Burgunder und Sekt, und feierten den Abschied Rinas, die nach Holland zurückkehrte. Rina bezahlte. Sie hatte ihr Klavier verkauft. An einen alten Rentier. Wobei nicht ganz sicher war, ob sie nicht etwa etwas anderes mitverkauft hatte.

Da sie das Geld vergessen hatte, fuhr sie im Auto in ihre Wohnung, welches zu holen. Klaus durfte sie begleiten. Ihm floss vor Entzücken Speichel aus der Mundhöhle. Sein Bocksgesicht zerrte und zuckte wie im Veitstanz auf und nieder.

»Kommen Sie am Freitag zur Abschiedsfeier meines Seminars ins Excelsior? Es gibt eine herrliche Ananasbowle!«, wandte sich Dr. Bodenlos an Josua.

»Verbindlichen Dank. Natürlich gern. Aber ich darf doch meinen Kammerdiener mitbringen?«

»Wie Sie wollen«, lachte Dr. Bodenlos. »Ich habe nichts dagegen. Warum sollten Sie Ihren Kammerdiener nicht mitbringen?«

Es war aber vor Kurzem eine kleine Novelle Josuas unter dem Pseudonym Klumpatsch im Simplizissimus erschienen, worin ein Graf und sein Kammerdiener eine gewisse Rolle spielten. Der Kammerdiener entpuppte sich als ein schönes Mädchen, das dem Grafen aus Liebe in Manneskleidern dienend folgte. Die Geschichte hatte in München gewisses Aufsehen erregt und man riet und forschte nach dem Verfasser.

Inzwischen war Rina zurückgekommen. Sie tanzte wie eine Mänade durchs Lokal, hielt einen Dolch in erhobener Hand und behauptete, nur vermöge dieses Mordinstrumentes habe sie Klaus im Auto von sich abwehren können. Hinter ihr her hinkte Klaus und schielte stolz nach links und rechts.

Alles lachte.

Dann hielt Rina plötzlich eine Laute in der Hand und begann ein holländisches Lied zu singen.

Windmühlen drehten sich schwerfällig, ein frischer Wind wehte über die Zuidersee, Kähne trieben in stillen Kanälen und in schweren Holzpantinen klapperten reinliche Holländerinnen über das holprige Pflaster kleiner Seestädte, während Männer in dicken blauen Pluderhosen, die Pfeife im Maul, ihnen großäugig auf den Nacken sahen.

Am Freitag fuhr Josua gegen elf Uhr im Auto vorm Excelsior vor. Er hatte sich von Kolk einen Smoking gepumpt und trug eine Gardenie im Knopfloch. Auch rasiert war er. Er schickte den Portier und ließ bei Dr. Bodenlos anfragen, ob man bereit und würdig sei, den Grafen Emmeran (so hieß der Graf in Josuas Geschichte) und seinen Kammerdiener zu empfangen.

Gemessen schritt er die Treppe empor. Ruth im Pagenkostüm folgte dienend mit stillen folgsamen Augen, Josuas Mantel über dem Arm. Wie ein Knabe. Sie war ganz Knabe. Wie ein Diener. Sie war ganz Diener.

Oben vor dem Saale zögerte sie ein wenig. Sie warf den Mantel der Garderobefrau zu. Da öffnete sich die Saaltüre und Rina stürzte heraus. »Komm«, sagte sie, »warum hast du Furcht?« Sie nahm Ruth auf beide Arme und trug sie in den Saal. »Platz«, schrie Rina, »Platz für den Grafen Emmeran und seinen Kammerdiener.«

Klaus hielt gerade, auf einem Tische stehend, eine wohlstilisierte Rede auf Dr. Bodenlos. Er musste sie unvermutet rasch abbrechen, obgleich er sich gern noch weiter reden gehört hätte, und schleunigst das Hoch ausbringen. Gerade als das letzte Hoch verklungen war, betrat der Page den Schauplatz und es schien, als gelte ihm das dreifache Hoch. Jeder hatte diese Empfindung.

Bodenlos war doch ein wenig pikiert, obgleich er es sich nicht anmerken ließ. Wenn dieser Unfug Josuas, sein stadtbekanntes Verhältnis in eine Veranstaltung der Universität mitzubringen, dem Unterrichtsministerium bekannt würde, wäre seine ohnehin erschütterte Stellung als Privatdozent nicht gerade befestigt. Aber liebenswürdig mit den

Allüren eines Tenors begrüßte er den Pagen: »Seien Sie willkommen, Fräulein.«

Der Page kam in eine Ecke zwischen Rina, Kolk und Klaus zu sitzen. Josua unterhielt sich seitwärts mit dem Korrespondenten des Tageblattes.

»Sie haben eine sehr hübsche Geschichte neulich im Simplizissimus veröffentlicht«, sagte Modenthal. »Machen Sie mir nichts vor, Sie sind der Klumpatsch. Ich weiß es. Habe so meine Quellen, tja, tja. Möchten Sie mir nicht einmal etwas für das Feuilleton unseres Blattes oder für unsere Wochenbeilage übergeben?«

»Ich habe jetzt keine Zeit mehr, zu schreiben«, sagte Josua und winkte dem Pagen mit dem Bowlenglas.

»Was haben Sie denn zu tun?«

»Nichts«, lachte er.

»In der Novelle ist übrigens eine recht starke Stelle«, fuhr Modenthal fort und tat, als lehne er sich gönnerhaft im Klubsessel zurück. Es war aber kein Klubsessel da, nur ein Rohrstuhl. »Meinen Sie nicht, dass die Staatsanwaltschaft schon ein Auge auf Sie geworfen hat?«

»Gewiss«, sagte Josua. »Es ist gegen mich Anklage erhoben wegen Verbreitung unzüchtiger Schriften. § 184.«

Modenthal suchte in der Tasche nervös nach einem Bleistift.

»Wenn Sie gestatten, übergeb' ich die Meldung meinem Blatte. Es ist immerhin auch eine Reklame für Sie.«

»Bitte schön«, sagte Josua.

»Wissen Sie ...«

»Triebolick«, rief Dr. Bodenlos, »darf ich Sie meiner ältesten Schülerin –«

»Aber pfui! Doktor! Älteste Schülerin!«

»Also darf ich Sie meiner besten Schülerin, Fräulein Dr. Mäuschen vorstellen. Sie hat kürzlich ihren Doktor summa cum laude erledigt. Über Brentano, Gockel, Hinkel und Gackeleia. Kolossal reich«, flüsterte er Josua leise ins Ohr.

»Sehr erfreut«, sagte Josua.

»Ich glaube, wir kennen uns schon«, quetschte sich ein fetter, sinnlicher Mund auseinander, und zwei große, kurzsichtige Kuhaugen glühten ihn vertraulich an.

»Nicht, dass ich wüsste, gnädiges Fräulein.«

»Ja … das muss aber unser Geheimnis bleiben, Herr Triebolick.«

»Was … das ist ja schön«, kreischte Bodenlos im Air eines Bühnenbonvivant. »Jetzt kennt ihr euch fünf Minuten und habt schon Geheimnisse.«

»Denken Sie nur mal nach, Herr Triebolick.« Ihre Augen zwickten ihn boshaft. »Grünwald …«

Josua erschrak. Um Gottes willen, das war ja die dicke Quellennymphe von der Sonnenwendfeier im Isartal, die er im Dunkeln (aber es war schon sehr dunkel, entschuldigte er sich) seufzend unter einem Baume liegen sah – dieses Luder.

Der Zitherspieler von der bayerischen Bauerntheatertruppe D'Schlierseer, die im Theatersaal des Excelsior gastierten, tauchte soeben nach Schluss der Vorstellung auf. Er brachte seine Zither mit und musste einen Walzer spielen. Kolk tanzte mit dem Pagen.

Fräulein Doktor hielt sich ein Lorgnon vor die Augen und sagte: »Ein netter kleiner Kerl.«

Josua ballte die Hand in der Tasche. Auf einmal, aller Sorgen um den kurulischen Sessel der ordentlichen Professur nicht achtend, tanzte Dr. Bodenlos mit Rina. Sie tanzten draußen auf dem Korridor. Einige hatten, dem Protest des Oberkellners zum Trotz, die Teppiche beiseite gerollt. Aus einem Nebensaal starrten entgeisterte Gesichter. Dort feierte der katholische Männerbund sein dreiundsechzigstes Stiftungsfest.

Galant verbeugte sich Josua vor Fräulein Doktor: »Darf ich um den Walzer bitten – schöne Nymphe?«

Es stellte sich heraus, dass auch Fräulein Doktor in der Kaulbachstraße wohnte. Und zwar zur Aftermiete bei der berühmten italienisch-deutschen Dichterin Gioconda Brumm, welche in klugen, schönen und umfangreichen Büchern die Renaissance und das deutsche Mittelalter romanhaft verarbeitete.

»Wir nehmen zusammen ein Auto«, sagte Fräulein Doktor.

»Meinetwegen«, sagte Josua und winkte dem Pagen.

Josua saß auf dem Rücksitz. Die beiden Frauen ihm gegenüber.

»Sie haben ein hübsches Kostüm, Fräulein«, meinte Fräulein Doktor, mit freundlichem Augenaufschlag.

»Es ist sehr hübsch, aber es würde nicht jedem stehen«, sagte der Page und ließ einen gedankenvollen Blick über den dicken Fleischhaufen neben sich gleiten.

»Sie haben recht«, sagte Fräulein Doktor und biss die Zähne aufeinander. »Mir zum Beispiel steht eher ein Kostüm wie Kleopatra.«

»Wer aber möchte dann die Schlange an Ihrem Busen sein?«, sagte Ruth.

Zum Glück hielt der Wagen vor Fräulein Doktors Wohnung. Sie hatte keine Zeit mehr, eine spitze Antwort zu finden, die ihrer Eifersucht genügt hätte. Sie reichte Josua, der stumpf vornüber geneigt dasaß, die Hand und sagte: »Besuchen Sie mich doch bitte mal zum Tee. Vielleicht interessiert es sie auch, Frau Brumm kennenzulernen. Sie hat entzückende Liebesgedichte gemacht. Wie war doch gleich Ihre Adresse?«

Josua nannte sie.

»Gute Nacht.«

Kaum hatte der Wagen angeruckt, lagen Josua und Ruth Mund an Mund.

Fräulein Doktor trat nur in den Garten hinein. Dann machte sie kehrt. Er wohnt also kaum zehn Minuten von hier in derselben Straße. 0 Gott! Sie fühlte ihr Herz nervös klopfen. Jetzt geht das freche Aas, der kleine Page, mit ihm ins Bett ...

Sie hielt es nicht aus, es war töricht, es war zwecklos, es tat ihr bloß weh; aber sie ging die zehn Minuten bis vor Josuas Wohnung. Im Parterre war Licht. Sie trat leise heran. Wenn er jetzt das Fenster aufrisse. Eine Vorhangspalte ließ den Blick ins Zimmer frei. Da stand der Page nackt im roten Schein der Lampe und ließ die rosablonden Haare über die Schultern rollen. Josua war nicht zu sehen.

Sie taumelte vom Fenster zurück und taumelte im Zickzack nach Hause. Ein Schutzmann, der ein betrunkenes Frauenzimmer vor sich zu haben glaubte, lief ihr drohend nach.

# 25.

Josua war in der letzten Zeit jeden Tag mit Ruth im Automobil nach Hause gefahren. Es regnete, er konnte ihr doch nicht zumuten, zu Fuß zu gehen. Er brauchte jeden Abend durchschnittlich zehn bis fünfzehn Mark. Er begann schon keinen Mittag mehr zu essen. Seiner Wirtin schuldete er zwei Monate Miete und Wäsche und Frühstück dazu. Jeden Morgen trank er mit Ruth Schokolade, dazu gab es kalte Platte, Eier und Früchte. Die Wirtin weigerte sich, noch mehr für ihn auszulegen.

Ich brauche Geld, viel Geld.

Er überlegte, wo er es stehlen könne. Vielleicht mit Kolk zusammen. Sie müssten sich ein Automobil mieten, Kolk konnte ja steuern, und vor einem Bankgeschäft der stillen Vorstadt vorfahren. Er, Josua, müsste dann maskiert den Kassier mit vorgehaltenem Revolver zwingen, einige fünfzig- oder hunderttausend Mark herauszugeben. Mit dem Auto würde es leicht gelingen, zu entfliehen.

Am nächsten Morgen las er in der Zeitung von dem Überfall der Pariser Automobilapachen auf ein Bankhaus in irgendeinem Faubourg: er war genau so ausgeführt, wie Josua seinen Plan bedacht hatte, und vortrefflich geglückt. Josua wütete: Jetzt tun es einem die Hunde zuvor.

Endlich fiel ihm ein: Fräulein Doktor. Sie hatte ihn ja längst schon zu sich eingeladen.

Eines Nachmittags um fünf Uhr beschloss er, dieser Einladung aus dem Stegreif Folge zu leisten. An der Ecke der Kaulbach- und Veterinärstraße kaufte er einer italienischen Straßenhändlerin ein Büschel gelber Margeriten ab.

Fräulein Doktor wohnte bei der Dichterin Gioconda Brumm im dritten Stock eines Gartenhauses, das auf eine Gärtnerei und die Gärten des Georgianums Front machte. Ein blaubeblümtes Dienstmädchen öffnete. Sie stellte sich als Kati vor und führte Josua über einen Vorraum, der die Bibliothek der Dichterin enthielt. Irgendwo aus dem Hintergrunde weinte eine Kinderstimme.

»Wer hat nun ein Kind? Die Dichterin oder Fräulein Doktor?«, dachte Josua. Ist die Dichterin nicht eine geschiedene Frau? Aber ich weiß nicht, geschiedene Frauen scheinen immer am ehesten zum Kinderkriegen geneigt.

Am Eingang eines schmalen schwarzen Korridors wandelte Gioconda Brumm mit ihrer Tochter Ellinor unter Orangen. Rechts von dem Bild befand sich eine Tür. Hier klopfte Kati.

»Wen darf ich melden?«, fragte sie.

Fräulein Doktor ließ bitten.

Er öffnete die Tür. In einen gelbseidenen Kimono gehüllt, wogte sie ihm entgegen. Ihr Gang hatte halb etwas Wackelndes und halb etwas Schwebendes.

»Wie nett! Wie reizend!«

Ihre stumpfen, kurzsichtigen Augen suchten ihn zu fassen.

»Sie haben mich also nicht vergessen?«

»Wer könnte Sie vergessen?«

Mit einer nachsichtigen Verbeugung überreichte er ihr die Margeriten.

»Gelb ist die Eifersucht«, lächelte sie fettig.

»Weiß ist die Unschuld«, sagte er und küsste ihre fischige Hand.

Sie lächelte spitz und sagte (es sollte frivol klingen): »Meinen Sie mich?«

»Keinesfalls«, verbeugte er sich.

Er trat einen Augenblick an das Fenster und betrachtete den Kampanile der Ludwigskirche.

»Möchten Sie mit mir Tee trinken?« Sie wartete seine Antwort nicht ab und klingelte. »Sie müssen mein legeres Kostüm entschuldigen. Ich gehe heute Abend auf ein Kostümfest.«

»Auf welches?«

»Auf das Bacchusfest in der Schwabinger Brauerei.«

Josua erinnerte sich.

»Kommen Sie mit?«

»Gern«, sagte Josua, »wenn es Ihnen angenehm ist?«

»Ich habe zwar schon einen Partner, Herrn Tomischil, aber den versetzen wir einfach.«

»Lass fahren dahin!«, sagte Josua. »Was für ein Kostüm nehmen Sie?«

Sie zwinkerte mit den Augen: »Wird nicht verraten. Sie sollen überrascht werden.«

Kati brachte Tee, Kuchen und belegte Brote.

Josua warf sich auf die Chaiselongue.

»Hören Sie, Kati«, sagte Josua. »Sie werden nachher, wenn Sie Zeit haben, bei Spendler in der Amalienstraße vorbeigehen und mir eine kleine Auswahl römischer Kostüme holen. Fräulein Doktor erlaubt es. Ich habe keine Lust, erst noch nach Hause zu gehen.«

»Gewiss«, sagte das Mädchen.

»Gewiss«, sagte Fräulein Doktor und sah ihn mit runden Augen an.

Das Mädchen ging.

»Aber ich habe kein Geld mehr«, sagte er.

»Darf ich Ihnen aushelfen?«, fragte sie schüchtern.

Aber sie empfand eine förmliche Begierde, ihm Geld zu leihen, da sie fühlte, dass sie ihn auf diese Weise vielleicht an sich zu binden vermöge.

»Hundert Mark!« Er sprang vom Diwan auf und warf das Wort leicht hin auf den Teppich.

»So viel Sie wollen.«

Sie schwiegen.

Die Dämmerung sank herein.

»Wissen Sie, wie ich mir hier vorkomme?«, sagte er leise. »So … so … so … familiär. Als wäre ich verheiratet ...«

Sie hielt den Atem an.

»Mit wem?«

Er trat von hinten an sie heran, beugte sich nieder und sprach in ihren Nacken: »Mit … Ihnen!«

Insgeheim dachte er: Ich brauche Geld für mich … für Ruth ...

Sie erhob sich, ging an den Schreibtisch und kam mit einem in roten Samt gebundenen, mit Goldschnitt verzierten Buch zurück.

»Darf ich Ihnen etwas vorlesen?«

Die Rührung ließ ihre Stimme dunkel gurgeln.

»Die Poesie ist wirklicher als die Wirklichkeit. Die Wirklichkeit ist poetischer als die Poesie«, sagte Josua.

»Ach, mein Freund! Bin ich es noch? Hören Sie –«

Und sie las ein Gedicht, eine laue Boudoirstimmung, parfümüberladen, mit einer anreizenden Pointe, die man ohne Einschränkung als unanständig bezeichnen konnte, besonders, da sie ganz auf Josua gemünzt war.

»Sehr schön – sehr fein – sehr intim«, sagte Josua und fuhr unvermittelt fort:

»Darf ich Sie um Ihre Hand bitten?«

»Für's Leben?«

Sie wollte sich zitternd in seine Arme gleiten lassen, da klopfte es und Kati kam mit den Kostümen.

»Suchen Sie sich etwas Originelles aus«, sagte Fräulein Doktor. »Ich werde mich derweilen umziehen. – Kati, bringen Sie dem Herrn ein Glas Portwein.«

»Eine Flasche Portwein«, sagte Josua.

Hüpfend und winkend verschwand sie im Nebenzimmer.

»Soll ich kommen?«

»Bitte ...«

»Ich schäme mich ...«

»Vor mir?«

Sie schien zu übersehen, dass sie sich noch mehr schämen müsste, wenn sie sich den Blicken der Gesamtheit der Festbesucher darböte.

»Venus Anadyomene ...«

Ein leichtes rosa Gazeröckchen, das den unangenehmen Schweißgeruch des fetten Körpers nicht dämpfte, eine goldene Krone im Haar, ein goldener Gürtel um die Lenden – zwei mächtige Goldplatten panzerten die riesigen Brüste.

»Salome!«, flüsterte sie deutend.

»Sollen wir uns nicht gleich die Ringe anstecken?«

Er war unangenehm überrascht. »Jetzt zum Fasching? Bist du eifersüchtig?«

»Ich – eifersüchtig – wo denkst du hin?«

»Wo hast du die Ringe überhaupt her?«

Sie errötete schwitzend.

»Ich habe das Mädchen – zum Juwelier geschickt.«

»Du Liebe – du denkst auch an alles ...«

Sanft neigte er sich über sie und bot ihr den ersten Kuss. – Beim Eingang in den Saal der Schwabingerbrauerei vertraute sie ihm ihr Portemonnaie an.

»Ich habe keine Tasche, du bist wohl so gut.«

»Gern«, sagte er.

Der Saal war mit blau und rosa Lichtern und Tapeten geschmückt: Griechen, Römer, Nymphen, Götter, Sklaven und Mohren wimmelten durcheinander; ein Thyrsusschwinger mit fuchsroter Perücke trat Josua auf die Hühneraugen.

Es war Klaus.

»Möchtest du dich nicht einen Augenblick meiner Braut annehmen?«

»Braut?« Klaus quietschte.

»Grinse nicht. Du kommst auch noch ran.«

Er versank im Getümmel der Farben und Masken. Zur Sicherheit fühlte er noch einmal nach dem Portemonnaie in seiner Tasche.

In einer Nische im ersten Stock öffnete er es und fand acht Hundertmarkscheine und einen Tausender. Dreihundert steckte er erstmal zu sich ... in die Strümpfe.

»Wie eine Hure«, lachte er. »Wie eine männliche Hure (die ich ja bin).«

Da traf er eine Bacchantin mit Rosen bekränzt, jung, hell, hellenisch.

»Trinken wir eine Flasche Heidsieck.«

Hinter einem Oleander entbrannten sie in Küssen.

Fräulein Doktor, halb Entenglucke, halb Mänade, wackelte wehklagend durch das Fest.

– Er hatte Ruth gefunden. Sie war in ihrem Kostüm als nackte Nymphe bis an die Grenzen des Möglichen gegangen. Aber der Wuchs ihres Leibes erlaubte ihr jede Freiheit.

Josua gab ihr erst einmal hundert Mark.

Auf einmal langweilten sie sich und fuhren zu Benz.

Fräulein Doktor suchte ihn. Sie weinte.

»Er hat doch mein Portemonnaie und meine Garderobenmarke. Und außerdem ist er doch mit mir verlobt ...«

Klaus beäugte sie schief von der Seite. Er schnüffelte. Wie ein Schwein, das Trüffeln spürt.

»Gestatten Sie gnädiges Fräulein, dass für heute Abend ... ich mich mit Ihnen verlobe?«

Sie lächelte unbestimmt. Gereizt. Unter Tränen.

Er war hässlich – immerhin ein Mann.

Um drei Uhr früh fuhren sie zusammen nach Klaus Tomischils Wohnung.

# 26.

Nach etwa drei Wochen, nachdem Josua rund dreitausend Mark von Fräulein Doktor entliehen hatte, beliebte es ihm, von ihrem Fehltritt am Abend des Bacchusfestes zu erfahren.

Er löste sofort (empört) wegen Untreue die Verlobung auf. Fräulein Doktor lag im offenen Fenster und weinte ihre Tränen auf die Gärten des Georgianums.

Dass er so ein … Moralist sei … er.

Aber er blieb unerbittlich.

»Ich will«, donnerte er und drückte sie mit der Gewalt seiner Worte glatt auf die Fensterbrüstung, dass sie nicht atmen konnte, »eine unberührte Jungfrau ins Brautgemach führen.«

Bei dem Worte Brautgemach bekam Fräulein Doktor Halluzinationen und fiel in Ohnmacht.

Sie war in München unmöglich geworden.

Sie fuhr, um sich von ihren Enttäuschungen und Leiden zu erholen, mit dem nächsten Dampfer der Hapag nach Amerika, wo sie eine Stelle als Bibliothekarin der Universität Arizona anzunehmen gedachte, um sich zu betäuben. Vorher verlobte sie sich noch heimlich in aller Eile mit Klaus – so heimlich, dass es Josua erfuhr.

Die Verlobung kostete sie eine hübsche Summe Geldes. An Klaus. Aber auch an Josua, der Schweigegeld von ihr erpresste.

Klaus sollte ihr in absehbarer Zeit über das große Wasser folgen. Er aber dachte gar nicht daran. Er hasste das Wasser an sich als Element und hatte schon Angst und nervöses Herzklopfen, wenn er nur über die Isarbrücke ging. Er stellte sich immer vor, sie würde einmal unter ihm zusammenbrechen.

»Beruhige dich, Klaus«, sagte Josua. »Weder eine Brücke noch ein Weib wird jemals unter dir zusammenbrechen.«

»Und Fräulein Doktor?«, sprühte Klaus.

»Ist sie ein Weib?«, fragte Josua.

»Aber vielleicht eine Brücke«, meinte Klaus.

»Zwischen mir und dir«, sagte Josua, »stimmt. Es war ihre Bestimmung. Sie hat, wie Lili einst, ihr Schicksal erfüllt. Trinken wir einen Schoppen auf ihr Gedächtnis.«

## 27.

Josua schwenkte ein Telegramm in der Hand: Arizona. Pass, sowie hundert Dollar zur Landung erforderlich. Geld folgt, Käti. »Hast du schon das Geld?«, fragte Kolk.

»Hier«, schrie Josua.

Kolk winkte ein Auto. »Torggelstube.«

»Was meinst du? Haute-Sauterne?« Josua war durchaus einverstanden.

»Krebssuppe – Forelle – Lendenstück garniert – französisches Masthuhn – Ananas.« Josua stellte das Menü zusammen. Währenddessen trank Kolk in großen Zügen und kreischte in regelmäßigen Zwischenräumen vor Vergnügen rhythmisch auf.

»Ich habe sofort die dringendsten Schulden bezahlt. Ich fahre natürlich nicht nach Amerika. Vielleicht aber an die See. Schwimmen muss ich, schwimmen. Wie eine Möwe schaukeln.«

Kolk: »Möchtest du nicht Käte heiraten? Klaus und ich werden Brautführer.«

»Wir machen eine Autotour.«

»Aber nicht allein!«

Sie bummelten die Kaufinger- und Bayerstraße entlang. Dann durch die Anlagen der Sonnenstraße.

»Ein holder Abend«, sagte Josua und trat neben zwei elegant gekleidete, kokett lächelnde Damen.

Kolk schnaufte.

Die Mädchen stießen sich in die Hüften und lachten.

»Wir laden Sie zu einer Fahrt im Auto ein«, sagte Josua.

»Im Geschlossenen«, sagte Kolk.

»Na, sonst schon gar net«, lachte die Jüngere.

Am Sendlingertorplatz schliefen Dutzende von Autos. Der Chauffeur musste eins wecken und die Verschläge hochklappen.

Josua schrie: »Eine Viertelstunde, ganz gleich, wohin ...«

Wie zwei Hofkutschen rollten die beiden Wagen hintereinander durch die Straßen.

»Wie heißt du?«, fragte Josua. »Wally«, stöhnte sie.

Auf den Lederpolstern lagen ihre Leiber, sinnlos Geist geworden.

»O Gott«, flüsterte Wally, »dass bloß der Chauffeur sich nicht umdreht. Ich glaube, meine Bluse ist geplatzt.«

... Die Autos hielten vor dem Café Imperial.

»Ich gehe nach Hause«, sagte Kolk. »Ich bin müde.«

»Ich müsste nach Holland fahren«, sagte Josua. »Rina hat ein Kind von mir bekommen. Ich will sie sprechen. Es ist tot. Jetzt liebt sie mich gewiss nicht mehr. Jede Frau hasst den Mann, von dem sie ein Kind hat.«

Josua fuhr mit den beiden Mädchen in den Simplizissimus.

Es waren Salzburgerinnen. Die Kleine sprach ein entzückendes Weana Deutsch mit ungarischen Brocken.

Der Besitzer des Simplizissimus trat auf Josua zu.

»Herr Doktor, was haben Sie da für zwei reizende junge Mädel. Könnte man die nicht irgendwie ausbilden lassen fürs Lokal hier? Fragen's doch mal.«

Er war immer auf junge hübsche Kräfte für sein Lokal aus. Die er meist nur in seinem Schlafzimmer ... und dann sehr leise ... auftreten ließ.

– Auf der Straße tanzten sie zu dreien One-Step.

»I hob di scho in Salzburg g'sehn«, sagte Elly zu Josua.

Wally warf eifersüchtig die Lippen auf.

»Warst a mal d'rüben?«

»Gewiss«, sagte Josua, »und in Hellbrunn.«

»Seitdem trag i dei Bild in meinem Herzen«, sagte Elly.

Ihn überwältigte der Duft des schwarzen Haares und das Zittern der schlanken Finger an seinen Schultern. Er bog Ellys Kopf mit dem seinen zurück und biss ihr lechzend in die Lippen.

Im Bunten Vogel hieß er Wally sich niedersetzen.

»Wir gehen einen Moment an die frische Luft«, sagte Elly. Sie liefen im Laufschritt zur nächsten Autohaltestelle am Elisabethplatz.

Am Schwabinger Krankenhaus rasten sie vorbei.

Elly hatte ihre Lippen spitz wie einen Trichter geformt und die Lust rann in stummen Strömen.

Sie lag ganz in seinem Munde.

Ihre Schenkel waren zart.

»Froschschenkel ...«, stellte sich Josua vor, »esse ich sehr gern, in brauner Butter gebacken.«

Als sie wieder in den Bunten Vogel zurückkehrten, machte Wally ein bitterböses Gesicht. Sie hatte inzwischen drei Kognak getrunken und sah aus schmalen Lidern gehässig zu Josua, der mit der Miene eines blasierten römischen Triumphators auf der Holzbank thronte.

»Der Herr möchte doch mit seiner Familie am Stammtisch Platz nehmen«, meldete die Kellnerin.

Josua drehte sich um. Der Fabeldichter Petzold und der Maler Tscherteng prosteten ihm aus einem Glas Türkenblut zu.

»Also geh'n wir nüber. Wally wird hoffentlich wieder gut werden.«

Sie setzten sich in bunter Reihe. Elly neben Petzold, der wie ein schmalziger Faun sie sofort mit heimlichen Blicken beleckte. Tscherteng saß sympathisch in seine Blondheit zusammengesunken und dachte an seine letzte Tigerjagd in Afrika. Er konnte sich so etwas leisten, denn er war durch verwandtschaftliche Bande einer der größten Maschinenfabriken Deutschlands und Amerikas verknüpft.

Im Lokal erhob sich das Lied vom Schwalangscher.

Am Stammtisch drückte und küsste man sich wechselseitig. Josua fühlte sich als Herr der Situation. Er hatte sie beide gehabt. Die Katzen wussten das und schnoben zu seinen Füßen. Wally hätte vielleicht lieber gefaucht. Josua sah sie nach der Affäre mit Elly wieder mit neugierigen Augen an.

Man trank alles mögliche: Türkenblut, Wiskysoda, Kaffee, Samos.

Die Polizeistunde drohte.

Petzold lud die Gesellschaft in seine Wohnung. Die Mädchen wollten nicht. Josua stand unbeteiligt daneben.

Petzold drängte: schmeichlerisch, schleimig.

»Meinetwegen«, sagte Wally.

In Petzolds Wohnung warf sich Josua auf die breite, mit Fellen belegte Chaiselongue.

Tscherteng stand verträumt, blond und frisch in der Mitte des Zimmers.

Petzold und Elly waren draußen irgendwo verschwunden.

Josua dachte: »Er wird sie haben … oder so … es ist mir gleichgültig.« Er war auf einmal so müde. Zwei Katzen sprangen zu ihm auf die Polster.

Endlich erschienen Elly und Petzold.

»Welch reizendes Geschöpf! Ich habe sie aber hergenommen«, wieherte Petzold.

»Ein widerlicher Hund«, dachte Josua.

Elly saß madonnenstill da. »Er prahlt nur«, dachte Josua, als er sie ansah.

Jetzt krochen alle vier aufs Sofa.

Ringelten sich über- und nebeneinander wie Regenwürmer.

Josua sprang auf. Stand mit dem Rücken gegen sie. Roller, der Kater, hockte mit gekrümmtem Rücken auf seinen Schultern.

Küsse tönten und unterdrücktes Gelächter.

Auf dem Teppich onanierte die weibliche Katze.

Klagende Laute.

Josua beobachtete sie. Sie erinnerte ihn an Fräulein Doktor.

Josua blickte mit Schöpferaugen auf das Getümmel.

»Mit Großvateraugen«, lachte Elly. »Großvater«, lachte sie. Plötzlich löste sich Wally, gelangweilt, von dem dicken Petzold und stand mitten im Zimmer. Petzold und der nunmehr heftig bewegte Tscherteng stürzten sich auf Elly und nestelten ihr an Bluse und Rock herum. Sie war auf einmal rotbraun wie eine Kokosnuss, mit Runzeln im Gesicht und wehrte sich heftig.

»Nicht doch.«

Es gelang Petzold und Tscherteng, ihr Rock und Bluse auszuziehen. Ihre Brüste blickten mit ängstlichen Augen erschreckt ins Zimmer.

Wally blinzelte, ein wenig angeekelt.

Josua wandte sich um. Als er die Anekdote überblickte, erwachte der Zuhälterinstinkt in ihm. Seine Blicke wurden fest, seine Stirn wuchs hoch und seine Stimme schlug hart ein:

»Elly – zieh dich auf der Stelle an ...«

Petzold und Tscherteng hielten verblüfft in ihren Manipulationen inne.

Elly hatte Furcht vor ihm. Sie weinte leise.

»Ich kann doch net, sie nehmen's mir alles weg.«

»Zieh dich an«, schrie Josua, »sonst haue ich euch beiden eins in die Fresse.«

Petzold und Tscherteng begriffen nichts. Tscherteng fragte Josua:

»Was haben Sie? Stehen Ihnen die Mädchen irgendwie nah?«

Petzold blökte: »Eifersucht.« Er verhehlte seine Enttäuschung schlecht, denn Elly gehorchte Josua und zog sich an.

»Wir müssen gehen«, sagte Wally.

Petzold versuchte, Elly ins Haus zurückzuziehen, als sie schon auf der Straße standen.

Josua begleitete die beiden Mädchen nach Hause. In ihre Pension in der Bayerstraße.

Er hängte sich an ihre Arme und war glücklich.

Zum Abschied küsste er beiden die Hand. Zärtlich. Dankbar.

Ich werde aber Tscherteng und Petzold einen kurzen Brief schreiben und sie über die Motive meiner Handlungsweise aufklären. Sie sind dumm. Sie begreifen so etwas nicht.

## 28.

Josua fühlte seit einigen Tage Stiche im Rücken, in den Hüften und in den Schultern. Er hustete, hatte keinen Appetit, wurde plötzlich heiser und empfand schon nach einigen Schritten eine bleierne Müdigkeit in den Kniegelenken, die sich bald über den ganzen Körper verbreitete und ihm jede Lust zum Arbeiten benahm.

Er setzte sich unlustig in ein Café, las gelangweilt zwei Dutzend Zeitungen und hatte, ehe er sich versah, kalte Beine und einen glühheißen Kopf, als ob er Grog getrunken hätte. Dabei war es eine einfache Melange gewesen. Er zahlte und dachte: Verdammt, da hast du dir eine schöne Influenza geholt. Wie ist das bloß möglich bei dem warmen Augustwetter?

Er beschloss, einen Arzt aufzusuchen, nahm aber, da die Müdigkeit ihn wieder überfiel, ein Auto. Vielleicht wäre es doch besser, wenn er einen Spezialisten für innere Krankheiten konsultierte. Er nannte dem Chauffeur die Klinik von Professor K.

Im Auto wurde ihm besser. Ein leises Fieber überwallte ihn zärtlich und er glaubte, über die Straßen sanft zu fliegen. Das Auto berührte gar nicht den Asphalt. Wie schön! Wie schön! Wo hast du dieses Gefühl im Rücken schon einmal gehabt?

Als Junge von neun Jahren turnte er mit einigen Kameraden im Garten eines Freundes am Reck. Es war ein blauer Maitag, der 17.

Mai. Frau Triebolick feierte zu Hause Geburtstag. Immer höher steckten sie die Stange, immer höher, bis sie auf den obersten Sprossen lag.

»Passt auf«, sagte Josua, »jetzt mache ich den Riesenschwung.«

Sie jauchzten. Er schwang sich empor. Und mit einem verließ die Kraft seine zarten Handgelenke. Platt auf den Rücken wie ein klammer Maikäfer fiel er in den Sand. Da lag er nun und starrte in den Himmel, empfand gar keine Schmerzen, konnte aber nicht aufstehen, wie gelähmt lag er und eine süße Müdigkeit kitzelte ihm leise den Rücken.

»Mir san da«, sagte der Chauffeur.

Josua schrak empor und zahlte. Er trat hinter das schmiedeeiserne Gitter, das die im Landhausstil erbaute Klinik von der Straße trennte. Als er die Treppe hochstieg, schwindelte ihm.

Eine Schwester nahm seine Karte und führte ihn in das Wartezimmer.

Er saß in einem ledernen Klubsessel, seine Übelkeit war wie weggeblasen.

»War das denn alles nur Einbildung?«, sagte er sich. »Du bist doch überhaupt nicht krank.«

Zudem trat der Professor ein, ein junger, schlanker, braunbärtiger Mann mit goldener Brille über klugen, grauen Augen.

»Bitte ...« Er lud Josua ins Ordinationszimmer.

»Worüber haben Sie zu klagen?«

Josua berichtete.

»Bitte, entkleiden Sie sich.«

Er klopfte mit den Fingern, wie man etwa an eine Tür pocht und horchte mit einem kleinen Schlauch, der sich wie ein Polyp an den Körper saugte.

»Wir werden Sie mit Röntgenstrahlen durchleuchten.«

Der Assistenzarzt verdunkelte das Zimmer.

Josuas Oberkörper wurde durch zwei milchgläserne Platten gespannt. Dann flammte es auf wie im Kinematografen. Josua war das Bild.

»Links oben bedeutende Veränderungen ... auch rechts oben ... und rechts unten ...«

Während sich Josua ankleidete, holte der Professor zu einer längeren Rede aus:

»Sie könnten sich auch hier behandeln lassen, es hat aber keinen Sinn mit Halbheiten zu beginnen, die keinen sicheren Erfolg gewährleisten. Es handelt sich bei Ihnen im Anschluss an eine von Ihnen wohl gar nicht bemerkte Rippenfellentzündung um eine tuberkulöse Affektion beider Lungen, von denen die linke ziemlich weit vorgeschritten ist, die rechte Spuren von Kavernenbildung zeigt. Ich rate Ihnen, gehen Sie nach Arosa oder Gardone und überwintern Sie da.

Fahren Sie, wenn möglich, morgen oder übermorgen. Ihr Zustand ist ernster als Sie glauben.«

Viel ruhiger als er gekommen war, ging Josua die Treppe hinab.

»Du bist also«, sagte er sich, »schwindsüchtig«.

Sein Blick begegnete einem hübschen Mädchen.

»Schwindsüchtig«, sagte er laut und blickte dabei das Mädchen fröhlich an. Die wurde rot und böse und murmelte so etwas wie »Aff« vor sich hin.

»Allerdings«, sagte er, »Affe – da haben Sie recht. Affen werden sehr leicht schwindsüchtig in unserem Klima. Also bin ich ein Affe.«

Als er durch die Straße bummelte, leicht, von der Last des Erdentages plötzlich befreit, wunderte er sich. Er wunderte sich über alles, was er sah. Die Patina der Frauentürme glänzte heute noch einmal so blank und grün. Die Trambahnen leuchteten hellblau, als seien sie mit Himmel angestrichen. Die Schaufenster waren betörend geschmackvoll dekoriert – und, Gott, was gab es heute für schöne Mädchen in München? So viele habe ich in drei Jahren zusammen nicht gesehen. Aber wenn ihr mich verhöhnen wollt, weil ich schwindsüchtig bin, schwindsüchtig, dann sollt ihr mal sehen, dann ergeht es euch schlecht. Er fuhr mit der Trambahn nach Hause.

»Packen«, schrie er seiner Wirtin zu, »packen! Ich fahre morgen früh acht Uhr zehn. Ich fliehe über die Grenze! Gegen die Sterne zu! Sie wissen ja, Frau Then, was ich brauche. Also, bitt schön, seien Sie so gut. Den japanischen Bastkoffer und den kleinen Reisekorb. Und für ein halbes Jahr.«

Dann fiel ihm ein: Wo bekommst du das Geld her?

Du brauchst doch Geld. Er stürmte drei Freunden, vier Redaktionen und einem Verlag in die Bude. Als er seine Brieftasche nachher zählte, ergaben sich immerhin zwölfhundert Mark. Das reichte vorläufig.

Der Abend senkte dämmernd seine blauen Schleier über die Stadt. In ihr blitzten die elektrischen Lampen wie sehr große Spinnen auf.

Erst einmal vernünftig essen.

»Marie«, sagte er, zur Marie in der Torggelstube, »Marie, wissen Sie was? Ich bin schwindsüchtig!«

Sie bekam einen Lachkrampf.

»Was Sie für ein komisches Gesicht machen!«

»Ja«, sagte er und lachte ebenfalls. »Nicht wahr, es ist lachhaft! – Also einen Liter Tiroler Hügel und das Hochzeitssouper zu zwei fünfzig! Dalli!«

– Wehmütig stieß er den Rauch der Zigarette zur Decke empor:

Du meine Königin … du meine Queen … nun muss ich dich entthronen. Nun wirst du wer weiß wie lange nicht mehr in meinem Herzen residieren. Du milde Beherrscherin meiner erregten Fantasie. Lebe wohl, dein Andenken wird in Ehren bleiben! Wenn du bloß nicht immer so teuer gewesen wärest. Dein Preis, das war das einzig Fatale an dir (wie an so mancher Frau).

Ein Kärntnerlied vor sich hinsummend, trieb er durch die Straßen.

> Mei Muatta sehget's gern, ich sollt a Geischtler wern,
> Soll die Dearndl lassen, des wär ihr Begehr,
> Mei Muatta folg i net, a Geischtler werd i net
> Und die Dearndl lass i erscht recht net.
> Nein, die Dearndl lass i erscht recht net, heut noch net.

In der Kaufingerstraße war Hochsaison: Lodenhüte, Lodenmäntel, Lodenfrauen, Lodenmänner, Lodenkinder, Bergstock und genagelte Schuhe.

Josua wandte zufällig sein Auge auf den Augustinerstock, wo die Reklametafeln prangen. Da promenierte in graugrünem Regenmantel, mit bloßem Kopf und Schneckenfrisur eine weibliche Person. Sie biegt in die dunkle Augustinergasse ein.

Josua zieht den Hut. »Darf ich Sie begleiten, Fräulein?« Sie schürzt verächtlich die Lippen.

Josua wurde grob. »Es ist nicht meine Schuld, dass ich Sie angesprochen habe.«

Sie gibt kleinlaut bei: »Vielleicht.«

»Nein, nicht vielleicht, sondern gewiss. Warum haben Sie denn immer herübergeglotzt?«

»Glotzen«, lachte sie, »was ist das für ein Ausdruck. Bin ich ein Karpfen?«

»Nein, aber ein Paradiesfisch.«

»Wirklich?«

»Sie tragen ja eine Tracht unter Ihrem Regenmantel?«

»Ja, es ist ein Berchtesgadner Kostüm.«

»Sind Sie aus Berchtesgaden?«

»Nein, aber aus der Gegend. Aus der Gegend von Salzburg. Ich bin eine Bauerntochter.«

»Deshalb weht es um Sie wie Landluft.«

»Soll das ein Kompliment sein?«

»Natürlich.«

»Aber ich bin eine Jüdin.«

»Das ist ja kurios – ein Jude und Grundbesitz! Jüdische Bauern – gibt es so etwas überhaupt?«

»Wie Sie sehen, aber ich bin schon wieder entartet. – Was meinen Sie, dass ich bin?«

Er sah auf ihre Schneckenfrisur und sagte:

»Schwabingerin … Malerin!«

»Sind Sie klug – aber was noch?«

»Schön sind Sie noch, sehr schön!«

»Und?«

»Nun?«

»Verheiratet!«

»Sieh mal einer an! So jung und schon so verdorben!«

»Aber ich liege in Scheidung.«

»Das entschuldigt manches.«

»Mein Mann hat zweimal nach mir geschossen, eine Kugel ist in die Brust, eine übers Auge gegangen. Die übers Auge war Gott sei Dank ein Streifschuss. Sehen Sie!«

Sie zeigte eine kleine Narbe über den Augenbrauen.

»Kann ich die andere Narbe nicht auch sehen?«

Sie lachte.

Ein warmer brauner Blick streifte ihn.

»Wollen wir tanzen?«

»O ja, tanzen. Im Treffler ist Tanz.«

»Sie tanzten im Treffler jeden Tanz. Ob ich einen Blutsturz bekomme?«, dachte Josua.

In einer Pause nahmen sie einen offenen Wagen und fuhren durch die Kaufingerstraße, hart an der Bordschwelle, damit man die Leute beobachten konnte.

Josua hörte seinen Namen rufen. Ein junger Mann sprang in großen Sätzen hinter dem Wagen drein.

»Kolk«, rief er. Er gab dem Kutscher das Signal, zu halten. Kolk stieg ein. Er begrüßte Mimi und sprach dann französisch:

»Ich wollte dir nur mitteilen: Ruth ist krank.«

»Ich bin auch krank«, sagte Josua, »morgen fahre ich nach Arosa oder Gardone.«

»Ruth hat versucht, sich am Chinesischen Turm zu vergiften, mit irgendeinem ihr gleichgültigen Kerl. Deinetwegen. Der Kerl ist tot. Sie liegt im Krankenhaus links der Isar. Scheint gerettet.«

Josua hatte keine Lust mehr zu tanzen. Sie fuhren in die holländische Teestube. Sie tranken drei Flaschen Schwedenpunsch. Dann nahmen sie ein Auto. In der Luisenstraße setzten sie Kolk ab, der, tief betrunken, mit Mimi ein Rendezvous für die nächsten Tage lallend verabredete.

»Willst du Ruth nicht noch vor deiner Abreise besuchen?«, fragte Kolk und nahm alle seine Gedanken zusammen.

»Ich habe keine Zeit mehr. Ich bin ebenso krank wie sie. Schlimmstenfalls sehen wir uns im Himmel wieder. Ich meine: Ruth und ich.«

Mimi gab dem Chauffeur ihre Adresse.

Josua sah durch die Fenster des Autos, an die das Dunkel wie mit nassen Tüchern klatschte.

Mimi erwartete ein Wort von ihm.

Josua schwieg.

Kurz vor ihrer Wohnung sagte sie gequält: »Wenn es Ihnen recht ist … fahren wir zu Ihnen.«

»Bitte schön –«

Zehn Minuten später küsste er die Narbe an ihrer Brust. Dieser da hat man eine Kugel in den Leib geschossen – Ruth hat sich vergiften wollen, wo ist der Unterschied?

# 29.

Als Schwester Anna ihm heute das erste Frühstück brachte, lag auf dem silbernen Tablett ein Brief. Er hielt ihn eine Weile in der Hand und starrte ihn mit leeren in sich zerrinnenden Gefühlen an. Seine Farbe war bläulich blass, das Papier seidig, es knisterte, als er ihn auf die weiße Decke fallen ließ.

Schwester Anna zog das Rollo auf.

Jeden Tag derselbe Laut, mit dem der Tag in sein stilles Zimmer knatterte. Breit und fahl wälzte er sich auf seinem Licht herein. Immer dasselbe Gefühl, als zerre das Licht an ihm herum und wolle das Dunkel, das er in sich bewahrte, zerreißen und mit seinen Strahlen zersetzen.

Wie lange er keinen Brief mehr erhalten hatte!

Wer wusste überhaupt von seinem Aufenthalt?

Er sah die Schrift: steil, eckig, gewollt gemessen, mit einer feinen Feder geschrieben.

Er legte den Brief in eine Schublade, ohne ihn zu lesen.

Unten im Garten an den Büschen standen die zahmen Rehe. Wer, der ihre schlanken guten Bewegungen sieht, wie sie sanft den Fuß heben und ihre Augen in brauner Melancholie durchs Gesträuch irren lassen, möchte leugnen, dass sie besser sind als Menschen und schöner und ihre Glieder zu ihrer eigenen Freude gelenkig und geschmeidig wie ihre Seele tragen.

Ich möchte einmal eine Rehin lieben, dachte Josua. Habe ich nicht auch schon – Jüdinnen geliebt?

Dann dachte er an die Neujahrsnacht.

Er schlief nicht. Alles still. Ein Wächter schlürfte über den Gang, vorsichtig, dass es der Assistenzarzt nicht höre. Er hat aus der Küche Zucker zum Punsch geholt.

Er dachte: Salò ist fern, ob man die Glocken hören wird? Alles graut sich entsetzlich in mir und vor mir.

Die Minuten bekamen Angesicht und Körper und es standen missgestaltete Zwerge mit Holzgliedern und Glasaugen um ihn herum. Und wie die Zellentiere sich fortpflanzen – so trennte sich immer eine Minute in zwei ganz gleiche und jeder dieser Körper wieder und die

Stube war erfüllt von ihnen und ihren glitzernden Glasaugen und klirrenden Beinen, die sie wie Stöcke aneinanderschlugen. Und dann, die Uhren in der Stadt begannen zu schlagen, 1 … 2 … 3 … 4 … 5 … Ganz leise von fern hub es an, aber rasselnd rollte es näher, lauter, tosender, wie hallende Kugeln fielen die zwölf Schläge in sein Zimmer.

Er glaubte, er würde wahnsinnig. Er griff nach dem Revolver, den er unter dem Kopfkissen verborgen hatte.

Ich bin an der Welt betrogen. Riesengroß dünkte sie mich, unerschöpfbar – und nun schwoll ich und schwoll über sie und alles Sein und alle Geschichte.

Was war, was wurde und was werden würde, umspannte er mit Daumen und Zeigefinger, hielt er dazwischen wie den Revolver. In dieses elende Schießzeug geht die ganze Welt. Wenn ich losdrücke, zerschmettere ich die Welt.

## 30.

Als das Dienstmädchen auf dem Tische Ordnung machte, fiel ein Brief herunter und lag bläulichblass auf dem Fußboden. Der erste Strahl der Februarsonne huschte über ihn und zeigte mit goldenen Fingern auf ihn. Sie hob ihn auf.

»Zeigen Sie her«, sagte er.

Er hatte den Brief doch in die Schublade gelegt. Wie war er denn auf den Tisch gekommen?

Er schob ihn in ein Buch. Er ärgerte sich, als ob der Brief Beine hätte zum Wandern. Er entsann sich genau, ihn nicht auf den Tisch gelegt zu haben. Übrigens wird er mich nicht zwingen, ihn zu lesen.

Er besuchte den Naturforscher und Politiker nebenan. Der liegt schon sechs Monate hier und man weiß immer noch nicht, was er hat. Dafür reibt man ihn wöchentlich mit grüner Seife ein und hat ein Gestell an seinem Bett befestigt, woran man ihn, wie Christus am Kreuz, zuweilen aufhängt. Hängemassage. Sein Gesicht zerfiel mehlig wie Blätterteig.

Josua sah deutlich den von Goethe entdeckten Knochen durch die Haut schimmern.

Er hatte eine Zeitung auf der Decke liegen und wies mit zitterndem Knöchel darauf.

Josua musste schwerfällig überlegen. Dann fiel ihm ein: Gestern war Reichstagswahl.

»So, so«, sagte er. Politik war ihm ein leeres Wort, ein leeres Gefäß geworden, in das jeder seine Brühe gießt. Wie »Kunst«.

Auch so ein Begriff.

Ich will nichts mit Begriffen zu tun haben, ich will überhaupt nicht begreifen, nur greifen.

– Josua sah in dem Buch nach, er war neugierig, ob der Brief wieder Beine bekommen hatte: Er lag noch auf demselben Fleck. Er sah sich den Poststempel an.

München.

Von … Ruth.

Also deshalb läuft er mir nach.

Er las ihn nicht, zerschnitzelte ihn und ließ die Schnitzel zum Fenster hinaus wie Schnee über die zahmen Rehe niedergehen.


## 31.

Josua lud das schlanke braune Mädchen, welches seit einigen Tagen neben ihm bei der Table d'hôte saß, ein, falls ihr die allgemeine Liegehalle nicht sympathisch sei, seinen Privatbalkon mitzubenützen.

Er forschte in der Fremdenliste, wie sie sich nannte. Da stand: Señorita Ines Bergheim, Rio de Janeiro.

Sie spricht sehr gut deutsch. Ihr Vater ist ein Deutscher. Eines Abends, als sie nach dem Nachtessen noch draußen lagen und die Venus über Salò emporstieg, ging er plötzlich aus allen Fugen. Er ließ die Stimmung wie eine heiße Welle über sich zusammenschlagen, und ehe er sich versah, lag er über ihr, den Kopf in ihrem Schoß. Er zitterte. Sie starrte über ihn hinweg und sagte ein leises: »Ach Gott, ach Gott … drüben über der Straße ist ja die Laterne noch hell.«

Am nächsten Tage ließ sie nach der Abendkur versehentlich die Decken bei ihm liegen. Ihr Zimmer grenzte an das seine. Sie rief durch die Wand: »Herr Triebolick … bitte, bringen Sie mir doch meine Decken … Ich habe sie vergessen.«

Josua stand in ihrem Zimmer. Ein Geruch von fremden Pflanzen erfüllte den kleinen, heißen Raum. Die Zentralheizung war geöffnet.

Sie sah ihn voll an.

Beide Decken fielen ihm aus der Hand.

Er griff zu, wie man nach einem hingehaltenen Geschenk greift. Mit einer zaghaft seligen Sicherheit: »Man soll nicht im Licht küssen«, sagte er. »Die Dunkelheit macht alle Wünsche verwegener und alle Küsse süßer.«

Sie lächelte, griff rückwärts und knipste das elektrische Licht aus.


»Ich verbrenne.«

»Ich bin Asche.«

»Aber dein Leib leuchtet.«

»Du hältst die Fackel deines Herzens über ihm.«

»Wer wäre gut vor dir?«

»Wer ist selig ohne dich?«

»Wer ist stark vor deiner Schwäche?«

»Simson!«

»Du streichelst meine Träume.«

»Mein Schoß ist süß von der Bitternis meiner Erniedrigung.«

Da hob sie Josua hoch aus den Kissen:

»Nun erhebe ich dich hoch über mich! Weiße Taube! Fliege!«

Schwer atmend lagen sie stumm nebeneinander. Nebenan der Herr auf Nummer sieben hustete plötzlich. Er hustete wie ein Bernhardiner bellt: dunkel und zottig.

Sie mussten beide lachen.

»Um Gottes willen«, sagte Ines, »wenn dich jemand hört!« Sie stopfte ihm ihr Taschentuch in den Mund.

»Das hilft nichts«, sagte er und fing nun selber an zu husten.

Da schloss sie ihm den Mund mit ihrem Mund.

Wie lange sie lagen, sie wussten es nicht.

Als sich ihre Lippen lösten, brach ein fahles blaues Licht durch den Vorhang.

»Wenn es nur nicht Tag würde«, sagte Ines, »ich habe Angst vor dem Licht.«

»Warum?«

»Weil ich mich schäme.«

»Vor wem?«

»Ich weiß es nicht.«

»Hab doch Vertrauen.«

»Zu wem?«

»Zu dir selbst. Was du tust, kann nicht schlecht sein.«

»Weshalb?«

»Du musst es glauben.«

»Ich habe schlechte Gedanken.«

»Für freie Menschen gibt es keine schlechten Gedanken, auch keine schlechten Taten.«

»Sondern?«

»Nur Gedanken! Nur Taten! Auch keine guten Gedanken und keine guten Taten. Was sie tun und denken, ist recht und gerecht. Sie haben kein … Gewissen.«

»Kein Gewissen?«

»Nein, kein Gewissen. Sie empfinden keine Reue. Reue ist für die Feiglinge. Ich kann nichts tun – ohne mich.«

»Ja, so bist du. Aber ich bin eine Frau – und mein Vater ist deutscher Konsul ...«

Er lachte.

Sie lachte und zog seinen Kopf zu sich heran. Im Dunkel tastete sie sich mit ihren Lippen über sein Gesicht zu seinem Munde.

Am nächsten Morgen gingen sie zusammen spazieren, auf steinigen Wegen, durch Gardone di sopra. Ines sah sehr frisch aus. Über einer schmutzigen, verfallenen Mauer hing ein Büschel gelber Mimosen. Sie knickte einen kleinen Zweig ab. »Da«, sagte sie, »ein Stück von Ihnen … ein Stück Natur.«

»Ja«, sagte er, »es riecht sehr gut. Aber wenn Sie die Nase hineinhalten – bleibt der ganze Blütenstaub an Ihrem Gesicht hängen. Bitte, fragen Sie sich, ob Sie bei Ihrem schönen Teint noch Puder nötig haben ...«

# 32.

Der Arzt entließ Josua als relativ gesund.

»Aber machen Sie keine Dummheiten! Fahren Sie direkt nach Hause! Nicht etwa erst nach Venedig.«

Natürlich fuhren sie gerade nach Venedig. – Josua und ein junger Architekt namens Harry. Josua hatte den letzten Abend fünfhundert Franken im Roulette gewonnen. Die wollten angebracht sein.

Ines war schon vor Monaten nach Südamerika zurückgekehrt.

Man war einfach ausgehungert nach Weibern. Man japste nur noch.

Sie gingen in die Markuskirche, betrachteten die Bauten am neuen Campanile, rannten durch den Dogenpalast, ließen sich bei den Bleikammern und der Seufzerbrücke einige Schauer wie eine kalte Dusche über den Rücken rieseln und bummelten die von Matrosen und Fremden aus aller Herren Länder bevölkerten Riva degli Schiavoni entlang, um im Café Korso einen Pomeranzenschnaps zu nehmen.

»Das tut gut«, sagte Harry, der Architekt, und schmatzte über sein ganzes indianerbraunes Gesicht.

Ein alter Matrose mit blauer Schifferbluse und schwarzsamtenen Pumphosen bekleidet, schob sich dicht an ihrem Tische vorbei. Er betrachtete Josua aufmerksam, aus kleinen, alkoholzerrütteten Seehundaugen.

»Tja Mignon, eccolo la vita.«

Eine Wolke schlechten holländischen Tabaks blies er über ihren Tisch hin.

Es war Josua, als müsse er die Pluderhose des alten Matrosen streicheln.

Aber der war schon im Gewühl verschwunden.

»Min Jung«, tönte es in ihm nach.

Er seufzte.

Mit eiliger Armbewegung zerhieb er die Rauchwolke über dem Tisch. Sehe ich nun besser?

»Zur Academia«, rief Josua.

Sie sprangen in einen der Vaporetti, die den Verkehr auf dem Canal Grande vermitteln.

Als Josua vor den drei Madonnen des Giovanni Bellini stand, schnürte es ihm die Kehle zu. Die mittelste lächelte ihm schon durch sechs Säle entgegen und er lief auf sie zu. Ihre Anmut brannte ihm wie Feuer ins Auge. Begierden peinigten ihn.

Herrgott, wenn man drei Monate kein Weib berührt hat – Madonna, du lehrst mich wieder beten.

Als sie aus der Academia traten, schwamm der Himmel von vielen rosa Wolken. Es schien ihnen, als wären es unzählige nackte Frauenleiber ohne Köpfe, die der Wind zu ihren Häupten dahinführte.

Es wurde Abend.

Sie saßen auf dem Markusplatz vor einem Café.

Musik klang irgendwo her, wie hinter Vorhängen. Tauben schwirrten. Man hörte nur deutsche und englische Laute. Sie speisten im Ristorante alla Negro. Harry aß vier Portionen Salami. Sein Indianergesicht glänzte speckig. Josua trank einen Liter Muscato.

Dann schritten sie Arm in Arm durch die Merceria. Bogen in eine Seitengasse ein, die nach verfaulten Früchten roch. Ein kleiner fünfjähriger Bengel lief ihnen zwischen die Beine: »Casa, casa, soldo, soldo«, schrie er.

»Diese Bengel«, lachte Harry, »was die schon für nationalökonomische Einsicht haben. Wissen die auch schon, dass Frauenfleisch der beste Handelsartikel ist.«

Er gab ihm einen Soldo.

»Deine Casa kannst du für dich behalten. Wir suchen sie uns alleine.«

Sie schritten durch die dunkle Straße.

Wie schwarze Vögel in ihren schwarzen Umhängen huschten die Huren an ihnen vorbei, blieben eine Sekunde stehen, flatterten weiter. Hurenmütter, wie Matronen gekleidet, ächzten dick und schwer hinterdrein.

An einer schmalen Seitengasse links schielte eine solche nach Josua. Es ist Fräulein Doktor, dachte er. Sie hat endlich ihr Schicksal erkannt.

Er zog Harry mit sich ins Dunkel.

»Na«, sagte Harry, er verstand keinen Brocken Italienisch. Die Dicke pfiff – und im Nu piepste, wie aus der Luft gefallen, ein schwarzer, fettiger Vogel neben ihm. Die würdige Matrone machte eine erläuternde Handbewegung. »Aha«, sagte Harry, »ich soll sie prüfen.«

Er griff dem jungen Weibe vorn an die Brust.

»Sie gefällt mir. Ich gehe mit« – er fühlte aber zur Sicherheit nach seinem Revolver in der Tasche. »Du wartest wohl, Josua, ich bin bald zurück.«

Der Vogel flatterte vorauf. Harry folgte bedächtig, den Genuss im vorhinein auskostend.

Josua machte der dicken Matrone ein paar Komplimente, die sie mit Grandezza aufnahm, wie: »Sie haben hübsche kleine Ferkel, Madonna!« Oder: »Was müssen Sie für eine angenehme Bettgenossin gewesen sein in Ihrer Jugend, noch heute würde ich eine Lira für Sie geben.«

Er empfahl sich mit leichter Verbeugung.

Josua war von einem Dutzend deutscher Bettler angebettelt worden, da stieß Harry wieder zu ihm. Er lachte über sein ganzes indianerbraunes Gesicht.

»Ich gehe nach Hause. Ich bin's zufrieden. Du bleibst noch hier?«

Josua nickte.

»Natürlich. Gib mir deinen Revolver.«

Harry steckte ihm den Revolver in einer dunklen Nische zu.

»Gute Nacht, Harry. Am Dogenpalast immer links halten. In fünf Minuten bist du beim ›Sandwirt‹.«

Josua hielt den Revolvergriff in der Manteltasche fest gepackt, nun war er Herr von Venedig.

Langsam ging er und genoss jeden Schritt, den er tat. Oh! Eine lange Nacht! Und alle Frauen Venedigs gehören ihm. Nicht weit vom Rialto traf er jenes wohlgebaute Frauenzimmer, das Harry eben gehabt hatte. Sie gefiel ihm, wie sie mit unordentlichen Haaren, schlecht zugeknöpfter Bluse und hektisch erhitzten Wangen, mit einem wildlächelnden Blick an ihm vorüberhetzte. Er winkte ihr, als sie einen Moment still stand.

Über zwei funzelerhellte Treppen flogen sie. Ein riesiges zweischläfriges Bett stand abgedeckt in der Mitte des Zimmers. Ein fader, lüsterner, schweißiger Geruch entstieg ihm, wie ein Körper personifiziert.

»Wie viele heute wohl schon darin gelegen haben?«, dachte Josua. »Sie ist hübsch – also mindestens zehn.«

Aber der Gedanke irritierte ihn nicht weiter. Im Gegenteil, er war sich bewusst, alle zehn auszustechen.

Überwunden hing sie nachher an seinem Hals.

»Du bist mein Freund! Du bist mein Freund! Kommst du morgen wieder? Bitte!«

Es trieb ihn weiter.

Er gab ihr zehn Lire; dem Mädel, das unten aufschloss, eine Lira Torgeld und taumelte in die feuchte, muffige Venediger Nachtluft.

Er war keine zehn Schritte gegangen, da traf er eine andere, die ihm gefiel.

In diesem Hause blieb er eine Stunde.

Er fand darin auch eine große dicke Negerin, namens Sarah, die ihn maßlos reizte. Ihre Brüste hingen fast bis zu den Knien herab. Für zehn Centesimi machte sie allerlei Kunststücke mit ihnen. Warf zum Beispiel die rechte wie ein Gewehr über die Schulter. Dann ging er noch zu dreien. Die letzte war eine Deutsche.

Der heimische Dirnenjargon ekelte ihn an. Er ernüchterte ihn.

Es war ein Uhr geworden.

Die Straßen krochen leer und grell in dunstige Dämmerung.

Er trat in eine Stehbierhalle und goss ein paar Gläser Mailänder Bier hinunter.

Josua floh in eine Nebengasse. Ließ sich durch sie wehen. Hin und wieder blinkte ein Stern zwischen den hohen schwarzen Wänden. Er mochte eine halbe Stunde dahingestürmt sein und sich in der Nähe der Academia befinden – als er in eine Sackgasse plumpste. Er stand wie auf einem Hofe. Vor ihm floss der Kanal. Gegenüber, jenseits erhob sich ein vierstöckiges Haus. Ganz oben biegt sich jemand aus einem erleuchteten Fenster.

Josua geriet in leise moussierenden Rausch. Er konnte nicht erkennen, ob es ein Mann oder ein Weib war.

Er fühlte plötzlich den Eisengriff des Revolvers in der Tasche.

Er entsicherte ihn. Ich werde den Schatten da oben erschießen, dachte er, o – nicht aus Hass oder aus Rache –:

Motive sind gemein … ich kenne ihn gar nicht … weiß nicht, ob es ein Mann oder eine Frau ist … ich will ihn erschießen aus einer grenzenlosen Begierde, die keinen anderen Ausweg mehr weiß … Niemand wird wissen, wer es getan und warum er es tat … kein Mensch ist in der Nähe … die Sbirren sind weit …

Er griff in die Tasche, lehnte sich an die Mauer, zielte leidenschaftlich und schoss.

Einmal nur.

Der Schatten verschwand vom Fenster.

Eine Lampe wurde sichtbar.

Drüben klatschte etwas in den Kanal.

Im Hause wurde es lebendig.

Lichter flogen durch dunkle Zimmer wie helle Falter.

Geschrei erklang.

Josua wartete einen Augenblick.

Dann ging er langsam die Straße zurück, die er gekommen war. Jetzt war er müde und wollte schlafen. Nicht weit von dem »Pilsener Bierhaus« sah er auf den Wellen eines kleinen Kanals eine einsame, schwarze Gondel sich schaukeln. Vielleicht war sie nicht angekettet? Der Zufall gab ihm recht. Die Kette war nur ein paarmal lose um den Pfahl geschlungen. Er sprang hinein, tat seinen Mantel ab, den Revolver steckte er griffbereit in die hintere Hosentasche und packte das Ruder. Er hatte auf dem See seiner Heimat das »Pitscheln« gelernt. Diese Kunst kam ihm jetzt zustatten. Es gelang ihm, nach einigen hundert Metern die richtige Drehung herauszubringen.

Er fuhr dahin wie ein gelernter Gondelier.

Bei Bauer-Grünwald stieß er auf den Canale Grande. Nun nahm er die Richtung zum Lido. Dunkelviolett glitt vor ihm die Wasserfläche.

Die Müdigkeit wich von ihm.

Mit kräftigen Drehungen trieb er den Kahn.

Ich fürchte den Tod nicht.

Noch ist er mir nicht beschieden.

Jetzt blähte der Wind Nebelschwaden vor ihm auf.

Es wurde kalt. Er dachte an die Madonna des Bellini.

Du hast mich heute gesegnet, so führe auch den Tag zum guten Ende.

Die Gondel knirschte auf den Sand des Lido. Er sprang hinaus und gab ihr einen festen Stoß mit dem Fuße. Bald tanzte sie wie eine schwarze Wasserlinse draußen auf den wilder gewordenen Wellen.

Er schritt kräftig aus, den Lido zu durchqueren. Dunkel schwang die Glocke der Nacht über ihm. Als er an das Adriatische Meer kam, zogen leise gelbe und purpurne Streifen am Saum des Horizonts vorüber.

Jauchzend warf er seine Kleider ab und tanzte ihm nackt durch die Fluten entgegen, bis der Boden unter seinem Fuße sank und er schwimmen musste.

Er war fünfhundert Meter geschwommen, als er Stechen in den Seiten fühlte … He, lachte er, Tod, so leicht überwindest du mich nicht.

Er legte sich auf den Rücken und ließ sich an den Strand spülen.

Mit dem ersten Vaporetto fuhr er nach Venedig zurück.

Harry im Nebenzimmer schnarchte. Erschöpft warf er sich mit den Kleidern auf sein Bett und verfiel sofort in einen traumlosen Schlaf.

## 33.

Er saß jeden Nachmittag von vier bis sechs in einem bestimmten nischigen Winkel des Cafés und beobachtete aus dem Hinterhalt die Menschen. Er sah den Frauen unter die großen Hüte und in ihre Augen, ohne dass sie wussten, was er ihrer Seele gab oder nahm. Er verfolgte die Mund- und Stirnlinien bei den Männern, ihre Bewegungen beim Rauchen, lauschte ihrer Sprechweise.

Die Kellner kannten ihn und behandelten ihn mit scheuer Höflichkeit, der ein Anflug von Mitleid beiwohnte. Die meisten Gäste, unter denen ja viele Stammgäste waren, musterten ihn zuerst mit erstaunter Neugier, beruhigten sich aber, wenn sie sich ein paarmal umgesehen. Nur Fremde und Frauen bestaunten ihn offensichtlicher, als es der guten Sitte angemessen war.

Er trug stets eine weiße, seidengefütterte Maske vor dem Gesicht und an den Händen graue Handschuhe. Manche flüsterten, dass er an der Auszehrung litte und Maske und Handschuhe kranke, zerfressene Glieder verheimlichten. Sein Gesicht hatte niemand gesehen, niemand konnte bei Erregung oder Gleichmut das Spiel der Muskeln beobachten. Seine Maske, die die Aufmerksamkeit auf ihn lenkte, schützte ihn zugleich vor Überrumpelungen seines eigenen unbedachten Ichs.

In das Café verirrte sich durch Zufall an einem regnerischen Nachmittag die jüdische Frau Justizrat Ammer und ihre siebzehnjährige Tochter Mimi. Mimi sperrte die braunen Tore ihrer Augen vor Verwunderung angelweit auf. Auch die dicke Frau Justizrat wurde auf die weiße Maske aufmerksam und fragte prustend und schwerfällig in abgebrochenen Lauten, wie Asthmatiker zu reden pflegen, den Kellner nach jenem Herrn in der Nische. Der Kellner gab diskrete und durchsichtige Auskunft.

»Du, Mama, was ist?«, fragte Mimi. Sie knöpfte sich die Überjacke auf. Es wurde ihr heiß.

»Nichts für kleine Mädchen«, stöhnte Frau Justizrat, etwas laut, denn die Maske hörte es, »nur so … er ist krank.« – »O nein, das ist aber traurig.« Mimi wandte sich um mit der hastigen eckigen Bewegung junger Mädchen von siebzehn Jahren, die ihren Körper noch nicht in der Gewalt haben.

Die Maske lächelte.

– Niemand sah es.

Mimi wurde rot und rückte verlegen an dem Mokkatässchen. In ihrer Verlegenheit nahm sie von der Kuchenschale ein Zitronentörtchen, was sie gar nicht gern aß. Sie aß es schluckend und eifrig, scheinbar mit nichts anderem beschäftigt.

Frau Justizrat winkte dem Kellner und zahlte. Sie gab fünfzig Pfennig Trinkgeld.

»Wir wollen gehen, Mimi.«

Der Kellner verbeugte sich.

Mimi wollte sehr gern, aber sie wagte es nicht, sich umzusehen.

Am übernächsten Tage erschien Mimi Ammer in Begleitung ihres Bruders, des stud. jur. Julius Ammer, eines korpulenten und jovialen Jünglings, im Café. Die weiße Maske saß schon da und suchte in dem schmalen gebräunten Gesicht und dem länglichen, blassroten Munde nach der Besonderheit dieses Mädchens. Mimi wagte nur einmal nach ihm hinzusehen.

»Du, wer das bloß ist?« Sie brannte vor Neugierde. Der Bruder brummte unverständlich. Er las im »Simplizissimus« und hatte den Herrn in der Maske nicht bemerkt.

Noch ein paar Tage später kam sie allein. Wie sie sich schämte! Für was man sie halten würde!

Die Maske schickte ihr durch den Kellner seine Karte. Ganz vergeblich wird die Bekanntschaft wohl nicht sein. Vielleicht ein Stoff für eine Novelle ... oder eine Plauderei ... oder einen Vierzeiler. Seitdem ich langsam sterbe, bin ich Dichter geworden. Man muss mitnehmen, was sich am Wege bietet. Unsereiner, der vor lauter Abenteuerlichkeiten zu keinem Abenteuer kommt!

Sie las den Namen. Sie genas plötzlich von ihrer Unruhe und wurde froh. Der Name schien ihr bekannt. Sie barg das Kärtchen in ihrer Tasche und war am andern Tage pünktlich zum Rendezvous.

Er lernte einen Backfisch kennen, kapriziös und hausbacken, toll und sehr verständig, sehr anständig und sehr pikant.

Wenn sie sich in mich verliebt, d. h. in meine Maske ..., wird es gefährlich, sagte er sich, lud sie aber in seine Wohnung zum Tee.

Sie freute sich ihrer Heimlichkeiten und kam eines Nachmittags nach der Klavierstunde.

Es wird ein wenig langweilig, sagte sich die Maske, wie kann ich sie noch verwerten, in welcher Situation?

Er brauchte nicht lange zu warten.

Sie fiel in ihrer Überspanntheit vor ihm nieder und sagte, während sie nach seinen behandschuhten Händen griff, die er ihr entzog:

»Ich liebe Sie, bitte (und dieses ›bitte‹ war inbrünstig herausgestöhnt) tun Sie die Maske ab. *Einmal* nur will ich Ihr wahres Gesicht sehen.«

Die Maske hinter der Maske lächelte.

»Es ist hässlich und beleidigt Ihre Schönheit. Nie habe ich mir so weh getan«, dachte er. Aber er verlor nicht die Geistesgegenwart und Kraft, seine Regungen bis in ihre feinsten Enden und Verzweigungen zu beobachten.

Sie ist nur neugierig, dachte er.

Sie schluchzte und lag auf dem Teppich. Ihre kleinen, unentwickelten Brüste schlugen taktmäßig auf den Boden. Er wollte sie aufheben.

»Sie werden sich erkälten«, sagte er.

Sie blickte auf.

»Bitte, *bitte*, Ihr Gesicht.«

Da nahm er die Maske ab.

Langsam wie eine Schlange wuchs ihr schlanker Leib aus dem Boden zu ihm empor.

Unnatürlich groß lagen seine blauen Augen in den tiefen Höhlungen: Er hatte keine Wimpern mehr. Und der Nasenknochen glänzte, vollständig fleischlos, als hätte ihn ein Tier abgenagt.

Sie stand dicht vor ihm, dass er ihren klaren Atem fühlte. Ihre Blicke bohrten sich grausam verzückt in seine hässlichen klaren Augen.

Ehe er es hindern konnte, hatte sie ihn geküsst.

Er erschrak und trat einen Schritt zurück.

Dann band er sich die Maske wieder vor.

»Ist Ihre liebenswürdige Neugier nun – befriedigt?«, sagte er leise.

Sie atmete tief, gab ihm die Hand und ging.

»Alles will ich für Sie tun, weil ich Sie liebe, aber Sie sollen nicht wissen, wie.«

Eine Woche später las er im Café in der Zeitung, dass die junge schöne Tochter des Justizrats Ammer in plötzlicher geistiger Umnachtung einem Anfalle von Selbstverstümmelung zum Opfer gefallen sei. Sie habe sich mit einer Nadel beide Augen ausgestoßen. Man fürchte für ihr Leben.

Die Zeitung fiel zur Erde. Seine zitternde, behandschuhte Rechte glitt tastend über die kalte Marmorfläche des Tisches. Mit der Linken rückte er die Gesichtsmaske zurecht. Sie hatte sich verschoben.

## 34.

Es sollte Josua nicht erspart bleiben, der Frau mit der Ratte zu begegnen. Eines Nachts, als er mit Kolk aus dem Bunten Vogel kam, sah er sie. Sie ging vor ihm, einen bunten Schal um die Schultern mit Fransen daran, wie ihn die Huren Marseilles tragen, wenn sie durch faulige Gassen huschen.

Sie ging mit leisen Schritten im Schatten der Häuser.

Plötzlich blieb sie stehen.

Josua und Kolk schritten an ihr vorbei. Josua blickte ihr ins Gesicht. Es war gelb, faltig, mit zwei spitzen blauen Augen.

Jetzt öffnete sie den zahnlos überriechenden Mund und pfiff scharf und gellend.

Da lief etwas durch die einsame dunkle Straße entlang: wie ein Hund und doch kein Hund.

Josua war stehen geblieben und sah dem Tiere entgegen. Er fühlte, wie es ihm kalt und kitzlich durchs Rückenmark fuhr.

Ich habe doch nie Furcht gehabt, dachte er. Aber seine Zähne klapperten. Habe ich zu viel Samos getrunken?

Jetzt rauschte das Tier an ihm vorbei – es war eine Ratte, eine zahme Ratte. Ihre Herrin hatte sie einst einem Kloakenarbeiter für zwei Mark abgekauft. Eine heiße Liebe hegte sie für dieses Tier. Wenn es eben im Kot geschnüffelt hatte – sie küsste es auf seine Schnauze. Und die Ratte vergalt ihr ihre Liebe: durch kuriose Kapriolen und piepsende Laute.

Einmal trat in der Dunkelheit einer ihrer Besucher versehentlich auf die Ratte. Die Ratte biss ihn dafür ins Bein. Es gab eine Blutvergiftung und die Polizei machte sich bei ihr bemerkbar. Sie sagte mit unschuldiger Miene, derartiges Ungeziefer verunziere das ganze Haus und verwies den Beamten an den Hauswirt. Allmählich aber gelangte die Ratte zur Berühmtheit und manche gingen nur deshalb zu ihr, um die zahme Ratte zu sehen.

– Jetzt bückte sie sich und zog eine rosa Schnur durch die Öse des Halsbandes, welches die Ratte trug.

Josua trat auf sie zu.

»Ich gebe dir zwanzig Mark – lass mir die Ratte.«

Josua sah das Tier mit bösen Blicken an.

»Ich will nicht«, winselte sie mürrisch.

»Dreißig Mark.«

»Kasperl«, sagte das Weib und klapperte mit ihrem Schlüsselbunde lockend und vertraulich, gen Kolk.

Kolk ekelte sich. Er fasste Josua am Arm.

»Komm.«

»Das Schwein«, sagte Josua.

Unvermutet sagte Michael: »Ich verstehe nicht, mit was für Weibern du immer herumläufst.«

»Wen meinst Du?« Josua horchte.

»Ruth, zum Beispiel.«

»Soll das eine Assoziation auf Schwein sein?«, fragte Josua bitter, noch halb im Spott.

»Vielleicht.«

Josua grollte.

»Lass mir Ruth in Ruhe.«

»Ich liebe sie.«

»Und mich liebst du ebenfalls. Ich will nicht mit einem Weib zusammen geliebt werden. Sie oder ich. Wen wählst du?«

Soll ich ihm nun eins in die Fresse geben, dachte Josua. Er kommt mir immer wieder in die Quere.

Das Weib mit dem Schlüsselbunde und der Ratte räusperte sich.

»Ich gehe mit dem … Frauenzimmer da«, sagte Josua.

Kolk schüttelte sich.

»Guten Appetit. Adieu.«

Josua ging neben ihr her. Hinter ihnen trippelte pfeifend die Ratte. Er hielt ihre Hand. Sie eilten durch leere Straßen, über verkommene Plätze und verträumte Anlagen, wie zwei Geschwister, Hand in Hand.

Sie klinkte eine klapperige Haustüre in der Zieblandstraße auf, gegenüber dem Kirchhof.

Wie in Salzburg, dachte Josua. Die Gräber brechen auf. Sie ließ ihre elektrische Taschenlampe spielen, über einen muffigen, nie gelüfteten Korridor, in dem Geruch von Speiseresten und schmutzigen Kleidern raunte, stolperten sie ins Zimmer.

Ruth sprach monoton … wie von ferne her … mit einer angelernten Stimme:

»Soll ich mich ausziehen?«

Er war erschüttert.

»Ganz und gar. Einmal noch will ich mich über deiner Nacktheit verwundern.«

Sie lachte trocken auf. Wie wenn tote Blätter im Herbstwind rascheln.

Süße Nacktheit … verwundern.

Er lehnte sich ans Fenster.

Er blickte über die Kirchhofmauer.

Wo ist mein Grab?

Müde trommelte der Regen an die Scheiben.

Dann wandte er sich um.

Da stand sie nackt, ein fahles, verfallenes Fleisch. Schlaff und hilflos hingen ihre Brüste. Die Haut war rissig und zerfurcht. Am linken Schenkel brannte ein Geschwür, wie ein Furunkel, rot, eitergelb umrändert. Am Gesäß blühten Dutzende roter Schwielen, wie bei gewissen Affenarten.

»Komm.«

Ein wenig von der Zärtlichkeit der Vergangenheit klang aus ihrer Stimme.

Sie stiegen ins Bett.

Erst als er über sie kam, erkannte sie ihn.

Sie schluchzte auf.

»Was gibst du mir, Josua?«, sagte sie leise.

»Den Rubin!«

»O du ...«

Er glaubte, nie so wild geliebt zu haben. Ein rasender Drang nach Zerstörung, trieb ihn in sie hinein.

Sie winselte glückselig – plötzlich spürte er, wie ihre Schenkel kälter und kälter wurden. Die Adern bogen bläulich aus ihrer Stirn.

Sie stirbt! Ich liebe eine Sterbende.

Wie kann ich mich retten?

Ich muss sie erwürgen, sonst halte ich es nicht aus.

Mit beiden Händen umkrampfte er ihren Hals.

Er entband sich jauchzend.

Ließ entspannt los. Lag ruhig atmend auf ihrem toten Leib.

Er öffnete den Schrank und entnahm ihm das Pagenkostüm.

An ihrem Halse blinkten die Strangulationsmale.

Er trug sie aus dem Bett, wand ihr einen aus ihrem Hemd gedrehten Strick um den Hals und schlang das andere Ende um den Fensterriegel. Noch einmal küsste er ihren bleichen Mund, der schöner geworden war denn je.

Nur ihre Augen glotzten ihn wie Krötenaugen an.

Er ließ sie aus dem Fenster hängen.

Er ging.

Fände die Polizei seine Spur?

Und wenn – was tut es? Sie würden nur einen Sterbenden finden.

– Josua rannte durch die Straßen. Um fünf Uhr sprang er in den Donysl und aß Weißwürste und trank zwei Maß Bier.

Die Kapelle am Klavier spielte das »Lied an der Weser«. Er gab zehn Pfennig Trinkgeld. Darauf stimmte er die preußische National-hymne an, wurde aber von zwei Schenkkellnern an die Luft gesetzt.

# 35.

Der Wind wirbelte große, weiße Flocken durcheinander. Der erste Schnee.

Josua trieb durch die Straßen.

Es war gegen sieben Uhr abends, die elektrischen Lampen hingen wie glühende Orangen über der Hohenzollernstraße, welche von hastigen Menschen bewegt war. Manche wandelten als Pakethaufen. Die Begierde, einmal im Jahr zu schenken, verführte viele Leute zu den erfreulichsten Torheiten. In der Hohenzollernstraße lief ein elegant gekleideter Herr herum und drückte jedem, der ihm danach auszusehen schien, ein Markstück in die Hand. Die Taschen seines Ulsters klapperten von Geld.

Auch Josua bekam sein Markstück.

Er betrachtete es und steckte es in die Tasche.

Vor einem Metzgerladen staunte er. Im Schaufenster spreizte sich ein Tannenbaum mit gelben Wachslichtern besteckt und allerlei Würsten: Weißwürsten, Wienerwürsten, dicken, dünnen behängt.

Da wusste Josua: Heiliger Abend.

Er sah auf die Wachskerzen und glaubte, ihren süßen Honigduft durch die Fensterscheiben zu spüren.

Und eine Melodie sprang in ihm auf wie ein Tier, das auf der Lauer gelegen.

Vom Himmel hoch, da komm ich her ...

Er zitterte. Er ahnte (zum ersten Mal in seinem Leben) eine Sehnsucht. Dahin will ich. Dahin ...

Wenn ich eine Mutter hätte. Jene alte Drogistenfrau ist doch nicht meine Mutter. Ich bin ein Mensch ohne Mutter und Vater.

Er ging weiter.

Im Takte sprach er vor sich hin: Wer liebt mich? Wen liebe ich? Und er setzte das rechte Bein vor und sagte: Wen liebe ich? Und er setzte das linke vor und sagte: Wer liebt mich?

Er blickte aus sich hinauf in den Schnee. Die Flocken fielen in seine Augen und jede Flocke war eine Träne.

Dann versuchte er, Verse zu machen. Und es wurde ein kleines Gedicht, und es schien ihm das Beste, was er je gemacht hatte und je würde machen können:

Alle Welt ist voll Wind.
Der Herbst fällt von den Bäumen.
Wir sind
In Träumen.

Der erste weiße Schnee ...
Wer auf ihn tritt, tritt ihn zu Dreck.
Ich sehe weg,
Weil ich mein Herz seh.

Das ist das beste Gedicht, das es überhaupt gibt, sagte er zu sich. Aber niemand wird es mehr lesen. Ich muss es den Leuten bekannt machen. Sie müssen es hören.

Er schwenkte in eine stille Villenstraße und läutete an der ersten Türe.

Ein Dienstmädchen öffnete, schön frisiert, mit weißer Haube und festlicher Miene:

»Was ist?«

Er nahm seinen Hut ab und sagte das Gedicht auf.

Sie hörte nur die erste Strophe, lief in die Küche, holte ein Zehnerl, drückte es ihm in die Hand und schlug die Türe zu. Drinnen verflog ihr Lachen.

Josua ging zur nächsten Türe und so fort durch die ganze Straße.

Meist bekam er ein Zehnerl, nur einmal von einer jungen, aber unglücklich verheirateten Frau eine wollene Jacke und im halbdunklen Korridor einen Kuss, den er einsteckte wie die Zehnerl.

Im Hause Friedrichstraße 2 wohnte ein deutscher, aber korpulenter älterer Dichter. Drei Treppen hoch. Er war ebenso berühmt als Dramatiker wie als Gründer und Beherrscher einer Mittwoch-Kegel-Gesellschaft, das Eosinschwein benannt.

Josua kam auch zu ihm. Der Dichter, in schwarzer Samtweste, öffnete persönlich.

»Was ist denn, mein Lieber? Was, was, was, was wollen Sie denn? Was ist Ihr Begehr?«

Seine Augen glühten in grotesker Güte.

Josua nahm den Hut ab und sagte seinen Spruch.

Der Dichter war erstaunt: Immerhin … dachte er … das ist Poesie …

Laut sagte er: »Kommen Sie herein … So … genieren Sie sich nicht … So … legen Sie ab … So … wo haben Sie … haben Sie denn die …, die poetische Ader … Ader her … Sie bringen uns doch immer die Semmeln früh? Nicht? Wie? Nun … pardon … sind Sie der Schornsteinfeger?«

Josua sagte nichts und sah ihn groß an.

Der Dichter schob ihn ins Wohnzimmer. Dort war des Dichters Familie versammelt: Seine schöne Tochter, eine Zigarette im Mundwinkel, lag in einem Lehnstuhl und winkte. Der älteste Sohn, Schauspieler, war von Augsburg zum Heiligen Abend herübergeflitzt und beugte sich in Romeo-Pose über seine Schwester. »Es ist die Nachtigall und nicht die Lerche.«

Erik Ernst Kummerlos, der Herausgeber des Blattes für Eigenkultur »Kanitverstan« (Mitarbeiter dankend verbeten, sämtliche Beiträge sind vom Herausgeber), war als Junggeselle und Freund des Hauses ebenfalls anwesend. Er trug heute anstatt seines üblichen Jägerhemdes einen weißen Klappkragen, der ihn fast zu einer karnevalistischen Maske machte.

Die Gattin des Dichters ging mit einem Tablett umher und bot Portwein in Gläsern an.

»Hierher … Marie … hierher … unser Gast … zuerst unser Gast …«

Alle Blicke wandten sich jetzt dem Fremdling zu, der, seinen Hut in der Hand, unter dem Kronleuchter stand, mit schmutzigen Schuhen, die auf dem Parkettfußboden graue Lachen bildeten, grünem abgetragenem Anzug und blau verfrorenen Händen. Aus seinem müden glatten Knabengesicht leuchteten, blau und groß, zwei Kinderaugen.

Wo war seine Maske? Wo seine fleischlos verunstaltete Nase?

»Er ist wie der Heiland«, sagte die Frau des Dichters zu Erik Ernst Kummerlos, teils aus Frömmigkeit und teils aus Poesie.

Erik Ernst Kummerlos nickte schwermütig. Er formte im Geiste diese Szene zu einem blendenden Artikel für die nächste Nummer des »Kanitverstan«.

Romeo und seine Schwester gafften den Fremdling schief an, ohne besonderes Verständnis.

»Bitte, nehmen Sie«, die Gattin des Dichters hielt ihm das Tablett hin. Er nahm ein Glas und trank. Wie ein Reh trank er.

Kaspar Hauser, dachte der Dichter und dann sagte er es. »Kaspar Hauser ...«

»Nein«, sagte Josua auf einmal. »Josua Triebolick.«

»Angenehm«, sagte der Dichter. »Max Trumm.«

Josua lachte laut und belustigt auf.

Auf der Stirn des Dichters schwoll die Ader. »Immerhin ... Immerhin ... so viel Lebensart sollte man haben ... um mich zu kennen ... Und nicht über mich zu lachen ...« Nebenan ertönte eine Glocke. Das Signal zur Bescherung. Die Ader auf der Stirn des Dichters schwoll ab.

»Kommen Sie«, sagte er freundlich.

Die Flügeltüren brachen auf. Ein sehr großer Tannenbaum, nur mit Engelshaar und Lichtern geschmückt, dessen Spitze als blecherner Engel an die Decke stieß, marschierte ihnen entgegen.

An einem langen Tisch war für jeden aufgebaut. Auch für die Dienstmädchen. Der Dichter war in seinen Geschenken erfrischend unliterarisch. Er schenkte Schlipse, Blusen, Oberhemden, Bronzen ...

Er verdiente ungefähr zwanzigtausend Mark im Jahr und erwies sich als geschäftstüchtig. Da er gerade wieder einen Prozess gegen eine Filmfabrik gewonnen hatte, die eine Szene aus einem seiner Dramen unbefugt verfilmt hatte, prangte, auf dem Platze seiner Frau, Stucks Amazone in Bronze, welche neunhundert Mark, direkt von Stuck bezogen, kostete. Der Dichter aber hatte noch zehn Prozent Rabatt durchgedrückt.

Stuck hatte ihn gefragt, ob er Rabattmarken wünsche?

Auch dem Fremdling wurden in Eile einige Kleinigkeiten beschert: eine Büchse Gänseleberpastete, eine Büchse Thunfisch, eine Flasche Danziger Goldwasser.

Die Tochter setzte sich ans Klavier und spielte: Stille Nacht, Heilige Nacht.

Nachdem alle Strophen durchgesungen waren, herrschte eine weihevolle Stille.

Da trat Josua vor den Tannenbaum und mit klarer dunkler Bassstimme sang er:

Vom Himmel hoch, da komm ich ...

Der Dichter fuhr sich mit dem Taschentuch über die Augen und dachte an eine seiner Novellen, wo er das Motiv dieses Kirchenliedes ebenfalls refrainartig verwandt hatte.

Die Dienstmädchen schluchzten.

Romeo räusperte sich.

Die Gattin des Dichters aber verließ das Zimmer, um den Kalbsbraten noch einmal zu begießen.

– Josua wurde mit einem Paket entlassen, in das man, abgesehen von den Geschenken, noch Pfefferkuchen, Äpfel und Pralinés gestopft hatte.

Die Gattin des Dichters wollte ihm noch fünf Mark verehren.

Aber der Dichter wollte es nicht.

»Heilige Menschen«, sagte er, »brauchen kein Geld. Es hindert sie nur an ihrer Heiligkeit. Heilige müssen hungern. Für wie alt hältst du den Menschen?«

Sie sann:

»Er hatte ein Knabengesicht ... Und nicht einmal Flaum auf den Wangen ... Er ist höchstens achtzehn Jahre ...« Erheitert und ein wenig verächtlich äußerte der Dichter, der als scharfer Psychologe bekannt war:

»Hast du nicht gesehen, dass dieses Knabengesicht nur Symbol und Seele ist? Es ist Ahasver ... die ewige Jugend ... dieser Mensch ... Mensch ... muss viel gelitten und ehrlich gelitten haben. Sieh wie rein er geblieben ist ... Es ist ein Mann ... vielleicht ein Greis.«

Hier fiel der Dichter in eine Grube, die er sich selbst gegraben hatte. In seinen Novellenstil.


# 36.

... Josua kroch durch ausgestorbene Gassen. Wie ein Leichenwurm.

Hinter jedem Fenster brannte ein Tannenbaum. Verwesten Herzen.

Er ging die Hohenzollernstraße entlang und bog dann in die Belgradstraße ein, die auf freies Feld führt.

Plötzlich ging vor ihm ein Knabe. Klein, verwachsen, mit einem Buckel.

Unter einer Laterne holte Josua ihn ein.

Sie sahen sich beide an.

»Was hast du da?«, sagte der Bucklige.

»Mein Weihnachten«, sagte Josua, »willst du mit mir teilen?«

Der Bucklige nickte.

»Hast du noch Eltern?«, fragte Josua.

»Ja«, sagte der Bucklige, »aber ich mag sie nicht. Und zu essen haben wir auch nicht.«

»Wie alt bist du«, fragte Josua.

»Dreizehn.«

»Dreizehn ist eine Unglückszahl«, sagte Josua. »Warum bist du dreizehn Jahre alt?«

»Ich weiß nicht«, sagte der Bucklige.

Und dann sang er mit einer piepsenden, im Stimmwechsel befangenen Stimme ein Schnadahüpfl:

> Mei Schwester spuilt die Zither
> Mei Bruder spuilt Klarinett,
> Der Vatta schlagt die Mutta
> Und dös gibt a Quartett ...

»Du hast eine sehr schöne Stimme«, sagte Josua, »möchtest du nicht zur Bühne gehen? Du solltest Tristan singen.« Sie gingen durch die hintere Belgradstraße, links wie eine Indianerburg mit Palisaden umgeben, lag Pension Führmann. Und Indianergeheul schnob durch die heruntergelassenen Rollladen.

»Das sind die reichen Leut«, sagte der Bucklige, und äugte gehässig nach der Pension Führmann, »die reichen Leut, wo's Geld wie Heu haben. Und hübsche Frauen auch.«

»Was weißt denn du von den Frauen«, lächelte Josua.

Da zischte ein wilder Blick entsetzt aus den verkniffenen Augen des Kleinen:

»Ich bin bucklig.«

Jetzt gingen sie auf freiem Feld, schon hinter dem Krankenhaus. Der Schnee fiel dichter. Sie wateten über Äcker.

»Na, was stapfen wir hier so umeinander?«, sagte der Bucklige.

»Wir gehen so weit, bis wir kein Licht mehr sehen ... Ist es dir recht?«

»Mir schon«, sagte der Bucklige.

In einer Vertiefung des Feldes warteten sie.

»Ehe wir unser Mahl halten«, sagte Josua, »wollen wir uns ein Haus bauen«, und warf das Paket seitwärts ins Gebüsch.

»Wir haben ja keine Steine«, sagte der Bucklige.

»Aber Schnee, sehr viel Schnee«, meinte Josua. Er blies befeuernd in die Hände und begann einen Schneeklumpen zusammenzurollen. Das Gleiche tat der Bucklige.

Schweigend arbeiteten sie. Nach einer Stunde standen drei Wände eines imaginären Hauses.

»Wir brauchen nur drei«, sagte Josua, »sonst können wir nicht mehr heraus.«

»Und das Dach?«

»Das ist der Himmel. Uns kann der liebe Gott ruhig ins Haus und bis ins Herz sehen.«

Josua betrachtete sein Werk:

»Endlich ein eigenes Haus ... Und es ist ganz mein Werk ... Mein Lebenswerk.«

»Ich hab Hunger.« Der Bucklige schneuzte sich in die Hand.

»Also gehen wir ins Haus. Setzen wir uns«, er zog seine Jacke aus und sie setzten sich darauf.

»Ist sie nicht wie ein persischer Teppich?«

Dann packte er aus ... Die Pfefferkuchen ... Die Gänseleberpastete ... Die Äpfel ... Das Danziger Goldwasser ...

»Ah«, machte der Bucklige lüstern, als er die Flasche sah.

»Hast du ein Messer?«

Der Bucklige hatte eins.

Josua bat es sich aus, er schmierte die Gänseleberpastete auf den Pfefferkuchen und bot dem Buckligen an. Mit dem Messer entfernte er den Kork von der Flasche.

Der Bucklige biss fest in den Gänseleberpfefferkuchen. »Das ist eine Delikatess', wo sonst nur die reichen Leut fressen.«

Josua ließ ihn trinken.

Sie tranken und aßen abwechselnd.

In ihre unterernährten Mägen rann der Schnaps wie flüssiges Feuer.

»Ich habe ein Mädchen ermordet«, sagte Josua.

»Das macht nichts«, sagte der Bucklige, »deswegen bist du doch mein Freund ...«

»Aber die Polizei?«

Josua zitterte.

»Die findet dich hier draußen nicht«, beruhigte ihn der Bucklige.

»Tanzen«, sagte Josua. Er sprang auf, hob seine Hosen wie ein Frauenkleid.

»Musik«, sagte Josua.

Der Bucklige sang sein Schnadahüpfl.

Danach tanzte Josua Solo: ein zierliches Menuett im Schnee.

Dann tanzten sie zu zweien. Der Bucklige als Dame.

Dann tranken sie wieder.

Bis sie besoffen und in widerlicher Verschlingung verzückt in den Schnee rollten.


# 37.


»Ehe ich sterbe, will ich noch meinen Leichnam waschen und einbalsamieren«, sagte Josua.

Er kaufte sich eine große Flasche Eau de Cologne, eine Flasche Kanadolin für die Haare, einen Karton Lilienmilchseife sowie Dantes Göttliche Komödie und ging in das Türkenbad.

Die Badedienerin war ein scheußliches Weib mit einer moosigen Flechte mitten auf der Stirn und einem Grinsen nach dem Sofa hin.

Er badete sorgfältig, nahm eine kalte Dusche, begoss sich von oben bis unten mit Eau de Cologne und legte sich aufatmend auf den Diwan, um in der Göttlichen Komödie zu lesen.

Beim Anziehen zerbrach ihm der Kragenknopf.

Er klingelte der alten Vettel.

»Haben Sie vielleicht einen Kragenknopf?«

Sie schlurfte davon und im Moment zurück.

Ihr zahnloser, fauler Mund verzog sich höhnisch in die Breite – als sie ihm einen grauweißen unansehnlichen Kragenknopf überreichte und wieder hinter der Tür verschwand, noch in das Zimmer zurück-brummelnd:

»Es ist mein letzter ...«

Er wollte den Kragenknopf eben anlegen, als er noch einen Blick darauf warf.

Es war ein schmutziger, karöser, menschlicher Zahn.

Des alten Weibes letzter Zahn.

Und ihr eben ausgefallen.


## 38.


Josua stand, vom Schein der mit einem grünen Papierschirm überdeck-ten Lampe grünlichgrau überstäubt, am Tisch mit dem Rücken gegen einen Spiegelschrank.

Plötzlich begann sein Herz rasend zu klopfen, stockte ruckweise und jagte dann weiter – wild, erleichtert, wie ein Rennpferd, das am letzten Hindernis seinen Jockey abwirft.

Der Spiegelschrank knarrte.

Das ist der Tod, dachte Josua. Er steht mir im Rücken. Wenn ich mich umwende, und in den Spiegel sehe, erkenne ich ihn.

Der Eimer am Waschtisch klirrte.

Das ist der Tod, dachte Josua.

Er schloss die Augen.

Ein weißer Schatten zuckte auf und verkrampfte sich in widerstrei-tende Gestalten, Prismen, Kugeln, Sterne. Dann erschien der Raum rosa gestreift, dann rotkariert, wie eine Bauernbettdecke.

Mutter fiel ihm ein. Aus dem Bauernbett quoll wie Daunen gelber Rauch und überzog die Landschaft.

Aus dem Rauch drangen runde blaue Augen, violett umrändert. Kiefern wuchsen aus dem Boden.

Das ist der Tod, dachte Josua. Er hat tausend Augen. Ein Zittern überschlich seinen Körper. Er tastete ein paar Schritte rückwärts und stützte sich am Waschtisch. Sein rechter Arm wurde steif. Seine Finger hölzern. Wem gehört dieser Arm? Das bin ich doch nicht?

Instinktiv führte er ihn ans Herz. Die rasenden Schläge pochten wieder Blut in die Finger.

Draußen an das Fenster klopfte es. Mit dem Spazierstock. Irgendein weinlauniger Passant, der vorüberschwankte. Es ist der Tod, dachte Josua. Er klopft wie Ruth.

Das Bett knarrte. Der Spiegel glänzte. Im Ofen knisterte das Feuer.

»Ich habe Furcht«, sagte er laut.

Die Worte klangen gar nicht wie aus seinem Munde. Damit habe ich ihn übertrumpft, dachte er. Worte kann er nicht vertragen, der Tod … das überwindet ihn.

Der Herzschlag beruhigte sich.

Er sah auf die Uhr.

Er sah zur Decke.

Eine Spinne hing an der Decke. Wird sie mir in den Kaffee fallen?

Spinne am Abend.

Heiter und labend.

Er lachte.

Er zog seinen Mantel an.

Ich könnte mich erschießen, wenn ich damit irgendeine Tat täte.

Wenn ich ihn damit überlistete. Aber er ist so stark, er zwingt mir auch den Revolver in die Faust. So leicht mache ich es ihm nicht. Mag er selbst kommen.

Es war ihm, als verbeuge sich hinter seinem Rücken jemand. Der Tod. Aus Hochachtung.

Er setzte den Hut auf. Öffnete die Tür. Im Briefkasten lag ein Brief. Er hatte ihn vorhin übersehen. Er steckte ihn in die Manteltasche, ging noch einmal zurück und blies das Licht aus.

Einen Moment schien es ihm, als läge in der Dunkelheit ein großes wundervoll grünes Auge, wie ein erhabener Türkis. Jetzt ist es kein Rubin mehr. Jetzt ist es ein Türkis.

Er verließ das Haus.

Der Mond strahlte empfindliche Kälte aus.

Josua fröstelte.

Wenn ich mir einen Hund kaufe. Daran habe ich noch gar nicht gedacht, dann brauche ich mich nachts nicht mehr allein im Zimmer zu fürchten. Eine Frau hilft gar nichts. Dann ist man nur noch einsamer. Aber ein Hund: Da habe ich etwas Lebendes, etwas, das schnuppert, raschelt, bellt, blickt.

Ein weißer Hund.

Ein Spitz.

Eine Bologneser Hündin.

Eine Hündin. Nina.

Ich hätte mir eine Zigarette anzünden sollen. Im Dunkeln. Feuer lebt immer. Das hätte ihn verblüfft. Jetzt ist's zu spät.

Er klingelte bei Kolk.

Kolk hatte noch Licht.

Er warf ihm den Hausschlüssel herunter.

Josua tappte die vier Treppen, die zu Kolks Atelier führten, im Dunkeln.

»Jetzt habe ich keine Furcht mehr«, sagte er laut.

Einmal blieb er stehen. Es war ihm, als hätte ihm jemand die Hand auf die Schulter gelegt.

»Josua – so spät?«, sagte Kolk.

Josua hing seinen Mantel an die Wand. Als er sein von Kolk gemaltes Bild sah, drehte er es lächelnd um.

»Ich will es nicht sehen«, sagte er, »ich will mich nicht mehr sehen. Ich habe Furcht. Ich bin deshalb zu dir gekommen. Ich will die Nacht bei dir schlafen.«

Nun standen sie beide, Arm in Arm, und betrachteten eine der Palmenlandschaften Kolks.

»Ich friere«, sagte Josua. »Ich möchte unter deinen Palmen wandeln.«

»Nicht ungestraft«, lachte Michael.

Josua zitterte.

»Zieh dich nur immer aus und leg dich ins Bett.«

Kolk stellte Josua einen Teller mit Apfelsinen und Datteln und ein Glas Wasser ans Bett und hob die Laute vom Bordbrett.

Josua legte sich nach der Wand um.

Er betrachtete die Wand.

Nun steht eine Wand vor mir, dachte er, die hindert meinen Weg. Durch sie kann ich nicht hindurch.

Josua, träumte er, Josua war ein König in Israel.

Er hatte den Brief mit ins Bett genommen.

Ihn fröstelte.

Nun schmiegte er den Brief unter der Decke an seine Brust.

Wie das wärmt.

Er las ihn nicht. Es stand etwas Gleichgültiges darin. Von irgendeinem Mädchen.

Er fühlte den Brief an seiner Brust ruhen wie eine Frau.

Wie das wärmt … eine Frau …

Die Lampe warf ein fahles Licht an die Wand.

Sonne stehe still im Tale Gideon …

Sammle Weizen, Ruth …

Michael trat zu ihm heran, mit der Laute. Die farbigen Streifen und Bänder fuhren Josua über die Stirn.

»Josua«, sagte Kolk, und dann erzählte er irgendeine Geschichte.

»Josua«, Michael hatte geendet. »Josua –«

Josua schlief.

# Biographie

| | |
|---|---|
| **1890** | *4. November:* Klabund (eigentlich Alfred Henschke) wird in Crossen an der Oder als Sohn eines Apothekers geboren. |
| **1906** | Klabund besucht das Friedrichs-Gymnasium in Frankfurt an der Oder. Zu seinen Mitschülern gehört Gottfried Benn. Er erkrankt an Tuberkulose, die nie richtig ausheilt. Zeitlebens sind häufige Kuraufenthalte in der Schweiz und in Italien erforderlich. |
| **1911** | Abitur. Klabund studiert zunächst Chemie und Pharmazie, dann Philosophie, Philologie und Literatur in München, Berlin und Lausanne (bis 1912). In keinem der Fächer macht er einen Abschluss. |
| **1913** | Erste Gedichte erscheinen in Alfred Kerrs Zeitschrift »Pan«. Autor und Herausgeber müssen sich danach wegen Veröffentlichung »unsittlicher« Verse vor Gericht verantworten, erlangen jedoch mit Hilfe der Gutachten von Frank Wedekind und Richard Dehmel einen Freispruch. Die Herkunft des Pseudonyms Klabund, unter dem er veröffentlicht, ist nicht eindeutig geklärt. Ein Apotheker-Kollege des Vaters trägt den Namen, andere Deutungen berufen sich auf die Bildung aus »Vagabund« und »Klabautermann«. »Morgenrot! Klabund! Die Tage dämmern!« (Gedichte). |
| **1914** | Anfängliche Begeisterung für den Krieg. »Klabunds Karussell« (Novellen). |
| **1915** | »Der Marketenderwagen« (Erzählungen und Gedichte). »Dumpfe Trommel und berauschtes Gong. Nachdichtungen chinesischer Kriegslyrik«. |
| **1916** | Wegen seiner Krankheit hält sich Klabund in Davos auf (bis 1918). »Moreau. Roman eines Soldaten«. »Die Himmelsleiter. Neue Gedichte«. |
| **1917** | Angesichts des Kriegsgeschehens wandelt sich Klabund zum Pazifisten. *3. Juni:* Er fordert Kaiser Wilhelm II. in einem Brief, der in |

der »Neuen Zürcher Zeitung« abgedruckt wird, zur Abdankung auf, um den Völkerfrieden zu ermöglichen.

»Mohammed. Der Roman eines Propheten«.

Nachdichtungen persischer Lyrik.

**1918** Klabund bekennt sich in René Schickeles Zeitschrift »Weiße Blätter« zu seiner Wandlung zum Pazifismus.

»Bracke« (Eulenspiegelroman)

»Der himmlische Vagant. Ein lyrisches Porträt des François Villon« (Gedichte).

Eheschließung mit Brunhilde Heberle, die noch im gleichen Jahr nach der Geburt einer Tochter an einer Lungenkrankheit stirbt. Sie ist die »Irene« zahlreicher Gedichte Klabunds.

»Die Geisha O-sen« (Nachdichtungen japanischer Lyrik nach englischen und französischen Übersetzungen).

**1919** Klabund wird wegen angeblicher Verbindung zum Münchener Spartakus und wegen »Vaterlandsverrat« und »Majestätsbeleidigung« verhaftet und kurze Zeit im Zuchthaus Straubing in »Schutzhaft« festgehalten.

»Hört! Hört!« (Gedicht-Flugschrift).

»Montezuma. Eine Ballade«.

**1920** »Die Sonette auf Irene« (Gedichte).

Klabund verfasst Lieder und Chansons für Max Reinhardts Kabarett »Schall und Rauch«, die er teilweise auch selbst vorträgt (bis 1921).

**1921** »Kleines Klabund-Buch« (Novellen und Gedichte).

Klabund wird Mitarbeiter der von Siegfried Jacobsohn geleiteten Zeitschrift »Weltbühne«.

**1922** »Kunterbuntergang des Abendlandes« (Grotesken).

»Deutsche Literaturgeschichte in einer Stunde« (Abhandlung).

**1923** »Pjotr. Roman eines Zaren«.

»Das heiße Herz« (Balladen, Mythen, Gedichte).

»Geschichte der Weltliteratur in einer Stunde« (Abhandlung).

**1925** Zweite Eheschließung mit der Schauspielerin Carola Neher.

»Der Kreidekreis« wird zu einem der meistaufgeführten Dramen der Weimarer Republik. Klabunds Bearbeitung der chinesischen Fabel dient Bertolt Brecht zum Vorbild für seinen »Kaukasischen Kreidekreis« (1945).

1927   »Die Harfenjule. Neue Zeit-, Streit- und Leidgedichte« ver-
       sammelt Klabunds Lieder und Chansons für Reinhardts Ka-
       barett »Schall und Rauch« und für Rosa Valettis »Café Grö-
       ßenwahn«.

1928   »XYZ« (Komödie).

       *14. August:* Klabund stirbt im Alter von 38 Jahren in Davos
       (Schweiz) an seiner unheilbaren Lungenkrankheit.